Josef F. Justen

# Die vielen Leben
# des Peter Bröske

## Die Scheidewege des Lebens

*Eine ganz außergewöhnliche Biografie*

Bibliografische Information der Deutschen Nationalbibliothek:
Die Deutsche Nationalbibliothek verzeichnet diese Publikation
in der Deutschen Nationalbibliografie; detaillierte bibliografische
Daten sind im Internet über dnb.dnb.de abrufbar.

Titelfoto: © Fotos auf pixabay

Herstellung und Verlag:
BoD – Books on Demand, Norderstedt

ISBN: 9783753481616

*An den Scheidewegen des Lebens*
*stehen keine Wegweiser.*

**Charlie Chaplin**

*Wirklichkeit und Möglichkeit,*
*wie die zwei Seiten*
*einer und derselben Münze*
*bedingen sie einander;*
*beide zusammen allein*
*sind die Münze.*

**Albert von Trentini**

# Einleitung

Unser gesamtes Leben erscheint uns wie eine lineare Folge von Ereignissen bzw. Erlebnissen. Alle diese Ereignisse sind deshalb eingetreten, weil wir an bestimmten Scheidewegen unseres Lebens ganz bestimmte Entscheidungen getroffen haben oder weil in diesen Augenblicken ganz bestimmte Begebenheiten an uns herangetreten sind.

Tag für Tag müssen wir Entscheidungen treffen. Je nachdem, wie wir uns entscheiden, werden wir in eine bestimmte Wirklichkeit geführt. In den weitaus meisten Fällen sind die Wirklichkeiten, die wir dann erleben, nicht sehr viel anders, als diejenigen, die wir erfahren hätten, wenn wir uns anders entschieden hätten. Diese bleiben in der Sphäre der Möglichkeiten verschleiert.

Es gibt allerdings auch gewisse Scheidewege oder Knotenpunkte in unserem Leben, an denen wir vor einer besonders wichtigen Entscheidung stehen, wobei uns die Wichtigkeit dieser Entscheidungen meistens gar nicht bewusst ist, weil wir die Folgen nicht zu überblicken vermögen. Die Wirklichkeiten, die wir nun in Abhängigkeit von unserer Entscheidung erleben, können nun durchaus völlig – vielleicht sogar dramatisch – anders sein.

Das Spektrum der wirklich eingetretenen Ereignisse ist geradezu armselig gegenüber dem derjenigen, die möglich gewesen wären. Jeder Mensch *könnte* unsagbar viel mehr erleben, als er *wirklich* erlebt.

Auch der katholische Priester Peter Bröske, der Hauptprotagonist der folgenden Erzählung, stand einige Male in seinem Leben an einem Scheideweg, an dem er eine folgenschwere Entscheidung treffen musste. Es wird zunächst geschildert, wie sein Leben aufgrund seiner *tatsächlich* getroffenen Entscheidungen verlaufen ist.

Dann wird erzählt, wie sein Leben sich gestaltet *hätte*, wenn er sich an diesen Knotenpunkten seiner Biografie anders entschieden hätte.

Peter Bröske musste aus einer karmischen Notwendigkeit heraus in seinem Leben mit ganz bestimmten Menschen zusammenkommen. Das Schicksal hat ihn – sogar *weitgehend* unabhängig von den meisten Entscheidungen, die er traf – früher oder später, auf diese oder jene Weise zu ihnen geführt.

Wir sollten uns des Öfteren fragen und darüber nachsinnen:

Was könnte uns Tag für Tag alles geschehen, wenn wir irgendetwas geringfügig anders gemacht hätten, als wir es dann letztlich tatsächlich gemacht haben?

Welche Folgen hätten andere Entscheidungen als die, die wir tatsächlich getroffen haben, nach sich ziehen können?

Dadurch können wir im Laufe der Zeit ein ganz konkretes Gespür dafür gewinnen, wie das Karma wirkt und waltet.

*Zu mancher richtigen Entscheidung kam es nur,*
*weil der Weg zur falschen gerade nicht frei war.*

**Hans Krailsheimer**

A m ersten Advendssonntag des Jahres 1948 kam Peter Bröske in einem Essener Krankenhaus zur Welt. Er wurde, wie man damals zu sagen pflegte, auf Kohle geboren.

In der Tat gab es in dieser Zeit im gesamten Ruhrgebiet zahlreiche Kohlebergwerke. Auch der Stadtteil Katernberg, in dem die Bröskes wohnten, war noch stark vom Bergbau geprägt. Viele Menschen lebten von der Tätigkeit auf der dortigen Zeche Zollverein oder der Kokerei. Peters Großvater war selbst noch unter Tage beschäftigt.

Dessen ganzer Stolz war es, dass er seinem Sohn, Peters Vater, ein Studium finanzieren konnte, was in der damaligen Zeit für einen Arbeiter alles andere als selbstverständlich war.

Peters Vater wurde Lehrer und zwei Jahre vor Peters Geburt zum Rektor der Katernberger Volksschule befördert. Frau Bröske war wie die meisten Frauen in der Nachkriegszeit nicht berufstätig. Ihr oblag es, sich um den Haushalt sowie ihre knapp zweijährige Tochter Marlies und nun auch um ihren Sohn, mit dessen Geburt die Familie komplettiert wurde, zu kümmern.

Peter verlebte eine recht schöne und weitgehend unbeschwerte Kindheit. Auch wenn er sich mit seiner Schwester bestens verstand, so bevorzugte er es doch, mit den Jungen der Nachbarschaft auf einer der vielen Rasenflächen, die in der Wohnsiedlung angelegt waren, Fußball zu spielen. Es galt geradezu als unschicklich, dass Jungen draußen mit Mädchen spielten – und schon gar nicht Fußball. Auch die Mädchen waren lieber unter sich.

Peter war bei seinen Freunden und auch bei den Nachbarn sehr beliebt. Schon, als er noch im Vorschulalter war, zeichnete er sich durch eine außergewöhnliche Empathie aus. Wann immer ein Kind sich beim Spielen wehgetan hatte, empfand er es fast wie seinen eigenen Schmerz und setzte alles daran, seinen Spielgefährten zu trösten.

Dieses Mitgefühl nahm auch in den folgenden Jahren nicht ab. Peters Mutter war psychisch nicht allzu stabil und litt des Öfteren an depressiven Verstimmungen. Auch wenn sie sich noch so sehr bemühte, ihre Anwandlungen ihrem Mann und ihren Kindern gegenüber zu verbergen, bemerkte es Peter sehr wohl. Er setzte dann alles daran, sie aufzuheitern oder sie mit irgendetwas zu erfreuen, was ihm auch meistens gelang. Er war seiner Mutter immer ein großer Trost und eine wichtige Stütze.

Darüber hinaus war Peter äußerst tierlieb. Oftmals hat er einen verletzten Vogel mit nach Hause genommen und ihn gesund gepflegt. Es war für ihn immer ganz schlimm, wenn er mitbekam, dass ein Nachbar ein Huhn oder einen Hasen schlachtete. Wenn es zu Hause Fleisch zu Mittag gab, so war ihm schon mit acht, neun Jahren klar, dass dazu ein Tier geschlachtet werden musste. Seine ersten Versuche, eine Fleischmahlzeit zu verweigern, schmetterte sein Vater mit der Bemerkung »Gegessen wird, was auf den Tisch kommt!« ab. Peter aß es dann nur höchst widerwillig und mit einer gewissen Abscheu. Da er sich anschließend oftmals übergeben musste, verzichtete sein Vater letztlich darauf, ihn zum Fleischverzehr zu zwingen. So wurde er schon sehr früh zum Vegetarier, was in dieser Zeit noch sehr ungewöhnlich war.

Obwohl seine Eltern keine allzu frommen Leute waren und nicht regelmäßig in die Kirche gingen, liebte Peter die katholischen Gottesdienste sehr. Er ließ kaum eine Gelegenheit aus, die Heilige Messe oder auch mal eine nachmittägliche Andacht zu besuchen. Er war stets mit ganzem Herzen dabei. Der Kultus mit den bunten Gewändern des Priesters und der Ministranten, dem Altarschmuck, den vielen brennenden Kerzen sowie die feierliche und geheimnisvolle Stimmung haben seine kindliche Seele stets stark ergriffen. Anschließend stellte er häufig daheim die Messfeier mit spielerischem Ernst nach. Der Küchentisch wurde zum Altar umfunktioniert, ein Weinglas diente als Kelch, Oblaten als Hostien, ein kleiner Teller als Patene und eine Schürze seiner Mutter als Messgewand. Peters Mutter und seine Schwester Marlies mussten ihm dabei assistieren. Im Rahmen dieses Spiels hielt er sogar hin und wieder eine kurze Predigt, deren Inhalte für einen Knirps, wie er noch einer war, bemerkenswert waren und seine Mutter erstaunten.

Kurz nachdem Peter in seinem neunten Lebensjahr die Erstkommunion empfangen hatte, meldete er sich beim Pfarrer der Gemeinde und fragte, ob er zu den Ministranten kommen dürfe. Dieser freute sich sehr über sein Interesse.

So besuchte er schon ab der folgenden Woche einen Einführungskurs für neue Messdiener, wie die Ministranten in dieser Zeit im Ruhrgebiet genannt wurden, den der Gemeindepfarrer hielt. An diesem Kursus nahm Peter mit großer Begeisterung teil. Anschließend durfte er erstmals dem Pfarrer beim Zelebrieren der Heiligen Messe ministrieren, was ihn mit großem Stolz erfüllte.

Auch in den folgenden Jahren gehörte seine Ministrantentätigkeit zu den Aufgaben, die er stets mit besonderer Freude wahrnahm. Mindestens einmal in der Woche verrichtete er seinen Dienst am Altar.

In seinem elften Lebensjahr endeten die vier Jahre seiner Zeit auf der Volksschule. Für Peters Vater stand von Anfang an fest, dass er seinen Sohn auf ein Gymnasium schicken wird. Er meldete Peter auf der gleichen Schule an, auf der er selbst vor knapp 30 Jahren das Abitur gemacht hatte. Es war ein Gymnasium mit naturwissenschaftlicher und neusprachlicher Ausrichtung. Herr Bröske vertrat die nachvollziehbare Meinung: »Die Technik ist immer mehr im Kommen. Da bietet dir eine Schule mit diesen Schwerpunktfächern die richtige Basis, damit du später vielleicht einmal ein entsprechendes Studium absolvieren kannst.«

Peter war es eigentlich egal, auf welche Art von höherer Schule er gehen sollte. Mit der Wahl seines Vaters war er aber durchaus einverstanden, zumal die Schule nicht weit entfernt und somit zu Fuß zu erreichen war und einige seiner gleichaltrigen Freunde auf dieselbe wechselten.

Peter war auf der Volksschule ein außerordentlich fleißiger und guter Schüler. Das sollte auch auf dem Gymnasium für einige Zeit so bleiben. Ohne viel dafür tun zu müssen, brachte er in allen Fächern stets gute Noten mit nach Hause.

Doch das änderte sich schleichend, als er mit vierzehn Jahren in die Untertertia – das war früher die Bezeichnung für die vierte Klasse eines Gymnasiums – versetzt wurde. Jetzt in der sogenannten Mittelstufe kam es zu einem Lehrerwechsel. Die Klasse, in der Peter war, bekam einen anderen Lehrer, der sie in den Fächern Mathematik und Physik unterrichtete. Dieser Oberstudienrat Linneborn war schon ein älterer Herr, dem man deutlich anmerken konnte, dass ihm sein Beruf längst keinen Spaß mehr bereitete. Es fiel ihm schwer, zumindest den Anschein eines motivierten Lehrers zu erwecken. Häufig saß er nur am Pult und ließ die Schüler sich den Unterrichtsstoff selbst aus den Büchern erarbeiten. Auf Fragen reagierte er oftmals sehr ungehalten.

Es gab in dieser Zeit durchaus eine ganze Reihe von Pädagogen, die ihre Tätigkeit nur noch recht widerwillig ausübten. Viele von ihnen hatten ihre nationalsozialistische Gesinnung nicht abgelegt und waren immer noch fürchterlich enttäuscht, dass die Nazi-Herrschaft vorüber war. Allerdings ließen nicht alle ihren Frust so deutlich an ihren Schülern aus, wie das bei Herrn Linneborn der Fall war. Trotz seines geringen Engagements war er sehr streng und konnte ganz fürchterlich ausrasten, wenn ein Schüler nicht parierte. Schon bei den kleinsten Vergehen prügelte er auf ihn ein, was selbst in dieser Zeit nicht mehr der Normalfall war. Besonderen Spaß schien es ihm zu machen, einen Schüler, den er nicht mochte, vorzuführen und lächerlich zu machen. Peter verlor langsam das Interesse an diesen Fächern. Entsprechend wurden seine Leistungen allmählich immer schlechter.

Anfangs gehörte Peter noch nicht zu denjenigen Schülern, die Herr Linneborn auf dem Kieker hatte. Aufgrund seines Gerechtigkeitsgefühls und seines empathischen Charakters versuchte er stets, die seiner Meinung nach völlig zu unrecht bestraften Mitschüler zu verteidigen und zu trösten. Das brachte seinen Lehrer so auf die Palme, dass er sich jetzt mehr und mehr auf Peter einschoss.

Da Peters Interesse an diesen Fächern immer mehr abnahm und seine Leistungen folglich schwächer und schwächer wurden, hatte Oberstudienrat Linneborn jetzt einen konkreten Grund, ihn immer wieder als Versager vor der Klasse bloßzustellen. Seinen Schulfrust konnte Peter nur durchs Fußballspielen und durch sein Engagement als Ministrant kompensieren. Beides tat er nach wie vor leidenschaftlich gern.

Eines Abends machte Peter seinem Vater gegenüber einige Andeutungen über die entsetzliche Lage, in der er war. Sein Vater sagte: »Na ja, dein Lehrer wird schon seine Gründe haben, warum er sich so verhält! Heutzutage sind ja viele Schüler rotzfrech, so dass man ihnen als Lehrer die Grenzen aufzeigen muss. Allerdings kann ich mir nicht vorstellen, dass *du* dich unflätig verhältst! Also, ich werde Herrn Linneborn in seiner nächsten Sprechstunde einmal aufsuchen und mit ihm von Kollege zu Kollege reden. Dann wird sich gewiss alles aufklären.«

Dann kam es zu der Unterredung, die Peters Vater als zielführend und erfreulich empfand. Peter war etwas beruhigt, traute dem Braten aber noch nicht. Und das mit Recht!

Schon in der nächsten Stunde bei Oberstudienrat Linneborn wurde deutlich, dass der Schuss nach hinten losgegangen war. Der Lehrer empfand Herrn Bröskes Intervention als Affront. Richtete sich Herrn Linneborns Antipathie bisher auf nahezu alle Schüler, so hatte er jetzt im Grunde nur noch eine Zielscheibe – und das war Peter! Die Stunden bei diesem Möchtegern-Pädagogen waren für ihn von nun an die reinste Hölle.

Ein paar Wochen hielt Peter noch durch und ließ sich die vielen Ungerechtigkeiten und Unverschämtheiten gefallen. Dann sagte er seinem Vater: »Ich kann nicht mehr! Seitdem du mit Herrn Oberstudienrat Linneborn gesprochen hast, ist alles noch viel schlimmer geworden. Ich will nicht mehr auf der Schule bleiben.«

Sein Vater glaubte ihm, meinte aber: »Willst du es nicht noch einmal versuchen, dich an ihn zu gewöhnen. Vielleicht solltest du dich durchbeißen. Hier gibt es weit und breit kein zweites naturwissenschaftliches Gymnasium. In vertretbarer Nähe gibt es lediglich eines mit humanistisch-altsprachlicher Ausrichtung.« Peter schwieg eine Weile. Dann sagte er: »Ich habe kein Problem, auf ein humanistisches Gymnasium zu gehen.« Herr Bröske fuhr fort: »Ich denke, du bist mit deinen fast fünfzehn Jahren jetzt alt genug, solche Entscheidungen selbst zu treffen. Schließlich geht es um *dein* Leben!«

## Der 1. Scheideweg (1963)

Peter Bröske musste nun zum ersten Mal in seinem noch jungen Leben eine wichtige und wegweisende Entscheidung treffen. Er stand gewissermaßen an einem Scheideweg, an einem Schicksalspunkt seines Lebens. Es ging für ihn darum, ob er trotz aller Misslichkeiten an seiner alten Schule bleiben oder ob er sie verlassen und stattdessen auf ein humanistisches Gymnasium wechseln sollte.

Freilich konnte er nicht ahnen, wie ganz anders sein weiteres Leben verlaufen würde, wie ganz anders sein Schicksal sich gestalten würde, je nachdem, für welche der beiden Möglichkeiten er sich entscheiden wird.

Peter hatte nach kurzer Bedenkzeit seine Entscheidung gefällt. Er wollte sich nicht mehr länger von seinem Lehrer so drangsalieren und demütigen lassen und bat seinen Vater, ihn auf dem humanistischen Gymnasium anzumelden. Schweren Herzens nahm er in Kauf, dass er dann einige Schulkameraden, die er sehr mochte, nicht mehr wiedersehen werde.

➤ | Wie völlig anders Peters weiteres Leben und auch die der Menschen aus seinem Umfeld verlaufen wären, wenn er auf dem naturwissenschaftlichen Gymnasium geblieben wäre, werden wir später schildern (☛ S. 141 bis 175). Dieser *mögliche* weitere Verlauf seines Lebens ist nicht in den Bereich der Wirklichkeiten eingetreten, sondern blieb in der *Sphäre der Möglichkeiten* verschleiert, hatte aber in gewissem Sinne dennoch eine Realität.

Schon am nächsten Tag meldete Herr Bröske seinen Sohn auf dem humanistischen Gymnasium an. Da diese Schule knapp zehn Kilometer entfernt war, fuhr Peter jeden Tag mit der Straßenbahn hin und auch wieder zurück.

Einer der Schwerpunkte auf dem neuen Gymnasium lag auf den Fächern Latein und Alt-Griechisch. Auf der bisherigen Schule hatte Peter erst ein wenig Latein gelernt, und  Griechisch wurde dort im Grunde gar nicht unterrichtet. Man konnte es allenfalls in der Oberstufe als Wahlfach belegen. Daher wurde er eine Klasse zurückgestuft, um so leichter das Versäumte aufholen zu können. Mit sehr viel Fleiß gelang es ihm, das Jahr zu nutzen und in den altsprachlichen Fächern auf das Niveau seiner Mitschüler zu gelangen. Bereits im zweiten Jahr war er Klassenbester und blieb es bis zur Oberprima, der letzten Klasse.

Peter wurde von seinen Lehrern und Klassenkameraden aufgrund seiner freundlichen Art und seiner Hilfsbereitschaft schon bald sehr geschätzt. Irgendwie wusste er meistens Rat, wenn seine Mitschüler sich mit ihren Problemen und Problemchen an ihn wandten.

Als eine besondere Gunst empfand Peter, dass das Fach Religion in seiner Klasse von einem noch jungen Geistlichen unterrichtet wurde. Dieser – sein Name war Bernhard Hoffs – wirkte als Vikar in der Nachbarpfarrei der Bröskes. Er war nur gut zehn Jahre älter als seine Schüler. Während Peter den Religionsunterricht auf seiner alten Schule meistens als langweilig, ja als Zeitverschwendung empfunden hatte, wurde er jetzt von der lebendigen und inspirierenden Art, wie der junge Vikar den Unterricht gestaltete, ganz in den Bann gezogen.

Da Peter seinen neuen Religionslehrer so sehr schätzte, besuchte er von nun an immer die Gottesdienste in der Nachbarpfarrei, in der Herr Hoffs als Vikar tätig war. Die Art, wie dieser die Heilige Messe zelebrierte, und insbesondere seine Predigten begeisterten Peter sehr. Schon bald wurde er in die Gruppe der dortigen Ministranten aufgenommen.

Vikar Hoffs war ein recht fortschrittlich denkender Mann. Gegen den anfänglichen Widerstand des Gemeindepfarrers, also seines Vorgesetzten, erwirkte er, dass auch Mädchen das Ministrantenamt in der Pfarrei versehen durften. Das war ein geradezu revolutionärer Schritt. Es war in dieser Zeit noch völlig unüblich, dass Mädchen bei der Messe am Altar dienen durften.

Bei den Jugendlichen war der junge Vikar außerordentlich beliebt. Das lag zum einen daran, dass er selbst noch relativ jung war und somit die Sprache und Bedürfnisse der Heranwachsenden noch verstehen konnte. Der andere Grund war, dass er sich viel mit den jungen Leuten befasste und ihnen zahlreiche Angebote machte, die Peter aus seiner Heimatpfarrei nicht kannte. So veranstaltete Vikar Hoffs regelmäßig Gesprächskreise, in denen es nicht nur um Themen aus dem Neuen Testament, sondern auch um vieles andere ging, was junge Menschen bewegte. An manchen Wochenenden unternahm er mit den Messdienern Ausflüge an den Baldeneysee oder ins nahe Sauerland. Genau wie Peter war auch er sehr naturverbunden und tierlieb. Er zeigte und erklärte den Jugendlichen seltene Pflanzen und erzählte viel über die Tiere, die sie bei ihren Wanderungen zu sehen bekamen.

In den Sommerferien veranstaltete Herr Hoffs mit einer Gruppe von Ministranten ein zweiwöchiges Ferienlager. Mal ging es ins Münsterland, mal ins Siegerland, mal in den Teutoburger Wald, mal an die Nordsee. Es wurde gewandert, gespielt und geredet. Abends saß man am Lagerfeuer, wo gesungen, erzählt und über Gott und die Welt gesprochen wurde.

Als Peter sechzehn Jahre alt war, wurde er Oberministrant, was ihn sehr stolz machte. Neben ihm gab es noch drei andere Oberministranten. Erstaunlicherweise wurde sogar ein Mädchen in diesen Kreis berufen. Als solcher hatte Peter jetzt vielfältige Aufgaben. So teilte er die Ministranten für die jeweiligen Gottesdienste ein, schulte die neu hinzugekommenen Messdiener, plante zusammen mit Herrn Hoffs Ausflüge und Ferienlager.

Des Weiteren veranstaltete er gemeinsam mit den drei anderen Oberministranten Spielnachmittage für die Schar der Messdiener. Im wöchentlichen Wechsel dachte sich jeder der Oberministranten eines oder mehrere Spiele aus, durch welche die Phantasie der zumeist noch jungen Messdiener angeregt werden sollte. An einem dieser Nachmittage wartete die Oberministrantin, die an diesem Tag die Spielleitung übernahm, mit einem besonders interessanten Spielvorschlag auf, der von allen mit Begeisterung aufgenommen wurde. Sie nannte es: »Was würdest du dir wünschen, wenn du noch einmal auf die Welt kommen würdest?« Jeder der Anwesenden wurde aufgefordert, einen oder mehrere Wünsche auf einem Zettel zu notieren. Dann wurden die Zettel eingesammelt und das, was darauf stand, vorgelesen.

Die am häufigsten genannten Wünsche lauteten: »Ich wünsche, in einem Land geboren zu werden, in dem immer die Sonne scheint.«

»Ich wünsche, die gleichen Eltern zu bekommen, die ich heute habe.«

»Ich möchte nicht, dass mein Bruder in einem anderen Leben wieder mein Bruder wird.«

»Ich möchte in einem Land geboren werden, in dem es keine Schulen gibt.«

»Ich wünsche, dass ich dann alle meine Verwandten und Freunde wiedertreffen werde.«

»Ich möchte auf einem Bauernhof aufwachsen, auf dem viele Kühe und Pferde sind.«

»Ich wünsche, dass man keine Mathematik mehr lernen muss. Am besten wäre es, wenn man gar nicht mehr zur Schule müsste.«

»Ich möchte wieder Ministrant werden.«


Etwas später durfte Peter beim Unterricht für die Kinder, deren Erstkommunion anstand, mitwirken. Hin und wieder hielt er sogar kurze Vorträge über religiöse Themen, die bisweilen sogar von Erwachsenen gehört wurden. Schnell wurde offenbar, dass Peter ein natürliches Talent zum Reden hatte. Alle diese Aufgaben erfüllten Peter sehr. Fürs Fußballspielen blieb jetzt kaum noch Zeit.

Peter nahm seine Pflichten sehr ernst und übte sie höchst gewissenhaft aus. Nachdem er häufig während der Heiligen Messe feststellen musste, dass viele Messdiener recht unkonzentriert wirkten und nicht ruhig stehen konnten, nahm er diese bei der nächsten Zusammenkunft der Ministranten ins Gebet. Mit freundlichem, aber bestimmtem Ton sagte er der Gruppe:»Ich finde es nicht gut, dass ihr am Altar oft unaufmerksam und zappelig seid. Macht euch vor jedem Gottesdienst immer ganz bewusst, dass ihr einer *heiligen* Handlung beiwohnt, bei der auch unser auferstandener Herr Jesus Christus anwesend ist.«

Diese Worte verfehlten ihre Wirkung nicht.

**D**ann kam alles, wie es eigentlich kommen musste. Peter war von Vikar Hoffs, der längst sein großes Vorbild war, derart fasziniert, dass er auch Priester werden wollte. Herr Hoffs, mit dem er immer wieder über seinen Berufswunsch sprach, bestärkte ihn in seinem Vorhaben. Seinen Eltern wollte es Peter noch nicht anvertrauen, da er fürchtete, dass sein Vater damit nicht einverstanden sein würde.

Nachdem Peter im Alter von neunzehn Jahren sein Abitur mit Glanz bestanden hatte, suchte er das Gespräch mit seinen Eltern:»Auf eure Frage, ob ich schon wisse, was ich studieren möchte, habe ich bisher immer recht ausweichend geantwortet. Jetzt weiß ich es! Ich möchte Priester werden!«

Seine Mutter schien gar nicht einmal sonderlich erstaunt zu sein und meinte:»Da du dich seit Jahren so sehr in der Nachbarpfarrei engagiert hast, habe ich mir so etwas schon gedacht. Ich denke, eine Seelsorgertätigkeit passt sehr gut zu dir. Ich glaube, das ist sogar deine Berufung!«

Herr Bröske legte seine Stirn in Falten und sprach:»Überlege dir das gut, mein Junge! Deine Mutter und ich sind nicht die einzigen, die mit der Kirche nicht mehr viel verbinden können. Die Pfaffen haben in den letzten Jahrzehnten mit ihren Drohbotschaften viel Kredit verspielt. Auch gelingt es den meisten nicht, die christlichen Wahrheiten verständlich zu lehren. Im Dritten Reich hat sich die katholische Kirche ebenfalls nicht mit Ruhm bekleckert. Schließlich halte ich es für geradezu widernatürlich, dass die Priester zölibatär leben müssen. Du wirst also niemals eine Frau lieben dürfen. Überlege es dir also gut!«

Peter ließ sich nicht beirren und beharrte auf seinem Vorhaben. Allerdings war ihm bewusst, dass es nicht leicht sein würde, zeitlebens keine Frau haben zu dürfen. Er hatte nämlich mit der Liebe zum anderen Geschlecht schon Erfahrungen gesammelt. Wie bereits erwähnt gehörte zu den Oberministranten ein Mädchen. Sie hieß Ursula Jansen und war ein paar Monate jünger als er. Es war diejenige, die seinerzeit das Spiel »Was würdest du dir wünschen, wenn du noch einmal auf die Welt kommen würdest?« vorgeschlagen hatte. Die beiden waren sich von Anfang an sehr sympathisch und fühlten sich zueinander hingezogen. Sie sahen sich regelmäßig bei den verschiedenen Veranstaltungen in der Pfarrgemeinde. Des Öfteren gingen sie auch gemeinsam spazieren oder ins Kino. Peter empfand das hübsche Mädchen mit ihren kastanienbraunen, leicht gelockten Haaren und ihren rehbraunen Augen äußerst anziehend. Das, was zwischen ihnen waltete, war ungleich mehr als eine jugendliche Schwärmerei oder Liebelei. Da in ihm allerdings schon der Wunsch lebte, Priester zu werden, beließ er die körperliche Nähe bei Umarmungen und einigen Küssen. Es fiel beiden allerdings unsagbar schwer, diesen Punkt nicht zu überschreiten. Dass die Liebe, die beide füreinander empfanden, wohl unerfüllt bleiben müsste, war beiden bewusst. So entwickelte sich zwischen ihnen eine mehr platonische Freundschaft. Die tiefe Zuneigung, die sie verband, machte es ihnen allerdings unmöglich, den anderen jemals zu vergessen.

Peter war klar, dass er noch den obligatorischen 18-monatigen Wehrdienst bei der Bundeswehr ableisten musste, bevor er sich zum

Studium einschreiben konnte. Davor graute ihm gewaltig! Es war für diesen friedliebenden und mitfühlenden jungen Mann eine geradezu fürchterliche Vorstellung, zum Kriegsdienst an der Waffe ausgebildet zu werden und womöglich einmal in den Krieg ziehen zu müssen.

Er hatte schon in Erwägung gezogen, den Wehrdienst zu verweigern und stattdessen einen Wehrersatzdienst abzuleisten. In dieser Zeit des Kalten Krieges, in der schon ein geringer Anlass einen dritten Weltkrieg auslösen konnte, war es äußerst schwierig, als Kriegsdienstverweigerer anerkannt zu werden. Peter hatte auch mitbekommen, dass fast alle Mitschüler und Freunde, die einen Antrag gestellt hatten, in der anschließenden mündlichen Anhörung abgeschmettert wurden, weil sie keine hinreichenden Gründe hätten. So hielt er es im Grunde für nahezu aussichtslos, einen Antrag zu stellen. Sein Vater war ganz entsetzt, als er hörte, dass Peter mit dem Gedanken spielte, den Wehrdienst zu verweigern. »Natürlich sind das im Grunde achtzehn verlorene Monate. Aber es gehört zu den staatsbürgerlichen Pflichten eines jeden gesunden jungen Mannes, im Kriegsfall sein Land zu verteidigen! Und genau dazu dient der Wehrdienst. Ich fände es verwerflich, wenn du dich dem entziehen würdest.«

## Der 2. Scheideweg (1968)

In Peter arbeitete es. Die Argumente seines Vaters überzeugten ihn nicht. Allerdings rechnete er sich wenig Chancen aus, dem Wehrdienst zu entkommen.

Er stand nun vor der zweiten wichtigen Entscheidung in seinem Leben. Wie sollte er verfahren? Sollte er den Wehrdienst über sich ergehen lassen und hoffen, dass es später nicht zum Krieg kommt, oder sollte er doch einen Antrag auf Wehrdienstverweigerung stellen, wenngleich die Wahrscheinlichkeit, dass dieser anerkannt würde, gering war?

In der folgenden Nacht hatte Peter einen Traum, der ihn schweiß-gebadet aus dem Schlaf riss. Er sah sich in diesem Traum inmitten von grausamen Kriegshandlungen, bei denen er schließlich von einem umgestürzten Militärfahrzeug zerquetscht wurde.

Jetzt stand sein Entschluss fest! Er stellte einen schriftlichen Antrag auf Wehrdienstverweigerung, den er mit Hilfe von Vikar Hoffs sehr ausführlich und eindringlich begründete.

➤ | Natürlich konnte er auch dieses Mal nicht ahnen, wie ganz anders sein Schicksal sich gestaltet hätte, wenn er den Antrag *nicht* gestellt hätte. Wie radikal, ja dramatisch anders sein weiteres Leben von diesem Zeitpunkt an verlaufen wäre und wie das Leben einiger Menschen aus seinem Schicksalskreis sich gestaltet hätte, wenn er den Wehrdienst abgeleistet hätte, soll an späterer Stelle geschildert werden (☛ S. 137 bis 140).

Drei Wochen später kam es zu einer mündlichen Anhörung. Peter konnte in dieser selbst die provokativsten Fragen der Kommission plausibel beantworten. Da er ein ausgezeichneter Rhetoriker war, kamen seine Argumente gut rüber.

Wenige Tage später erhielt er zu seiner großen Freude die offi-zielle Nachricht, dass sein Antrag positiv beschieden wurde. Seine Mutter und insbesondere seine pazifistisch gesinnte Schwester waren ganz stolz auf Peter, weil er den Wehrdienst und somit auch einen späteren möglichen Kriegsdienst verweigerte.

Wenn jemand so wie Peter als Wehrdienstverweigerer anerkannt war, musste er stattdessen einen Wehrersatz- bzw. Zivildienst leis-ten. Bis zu einem gewissen Grad konnte man sich eine geeignete Einrichtung, bei der man diesen Dienst verrichten wollte, selbst su-chen.

Peter fragte bei einigen Krankenhäusern an, ob er dort seinen Zivildienst machen könnte. Schließlich bekam er von einem, das in der Nachbarstadt Gelsenkirchen lag, eine Zusage.

Hier wurde er nach einer mehrtägigen Unterweisung als Hilfskrankenpfleger beschäftigt. In erster Linie oblag es ihm, die Mahlzeiten an die Patienten auszuteilen, sie morgens zu waschen und ihre Notdurft zu entsorgen. Im Grunde machte er alles, wozu die professionellen Krankenschwestern und Krankenpfleger weder Zeit hatten noch Lust verspürten. Er nahm seine Aufgabe, die nicht immer ganz leicht war, aus Liebe und Mitleid mit den Kranken wahr. Wann immer er die Zeit fand, suchte er das Gespräch mit den Patienten, bei denen er sich nach ihren Wünschen, Hoffnungen und Sorgen erkundigte. Viele empfanden sein Engagement als großen Trost. Insbesondere wenn er Nachtdienst hatte, nutzte er die Gelegenheit, sich mit denjenigen Patienten zu unterhalten, die nicht schlafen konnten. Er ließ sie aus ihrem Leben erzählen oder las ihnen etwas vor. Die älteren Patienten schätzten es sehr, wenn er ihnen aus der Bibel vorlas. Oftmals dachte er: »Wenn ich mich nicht schon fest entschlossen hätte, den Priesterberuf zu ergreifen, könnte ich mir auch eine Tätigkeit als Pfleger oder Arzt vorstellen. Auch in einem solchen Beruf kann man etwas für andere Menschen tun.«

Einige Male stand er Patienten in deren Sterbestunde bei.

In seiner Freizeit engagierte er sich weiter in der Pfarrgemeinde. Als Ministrant war er eigentlich schon zu alt. Im Regelfall wurden diese, wenn sie so sechzehn, siebzehn Jahre alt waren, von ihrer Aufgabe entbunden. Bei Peter machte Vikar Hoffs eine Ausnahme. Da er zum einen zu den Oberministranten der Pfarrei gehörte und da er zum anderen Priester werden wollte, durfte er nach wie vor bei den sonntäglichen Hochämtern ministrieren. Auch seine anderen Aufgaben, die er in der Gemeinde übernommen hatte, übte er nach wie vor gewissenhaft aus, soweit es seine Zeit erlaubte. Mit Ausnahme von Ursula Jansen waren auch die anderen Oberministranten noch als solche aktiv. Ursula war jedoch wie von der Bildfläche verschwunden, ohne dass die beiden sich voneinander verabschiedet hätten.

Mit Vikar Hoffs hatte sich Peter mittlerweile richtig angefreundet. Dieser hatte ihm sogar das Du angeboten.

Ein halbes Jahr vor Abschluss seines Zivildienstes meldete sich Peter im Jahre 1970 zur Priesterausbildung an. Ihm wurde ein Studienplatz an einem Priesterseminar im Sauerland angeboten, wo er sich unverzüglich einschreiben ließ. Als dann das Studium begann, bezog er ein Zimmer in dem Konvikt, das dem Priesterseminar angegliedert war und das mit einem Studentenwohnheim an einer Universität zu vergleichen ist.

Das Studium dauerte insgesamt sechs Jahre. In den ersten Semestern musste Peter insbesondere Vorlesungen und Seminare über katholische Theologie und Kirchengeschichte belegen. Auch wenn ihm die dargebotenen Inhalte als etwas trocken erschienen, ließ er es an Fleiß nie vermissen. Als viel interessanter empfand er das, was in den letzten Semestern vermittelt wurde. Hier ging es unter anderem um pastorale Themen sowie die Liturgie der Messfeier.

Peter wurde von seinen Lehrern und Mitstudenten sehr geschätzt. Nur einmal legte er sich mit einem Dozenten an. Dieser forderte die Studenten auf, in ihrer späteren Ausübung des Priesteramtes die Gläubigen immer wieder zu ermahnen, ein anständiges und gottgefälliges Leben zu führen, damit sie nach ihrem Tod nicht ewige Qualen in der Hölle erleiden müssen. Daraufhin ergriff Peter das Wort: »Ich kann nicht glauben, dass es wirklich eine Hölle gibt, in der die bösen Menschen leiden müssen und aus der es kein Entrinnen gibt. Wie könnte man das mit der Liebe und Güte Gottes in Einklang bringen?« Einige seiner Mitstudenten nickten. Der Dozent antwortete in scharfem Ton: »Was Sie glauben, ist nicht von Belang! Entscheidend ist, was die heilige römisch-katholische Kirche lehrt! Das, was sie sagt, ist Gottes Wort! Im Katechismus heißt es ganz unmissverständlich, dass es eine Hölle gibt, in der die Menschen, die sich von Gott getrennt haben, ewig leiden werden! Basta!« Peter war klar, dass es keinen Sinn macht, mit diesem verbohrten Kirchenlehrer weiter zu diskutieren. An so etwas wie das Fegefeuer, in dem sich die wohl meisten Menschen erst von ihren Schwächen, Begierden und Trieben reinigen müssen, bevor sie reif sind, in den Himmel aufgenommen zu werden, glaubte er sehr wohl. Aber die Vorstellung ewiger Höllenqualen passte nicht in sein Weltbild.

An den Wochenenden fuhr Peter meistens heim zu seinen Eltern und seiner Schwester. Mittlerweile hatte er sich einen alten VW-Käfer zugelegt, so dass er nicht auf die schlechte Verbindung mit öffentlichen Verkehrsmitteln angewiesen war. Mit dem Auto dauerte es nur knapp zwei Stunden, bis er Essen erreichte.

Selbstverständlich besuchte er sonntags die Messe in der Kirche, in der er einige Jahre seine Aufgaben als Ministrant und später als Oberministrant wahrgenommen hatte. Auch jetzt ministrierte er noch bisweilen. Anschließend traf er sich meistens mit seinem Freund Bernhard Hoffs. Wenn dieser Zeit hatte, verbrachten sie den restlichen Tag miteinander. Peter berichtete Vikar Hoffs von den Fortschritten seines Studiums und ließ sich viele Ratschläge für die weitere Ausbildung sowie für sein späteres priesterliches Wirken geben.

Im letzten Jahr der Ausbildung wurde den Studenten empfohlen, sich selbst zu prüfen, ob sie sich zum Priesteramt *wirklich* berufen fühlen. Peter war sich seiner Sache im Grunde sicher. Allerdings dachte er immer noch häufig an Ursula Jansen. Er konnte sie einfach nicht vergessen! Manchmal malte er sich sogar aus, wie schön ein gemeinsames Leben mit ihr sein könnte. Dennoch war er fest entschlossen, das Opfer zu bringen, Gott zu dienen, anstatt ein Leben mit Ursula zu führen. Somit beantwortete er diese Frage für sich mit einem uneingeschränkten JA. Er war sich sicher. Doch das sollte sich schon etwas später ändern...

An einem Sonntag im Jahre 1975, als Peter wie so oft die Heilige Messe in der Essener Kirche besuchte, nahm er seit Jahren wieder einmal Ursula, die er immer noch in seinem Herzen trug, wahr. Im Anschluss an den Gottesdienst passte er sie auf dem Kirchhof ab. Nach dem Begrüßungs-Smalltalk wollte er sich eigentlich wieder von ihr verabschieden, damit seine Liebe zu ihr nicht erneut auf-

21

flammen konnte. Dann lud er sie doch zu einem Spaziergang ein, währenddessen es zu einem langen Gespräch kam.

Peter, der schnell bemerkte, dass seine Liebe zu Ursula nicht erneut aufflammen konnte, da sie noch gar nicht erloschen war, begann: »Ich habe dich schon seit Jahren hier nicht mehr gesehen. Ich dachte, du wärest aus Essen weggezogen.«

»Ja, das stimmt auch. Während du deinen Zivildienst abgeleistet hast und dann deine ersten Semester auf dem Priesterseminar studiert hast, habe ich eine Ausbildung zur Arzthelferin in einer hausärztlichen Gemeinschaftspraxis in Groß-Reken im Münsterland absolviert. Du kennst ja den Ort, in dessen Nähe wir mit der Ministrantengruppe einige Male ein Ferienlager aufgeschlagen hatten. Dass ich mich ausgerechnet für diese Praxis und nicht für eine in der näheren Umgebung entschieden habe, hat einen Grund. Ein Onkel von mir kennt die Ärzte und hat mir öfters berichtet, dass diese nicht nur schulmedizinische – wie das heute leider der Normalfall ist –, sondern auch naturheilkundliche Ansätze verfolgen. Das hat mich letztlich dazu bewogen, mich dort zu bewerben, was ich bis heute nicht bereut habe. Mittlerweile arbeite und wohne ich seit fast sieben Jahren dort. An manchen Wochenenden fahre ich nach Essen, um meine Eltern zu besuchen.«

Freilich entsprach Ursulas Argument, warum sie sich für die Arztpraxis im Münsterland entschieden hatte, nur der halben Wahrheit. Es gab nämlich einen noch gewichtigeren Grund, den sie Peter nicht offenbaren wollte: Sie wollte ihr weiteres Leben nicht in Essen oder der näheren Umgebung verbringen, um Peter möglichst nicht über den Weg zu laufen. Sie setzte alles daran, ihn möglichst zu vergessen, weil es sie einfach zu sehr schmerzte, dass ihre Liebe zu ihm unerfüllt bleiben musste.

»Und bist du verheiratet?«, wollte Peter wissen.

Ursula schien nach den richtigen Worten zu suchen. Am liebsten hätte sie ihm gesagt, dass sie ihn nie vergessen konnte und dass für sie vermutlich kein anderer Mann mehr in Frage kommt. Da sie fühlte, dass Peter ihr auch noch sehr zugeneigt war, und da sie es ihm nicht so schwer machen wollte, sagte sie nur: »Nein, ich glaube ich bin nicht zum Heiraten geboren. Es geht auch ganz gut ohne Mann. Mein Beruf füllt mich aus. Ich bin sehr zufrieden mit meinem Leben.« Ihre Mimik verriet allerdings, dass ihre Antwort weder aus dem Herzen kam noch der vollen Wahrheit entsprach.

Dann ließ sie sich von Peter einiges über das Studium am Priesterseminar erzählen. Schließlich wollte sie wissen: »Bist du dir wirklich sicher, den richtigen Beruf zu ergreifen? Oder hast du manchmal Zweifel?«

Mehr reflexartig antwortete Peter: »Ja, ich bin mir ganz sicher! Ich habe nicht den geringsten Zweifel!«

Er hatte seine Antwort noch nicht ganz ausgesprochen, als ihm bewusst wurde, dass es eine innere Lüge war! Vor einer Stunde hätte seine Aussage noch der Wahrheit entsprochen. Aber jetzt, wo er mit Ursula zusammen war, wurde ihm ganz deutlich, dass er sie von Herzen liebte und dass sie ihn und er sie glücklich machen könnte.

Natürlich gestand er das der jungen Dame nicht ein und zwang sich, diese Gefühle und Gedanken zu verdrängen. So sprachen die beiden noch über ein paar banale Themen, bevor sie sich mit den Worten »Mach's gut! Wir sehen uns!« verabschiedeten.

Ursula war tieftraurig, da ihr klar war, dass es keine Chance für ein gemeinsames Leben mit Peter mehr geben würde. Sie war ihm aber keineswegs böse. Vielmehr bewunderte sie seinen Entschluss und seine Standhaftigkeit. »Peter wird gewiss ein sehr guter Priester, der vieles zum Segen seiner Gemeinde bewirken wird. Dafür muss ich bereit sein, das Opfer zu bringen, auf ihn zu verzichten. Alles andere wäre purer Egoismus«, tröstete sie sich.

# Der 3. Scheideweg (1975)

Am liebsten hätte Peter ihr nachgerufen: »Bitte bleibe, Liebste! Möchtest du meine Frau werden?« Aber er blieb eisern.

An den nächsten Tagen war Peter nur mit halbem Herzen bei seinem Studium. Mit der anderen Hälfte dachte er an Ursula. Immer wieder stellte er sich Fragen, die ihn regelrecht quälten: »Was ist nur der Sinn dieses verflixten Zölibats? Warum muss ein Priester in Ehelosigkeit leben? Wie soll ich später anderen Menschen, die Eheprobleme oder Probleme mit der Kindererziehung haben, Rat erteilen, wenn ich selbst nie verheiratet war und selbst keine Kinder habe? Wäre das seelsorgerische Wirken eines verheirateten Priesters nicht viel kompetenter und fruchtbarer?« Der Sinn des Zölibats erschloss sich ihm nicht, wenngleich in der Priesterausbildung dazu Begründungen gegeben wurden, die aber einen mehr floskelhaften Charakter hatten und ihn nicht überzeugen konnten. »Schließlich dürfen evangelische Pfarrer auch die Ehe schließen. Dort steht sogar Frauen dieser Beruf offen. Deswegen sind sie ganz gewiss keine schlechteren Seelsorger als katholische Geistliche«, setzten sich Peters Gedanken noch lange fort.

Am folgenden Samstag besuchte Peter seinen Freund Vikar Hoffs und berichtete ihm von seiner inneren Zerrissenheit.

Dieser sprach nach kurzem Überlegen: »Solche inneren Kämpfe hat wohl jeder Priester einmal ausfechten müssen. Das sind Prüfungen, die jedem Priesteranwärter auferlegt werden. Auch ich kenne das. Kurz bevor ich aufs Priesterseminar gegangen bin, war ich bis über beide Ohren in eine junge Frau aus der Nachbarschaft verliebt. Ich war hin und hergerissen, wie ich mich entscheiden sollte. Schließlich habe ich mich dazu entschieden, Gottes Ruf zu folgen und ihm und später meiner Gemeinde zu dienen. Es war kein leichter Entschluss! Ich habe noch Jahre wegen der unerfüllten Liebe zu dieser Frau gelitten. Erst als ich dann erfuhr, dass sie geheiratet hatte, ließ der Schmerz nach.«

Als Peter am nächsten Tag wieder in seiner Stube im Konvikt saß, dachte er noch einmal über alles gründlich nach.

Dann traf er seine Entscheidung: »Ich werde es wie Bernhard machen! Auch ich werde Gottes Ruf folgen und ihm dienen. Ja, ich bleibe dabei, ich will Priester werden. Es ist schließlich mein Traumberuf!«

In den nächsten Jahren bewegte er oftmals den Gedanken, wie sein weiteres Leben wohl verlaufen wäre, wenn er sich für Ursula entschieden hätte...

> Wie sein weiteres Leben sowie die der Menschen aus seinem Schicksalskreis sich tatsächlich gestaltet hätten, wenn er die Priesterausbildung abgebrochen hätte, soll an späterer Stelle geschildert werden (S. 100 bis 136).

Im Jahr darauf schloss Peter sein Studium am Priesterseminar ab. Gleich anschließend wurde er in eine kleine Pfarrei in Borfeld im westlichen Münsterland entsandt, wo er ein Jahr lang ein Pfarrpraktikum absolvieren musste. In dieser Pfarrgemeinde wirkte nur *ein* Geistlicher. Dieser Pfarrer Handke war ein älterer Herr, der die sechzig schon überschritten hatte. Er, der sich nicht mehr allerbester Gesundheit erfreute, war sehr froh, dass er jetzt einen jungen Priesteranwärter zugeteilt bekam, der ihn auf vielen Ebenen unterstützen konnte.

Peter zog im Pfarrhaus ein. In diesem gab es neben einer kleinen Wohnung, in der er sich einrichtete, noch eine größere, in welcher der Pfarrer lebte, ein großes Arbeitszimmer, in dem sich die Pfarrbibliothek befand und das auch genutzt wurde, wenn Besucher empfangen wurden, eine Küche und ein Speisezimmer. Daneben gab es noch ein separates Zimmer, in dem Frau Maria Blome, eine Cousine des Pfarrers lebte. Die 60-jährige Frau Blome kümmerte sich als Haushälterin um das leibliche Wohl der beiden. Darüber hinaus war sie als Küsterin tätig. Außerdem besuchte und betreute sie hin und wieder die kranken Gemeindemitglieder.

Gleich am ersten Abend bat Pfarrer Handke Peter zu einem Gespräch ins gemeinsame Arbeitszimmer, um ihn ein wenig näher kennenzulernen.

25

Herr Handke war ein liebenswürdiger Mann mit einem trockenen Humor, wie er für die meisten Westfalen typisch ist. Er begann die Unterredung mit den Worten: »Herr Bröske, was halten Sie davon, wenn wir jetzt erst einmal ein gemeinsames Rauchopfer bringen?« Als er merkte, dass Peter seine Frage nicht verstand, öffnete er eine Zigarrenschachtel und bot ihm eine an. »Nein, vielen Dank, aber Rauchen gehört nicht zu meinen Lastern.« »Nun ja, es mag schon ein Laster sein, wenn man raucht. Aber *ein* Laster braucht der Mensch. Außerdem gibt es ohne Dampf keine Leistung!« Beide schmunzelten.

Nach einem halbstündigen Smalltalk ging es darum, das gemeinsame Arbeitsfeld ein wenig aufzuteilen. Pfarrer Handke sagte: »Wie Sie wissen, dürfen Sie vor der Weihe noch keine Messe zelebrieren und noch keine Sakramente spenden. Aber es gibt dennoch einiges, was Sie mir abnehmen könnten. Ich würde mich zum Beispiel sehr freuen, wenn Sie von nun an die sonntäglichen Predigten übernehmen. Ich bin nämlich ein recht lausiger Kanzelredner. Mit meinen Predigten habe ich schon ganze Kirchen leergefegt.« In der Tat war Herr Handke alles andere als ein guter Prediger. Meistens verstand er es nicht, seine Ansprachen, die häufig fast eine halbe Stunde dauerten, vernünftig zu strukturieren und das Thema seiner Predigt auf den Punkt zu bringen. Insbesondere die Jugendlichen verließen zu Beginn einer Predigt häufig die Kirche und unterhielten sich während dieser Zeit auf dem Kirchplatz. Erst wenn die Kanzelrede beendet war, gingen sie wieder an ihren Platz. Diejenigen, die der Ansprache beiwohnten, wussten am Ende meistens gar nicht, was die Botschaft des Pfarrers war.

Peter freute sich sehr über den Vorschlag. Er hatte schon in jüngeren Jahren das eine oder andere Mal seine rhetorischen Qualitäten unter Beweis gestellt.

Die Kanzelreden, die Peter von jetzt an jeden Sonntag halten durfte, wurden den Gläubigen stets zu einem unvergesslichen Erlebnis. Er verstand es ausgezeichnet, die entsprechenden Verse des Evangeliums, das an dem jeweiligen Tag gelesen wurde, in Verbindung zu den aktuellen Problemen und Aufgaben der Menschen zu bringen. Seine höchst lebendigen Ansprachen dauerten selten länger als zehn Minuten. Keiner verließ in dieser Zeit mehr die Kirche!

Peter erwies sich vom ersten Tag an als eine große Hilfe für den Pfarrer. Er durfte auf vielen Ebenen mitwirken.

Neben dem Halten der sonntäglichen Predigten gehörte die Schulung und Betreuung der Ministranten zu den weiteren Aufgaben, die Peter in diesem Jahr wahrzunehmen hatte. Hier hatte er ja schon in seiner Zeit als Oberministrant in der Essener Pfarrei reichliche Erfahrungen sammeln können.

Dann oblag es ihm, Frau Blome zu entlasten und die kranken Gemeindemitglieder zu besuchen. Aufgrund seiner großen Empathie konnte er sich gut in deren Lage hineinversetzen und ihnen stets ein großer Trost sein. Auch trat er einige Male an das Bett eines Menschen aus der Gemeinde, der bereits der Schwelle des Todes nahe war. Oftmals harrte er dort viele Stunden aus. Er hörte sich ihre Sorgen und Ängste an und versuchte alles Menschenmögliche zu tun, was für sie noch wichtig war. Viele Sterbende begrüßten es, aus ihrem Leben erzählen zu dürfen. Peter hörte ihnen stets geduldig zu. Abschließend las er ihnen meistens aus einem der Evangelien vor und sprach ein Gebet mit ihnen.

Abends saßen Pfarrer Handke und Peter oft noch zusammen und unterhielten sich über Gott und die Welt.

Bei einem dieser Gespräche meinte der Pfarrer: »Es ist ein Segen für die Kirche, dass junge und fähige Männer wie Sie, Herr Bröske, bereit sind, sich in ihren Dienst zu stellen. Als ich jung war, gab es fast zu viele Interessenten für den Priesterberuf, so dass die Seminare gar nicht alle aufnehmen konnten. Heute muss man ja froh sein, wenn sich überhaupt noch jemand für diesen Beruf entscheidet. Ohne die vielen ausländischen Kollegen gäbe es bereits einen Engpass. Und ich fürchte, dass das noch schlimmer kommen wird.«

»Ja, das ist wohl wahr! Meiner Meinung nach ist das Zölibat einer der Gründe dafür, dass sich immer weniger entschließen, Priester zu werden«, sagte Peter. Dann erzählte er kurz von seiner Liebe zu Ursula und seinen inneren Kämpfen.

Pfarrer Handke lächelte: »Ja, wer kennt dieses Problem nicht! Schon Goethe sagte in seinem Faust: ›*Das ewig Weibliche zieht uns hinan.*‹ Glauben Sie ja nicht, ich wäre nie verliebt gewesen! Das kann einem selbst in höherem Alter noch passieren. Aber es gibt doch nichts Schöneres, als sein Leben ganz Gott zu weihen! Oh, da ist mir wohl gerade eine der üblichen Floskeln über die Lippen gekommen. Ich muss gestehen, dass sich mir die Notwendigkeit der Ehelosigkeit auch nicht erschließt. Wäre ich verheiratet, so wäre ich gewiss kein besserer, aber ganz sicher auch kein schlechterer Pfarrer als ich es heute bin. – Wie auch immer, ich bin heilfroh, dass *Sie* sich richtig entschieden haben. Sie sind mir jetzt schon eine große Hilfe, und Sie werden gewiss ein sehr guter Priester werden!«

Als Peter dem Pfarrer schon eine gute Nacht wünschen wollte, meinte dieser: »Warten Sie noch ein Weilchen, ich muss Ihnen unbedingt noch einen Witz erzählen: Also, drei evangelische Pfarrer sitzen im Wirtshaus beieinander und unterhalten sich. Zwei beklagen, dass sich im Dachgebälk ihrer Kirchen so viele Fledermäuse eingenistet hätten und alles mit ihren Exkrementen verdrecken würden. Der eine meinte: ›Ich werde mit dem Problem nicht fertig. Neulich habe ich Gift ausgestreut, aber die Biester sind so klug, dass sie das Zeug nicht anrühren.‹ ›Auch ich habe schon einiges unternommen. Erst letzte Woche habe ich meinen Kirchendiener beauftragt, ihnen mit einer Schrotflinte den Garaus zu machen. Aber er hat keine einzige erwischt‹, sagte der andere. Der Dritte schmunzelte und sprach: ›Bei mir ist das Problem gelöst!‹ ›Wie um alles in der Welt haben Sie das geschafft?‹, wollten die beiden anderen wissen. ›Ganz einfach: Ich habe sie erst getauft und kurze Zeit später konfirmiert. – Danach sind sie weggeblieben.‹ «
Peter lachte lauthals: »Das ist der beste Witz, den ich seit langem gehört habe. Er bringt das Problem, das viele Kirchengemeinden heute haben, auf den Punkt. Bis zur Konfirmation bzw. Firmung gehen die meisten Jugendlichen noch fleißig in den Gottesdienst.

Wenn sie dann langsam erwachsen werden, wollen sie mit der Kirche nichts mehr zu tun haben. Glücklicherweise ist das in unserer Gemeinde wohl nicht ganz so schlimm.«

Das Jahr verging wie im Flug. Peter ging noch einmal in sich. Aber es gab für ihn jetzt nicht mehr den geringsten Zweifel daran, dass er bereit war, sich zum Priester weihen zu lassen.

Die feierliche Priesterweihe fand wenige Wochen später im Dom zu Münster statt. Peter Bröske war an diesem Tage 28 Jahre alt.

Drei Wochen danach feierte er Primiz. Das ist die erste Heilige Messe, die ein frisch geweihter Priester zelebrieren darf. Auf Peters Wunsch fand die Primiz nicht in seiner eigentlichen Heimatpfarrei statt, sondern in der, in welcher sein Freund Bernhard Hoffs als Priester wirkte und in der er selbst lange Zeit als Ministrant bzw. Oberministrant tätig war. Seine Eltern schenkten ihm ein wunderschönes Messgewand mit zahlreichen gestickten Applikationen, das er bei seiner Primiz am Altar trug.

Peter war im Vorfeld sehr aufgeregt, freute sich aber unbändig, endlich seine erste Messe feiern zu dürfen. Er machte seine Sache großartig. In der Predigt sprach er über seinen ganz persönlichen Weg, der ihn zum Priesterberuf geführt hatte. Hierbei ließ er auch die Gewissenskonflikte, die ihn so sehr gequält hatten, nicht aus.

Alle, die dem Gottesdienst beiwohnten, waren von der äußerst würdigen Art seines Zelebrierens sowie seiner Ansprache sehr angetan. Seine Eltern, seine Schwester und Vikar Hoffs waren stolz auf ihn.

Ursula Jansen hatte auch von der Primiz erfahren. Sie hätte eigentlich sehr gerne teilgenommen. Letztlich entschied sie sich aber, fernzubleiben, weil es sie ansonsten wohl zu sehr geschmerzt hätte, sehen zu müssen, dass sie Peter jetzt endgültig verloren hatte. Sie schrieb ihm aber einen Brief, in dem sie ihm gratulierte und von Herzen alles Gute wünschte.

Nun war Peter Bröske also katholischer Priester. Er bekam ein Vikariat in der Pfarrei in Borfeld, in der er bereits sein Praktikum gemacht hatte. Üblicherweise wird einem jungen Vikar eine neue Pfarrei zugewiesen. Da Pfarrer Handke mit großem Nachdruck seinem Wunsch Ausdruck verlieh, Peter als Unterstützung in seiner Gemeinde behalten zu wollen, wurde letztlich so entschieden.

Fast gleichzeitig bekam Herr Hoffs eine Pfarrerstelle in Dülmen. Die Entfernung zwischen Dülmen und Borfeld beträgt nur knapp 30 Kilometer, so dass die beiden Freunde sich regelmäßig besuchen konnten, ohne lange unterwegs zu sein. Natürlich telefonierten sie auch oftmals miteinander. Übrigens, genau auf halber Strecke liegt Groß-Reken, wo Ursula seit einigen Jahren lebte und als Arzthelferin tätig war.

Da Pfarrer Handke – wie bereits erwähnt – gesundheitlich etwas angeschlagen war, durfte Peter die weitaus meisten Aufgaben, die in der Gemeinde anstanden, übernehmen. Herr Handke beschränkte sich im Wesentlichen darauf, montags und freitags die Messe zu feiern. Darüber hinaus nahm er den Gläubigen auch noch die Beichte ab.»Das Abnehmen der Beichte werde ich noch weitestgehend übernehmen. Es sind ohnehin immer die gleichen, die zum Beichten kommen. Ich kenne meine Pappenheimer schon. Die beichten im Grunde immer die gleichen kleinen Sünden. Da muss ich oft gar nicht richtig hinhören«, sagte er einmal zu Peter.

Des Weiteren führte er hin und wieder Tauf- und Bestattungsrituale durch. Außerdem hielt er nach wie vor den Religionsunterricht in den ersten zwei Klassen an der Grundschule. Die anderen zwei Klassen unterrichtete Peter, der auch den Religionsunterricht in zwei Klassen der Hauptschule erteilte.

Peter musste als junger Priester also schon eine große Verantwortung tragen und ein gewaltiges Aufgabenpensum übernehmen. Pfarrer Handke setzte großes Vertrauen in ihn, das Peter nie enttäuschte. Der junge Priester erfüllte alle seine seelsorgerischen Pflichten mit größter innerer Überzeugung und Hingabe.

Genau wie sein Freund Bernhard Hoffs, der ihm immer noch ein großes Vorbild war, widmete er sich in seiner Gemeinde sehr stark der Jugendarbeit. In die Gruppen durften nicht nur Ministranten, sondern auch alle anderen interessierten Jugendlichen kommen.

An jedem Dienstagnachmittag traf man sich in einem Jugendheim, das der Gemeinde gehörte und in den letzten Jahren meistens verwaist war. In den Gruppenstunden wurden nicht nur Texte der Bibel bewegt, sondern es wurde über alles diskutiert, was junge Menschen beschäftigt. Dieses Angebot sprach sich schnell rum, so dass Peter schon bald die Gruppe teilen musste, weil zu viele Interessenten regelmäßig erschienen. Unter ihnen waren einige, die aus einer anderen Pfarrei kamen. Drei gehörten sogar dem evangelischen bzw. jüdischen Glauben an, was Peter sehr freute.

An manchen Wochenenden und in den Sommerferien veranstaltete er mit den jungen Leuten Ferienfreizeiten. Meistens wurde in der näheren Umgebung ein Zeltlager aufgeschlagen. Selbstverständlich wurde dann auch viel Fußball gespielt, was Peter schon in seiner Kindheit so gerne machte.

Die Jugendlichen liebten Peter, und er liebte sie.


In der katholischen Kirche ist es seit Jahrhunderten und bis zum heutigen Tage Usus, dass der Priester den Gläubigen, die zur Beichte gehen, nach der Absolution das Sprechen einiger Gebete zur Buße aufgibt. Üblicherweise müssen die Gläubigen das »Gegrüßet seist Du, Maria« und das Vaterunser beten. Je nach Schwere der Sünden müssen sie diese Gebete jeweils drei bis zehn Mal sprechen. Wenn sie besonders gravierende Sünden bekannt haben, so wird ihnen sogar auferlegt, den kompletten Rosenkranz zu beten. Diese Gebete werden dann meistens nur runtergeleiert oder in Rekordzeit runtergerattert. Peter konnte sich noch gut daran erinnern, dass er das in jungen Jahren nicht viel anders gehandhabt hatte.

Ihm war bewusst, dass dadurch diese großartigen Gebete entwürdigt und entweiht werden. »Das heilige Vaterunser darf kein Strafgebet sein!«, dachte er. Von nun an wich er von dieser alten Gepflogenheit ab. Er sagte den Beichtenden nach der Absolution: »Nimm dir jetzt in der Kirche noch die Zeit, in dich zu gehen. Bitte Gott oder unseren Herrn Jesus Christus, dass er dir zukünftig die

Kraft schenken möge, deine Schwächen zu überwinden und Sünden zu vermeiden. Suche das Zwiegespräch mit ihm, und formuliere deine Bitte mit eigenen Worten. Wenn du möchtest, kannst du anschließend noch ein Vaterunser sprechen.« Kindern empfahl er meistens, sich mit ihrer Bitte an ihren Schutzengel zu wenden.

Als er dem Pfarrer, der immer noch die meisten Beichten abnahm, davon berichtete, sagte dieser: »Das habe ich bisher noch nie aus diesem Blickwinkel betrachtet. Aber Sie haben schon recht, ein Gebet sollte niemals so etwas wie eine Strafe sein. Es ist wirklich erstaunlich, dass durch Sie der Horizont eines alten Mannes immer noch erweitert wird.« In der Folgezeit griff Pfarrer Handke Peters Idee auf, auch wenn er aus Gewohnheit oft noch in sein altes Muster zurückfiel.

Nach zwei, drei Jahren war Peter in der Gemeinde so richtig angekommen. Er wurde von allen sehr geschätzt. Sein Rat wurde stets gern gehört. Er liebte seinen Beruf und hätte sich keinen besseren vorstellen können. Allerdings ging ihm seine Jugendliebe immer noch nicht aus dem Kopf, obwohl er sie schon so lange nicht mehr gesehen hatte. Oftmals dachte er: »Wie glücklich könnte ich erst sein, wenn Ursula bei mir wäre, wenn wir womöglich sogar in ehelicher Gemeinschaft leben könnten!«

Wann immer er die Zeit fand, widmete sich Peter wieder mehr dem Studium der Evangelien. Im Priesterseminar empfand er die Exegese als sehr trocken und uninspiriert. Ihm war bewusst, dass in den Texten der Heiligen Schrift noch unendlich viel verborgen ist, was darauf wartet, entdeckt zu werden. Er fand es immer etwas schade, dass in der katholischen Kirche die Evangelien nach Matthäus, Markus und Lukas so präferiert werden. Das Evangelium des Johannes, welches das spirituellste, tiefgründigste und somit auch schwierigste ist, wird hingegen recht stiefmütterlich behandelt. Nur höchst selten wird in der Kirche aus dieser Schrift gelesen. Das Johannes-Evangelium wird im Grunde nicht ernst genommen, weil es so gänzlich anders als die drei anderen, deren Schilderungen weitgehend übereinstimmen, ist. Viele halten es für eine Art Hymnus, nicht aber für etwas, was Tatsachen beschreibt.

Peter besorgte sich dieses vierte Evangelium im griechischen Originaltext und machte sich über einen Zeitraum von mehreren Wochen die Mühe, es selbst zu übersetzen. Nicht zuletzt durch diese Bemühung wurde es ihm immer verständlicher, so dass es ihm vieles offenbaren konnte, was ihm vorher nicht bekannt war.

Von diesem Zeitpunkt an las er in der Heiligen Messe sehr viel häufiger aus diesem Evangelium als es die Leseordnung der Kirche vorgab, was ihm Pfarrer Handke nachsah.

Mit Beginn des dritten Jahres seiner Tätigkeit als Vikar führte Peter Gemeindeabende ein, die es seit vielen Jahren in der Pfarrei nicht mehr gegeben hatte. Diese Veranstaltungen, die an jedem zweiten Donnerstagabend im Pfarrsaal stattfanden, wurden von nun an zu einem festen Bestandteil im Gemeindeleben. In diesem Rahmen wurde über Themen gesprochen und diskutiert, welche ihn oder die Gläubigen bewegten. Manchmal hielt Peter Vorträge über spezielle religiöse Themen. Am ersten Abend sprach er mit den Anwesenden über die besondere Bedeutung des Johannes-Evangeliums.

Meistens kamen erstaunlich viele Gemeindemitglieder zu diesen Abenden. Man war dankbar für dieses Angebot. Auch Pfarrer Handke lobte Peters Initiative und mischte sich bisweilen unter die Teilnehmer.

Nachdem der junge Vikar nun schon etliche Heilige Messen in der Gemeinde zelebriert hatte, fasste er den Mut, einige Änderungen vorzuschlagen. Schon immer hatte er beim Vollzug des Messopfers einiges bemerkt, was ihm missfiel. Da er diese Dinge ändern wollte, lud er die Gläubigen zu einem besonderen Gemeindeabend mit dem Thema »Änderungen beim Vollzug des Messopfers« ein.

Der Pfarrsaal war an diesem Donnerstag besonders gut besucht. Weit mehr als die Hälfte derjenigen, die regelmäßig die sonntägliche Messe mitzufeiern pflegten, war erschienen.

Peter begann: »Meine sehr verehrten Damen und Herren, liebe Freunde, ich möchte heute mit Ihnen ein sehr wichtiges Thema bewegen. Es geht um nichts Geringeres als die Heilige Messe, die ich insbesondere jeden Sonntag mit Ihnen feiern darf. Viele von Ihnen nehmen seit Jahr und Tag daran teil. Fragen wir uns einmal, warum wir das eigentlich machen. Könnten wir den Sonntagvormittag nicht anders – vielleicht sogar sinnvoller – nutzen?« Die Zuhörer schienen aufgrund dieser provokativen Frage etwas irritiert zu sein. Peter fuhr fort: »Ich möchte Ihnen zunächst einmal eine ganz einfache Frage stellen, und ich bitte um viele ehrliche Antworten. Also, was ist für Sie ganz persönlich der Beweggrund, jeden Sonntag an der Heiligen Messe teilzunehmen?«

Zunächst traute sich keiner, etwas zu sagen. Dann begann ein Herr, der auch dem Kirchenvorstand angehörte: »Es ist für einen Katholiken Pflicht, jeden Sonntag die Messe zu besuchen. Das gehört zu den Kirchengeboten!«

»Ja, es wäre doch eine Sünde, den sonntäglichen Gottesdienst zu schwänzen. Es sei denn man ist krank«, sagte eine ältere Dame.

Eine jüngere Dame meinte: »Mir gefällt diese feierliche Stimmung. Insbesondere die Orgelmusik und den Gesang empfinde ich als erhebend. Da kann ich abschalten und für eine Stunde meine alltäglichen Sorgen vergessen.«

»Das gehört sich einfach, weil es eine uralte Tradition ist. Schon meine Eltern und Großeltern haben diesen Brauch gepflegt«, fügte ein älterer Herr hinzu.

Ein Mann mittleren Alters meinte noch: »Es ist irgendwie ein Fixpunkt in meinem Wochenablauf. In der Kirche treffe ich viele Bekannte, mit denen ich hinterher auf dem Kirchplatz ein Schwätzchen halten kann. So erfahre ich immer wieder Neuigkeiten.«

Jedem dieser Motive wurde von einem jeweils großen Teil der Anwesenden zugestimmt, was man an deren Kopfnicken oder an Äußerungen wie etwa »Ja, genau!« ablesen konnte.

Peter war recht erstaunt, dass so viele ihre Gründe offengelegt hatten. Es dauerte über fünf Minuten, bis keine weitere Wortmeldung mehr kam.

Dann sagte er: »Ich danke Ihnen für die vielen Beiträge. Alles, was Sie gesagt haben ist im Grunde richtig oder zumindest nachvollziehbar. Dennoch scheint mir das Wesentliche zu fehlen. Das Messopfer, das wir Sonntag für Sonntag und auch an manchen Werktagen feiern, ist nicht irgendeine beliebige Veranstaltung, die einem gefallen oder missfallen kann. Es ist nicht wie ein Konzert oder eine Theateraufführung, an der man sich erfreuen oder die man kritisieren kann. Es ist auch keine Handlung, der man aus äußeren Gründen oder Zwängen beiwohnt, sondern eine heilige. Nicht umsonst sprechen wir von der *Heiligen* Messe. Alles, was hier vollzogen wird, hat eine hohe spirituelle Bedeutung. So dürfen wir etwa das Wort Gottes, das aus den Evangelien spricht, hören. Das Wichtigste aber ist, dass unser Herr Jesus Christus anwesend ist und die Messe gewissermaßen mit uns feiert. Ich kann Ihnen versichern, dass es einige mit Hellsichtigkeit begabte Menschen gibt, die den Auferstandenen während einer würdig vollzogenen Messfeier ähnlich wahrnehmen können, wie ihn Paulus vor 2.000 Jahren in Damaskus wahrzunehmen vermochte. Der Wein und das Brot werden im Rahmen der Wandlung zu seinem Blut und seinem Leib. Das ist ein ganz realer geistiger Vorgang, auch wenn es mit unserem Verstand nur schwer zu begreifen ist. Dann dürfen wir in der Kommunion seinen heiltragenden Leib empfangen.

Wenn Sie das annehmen und verinnerlichen können, dürfte klar sein, dass alle Motive, die Sie genannt haben, keine besonders guten sind. Mir liegt es fern, jemandem zu nahe zu treten oder gar zu verletzten. Dennoch muss es gesagt sein: Jemand, der nur deshalb in die Kirche geht, weil es Tradition ist oder weil es die Kirche vorschreibt, kann auch zu Hause bleiben. Erst recht sollte jemand lieber daheim bleiben, dessen Motiv für den Kirchgang nur darin besteht, von anderen Leuten gesehen und für einen anständigen, frommen Menschen gehalten zu werden. Auch jemand, der einen Gottesdienst zur Erhöhung seiner *eigenen* Wohlfahrt besucht, hat nicht die richtige Motivation.

Wenn wir die Heilige Messe feiern, dann sollten wir das in der Verehrung Christi und in der Andacht an Christi Tat machen. Diese würdevolle, hingebungsvolle und andächtige Stimmung ist notwendig. Sie ist die einzig angemessene! Wenn wir in einer solchen Gestimmtheit die Heilige Messe besuchen, dann ist das sehr gut. Wenn wir diese nicht in uns hervorzurufen vermögen, können wir auch ebenso gut zu Hause bleiben. Dann hat es keinen besonders großen Wert – weder für uns selbst noch für die Welt – weder für die sinnliche noch für die geistige.«

Die Worte hatten gesessen! So hatten die Anwesenden noch nie einen Geistlichen reden hören. Es herrschte größtmögliche Stille im Saal. Einige wirkten etwas verunsichert; viele fühlten sich persönlich angesprochen, weil der Vikar ihre Motive für den Besuch der Heiligen Messe als unpassend entlarvt hatte. In allen arbeitete es.

Peter unterbrach die Stille erst nach etwa zwei Minuten und setzte seine Ansprache fort: »Wenn wir das, was ich soeben über die Heiligkeit des Messopfers zu sagen versucht habe, wirklich in unsere Herzen aufnehmen können, dann ist es unabdingbar, dass wir einige äußere Dinge die sich seit Jahrhunderten im Vollzug des Messopfers eingeschlichen haben, ändern. Eine dieser Änderungen habe ich bereits vor einer Woche stillschweigend vollzogen. Vielleicht haben Sie sich schon gewundert, dass die Messdiener nicht während der Opferung mit dem Klingelbeutel durch die Reihen kamen, wie Sie das seit Ihrer Kindheit gewohnt waren. Diese Vorgehensweise habe ich schon in meiner Jugend als etwas empfunden, was die Messe geradezu entweiht. Geld, der ›Gott Mammon‹, hat in einer heiligen Handlung nichts verloren! Jeder, der etwas spenden möchte, kann ab sofort seinen Obolus beim Verlassen der Kirche an den Ausgängen entrichten. Außerdem lenkt das Geldsammeln während der Opferung die Konzentration der Gläubigen vom Wesentlichen ab und führt zu einer unschönen Geräuschkulisse.«

Ungefragt äußerten einige, dass sie diese Änderung gut nachvollziehen konnten und sehr begrüßten.

Peter legte nach: »Es gibt noch zwei weitere Dinge, die wir ab sofort ändern sollten. Die unschönen Geräusche, die bisher während der Kollekte zu hören waren, sind nicht die einzigen, die den Vollzug der Heiligen Messe stören und entweihen. – Sie sind es seit Jahr und Tag gewöhnt, dass Sie an bestimmten Stellen der Messe stehen, an anderen knien müssen und nur bei der Predigt auf den Bänken sitzen dürfen. Ich empfinde dieses dauernde ›Auf und Nieder‹ mit der damit zwangsläufig verbundenen Geräuschkulisse als unpassend und geradezu unwürdig, zumal der Fußboden knatscht und die Kniebänke recht knarren. Natürlich hat es einen guten Grund, dass man sich bei der Wandlung und der Kommunion hinkniet, um in Verehrung auf das große Ereignis, das am Altar vollzogen wird, zu schauen. Aber eine Stimmung der Verehrung, Demut und Anbetung ist etwas *Inneres*. Sie hat nichts damit zu tun, ob man kniet, steht oder sitzt. Wir werden ab nächsten Sonntag folgende Änderung vornehmen: Die Kniebänke können Sie als nicht vorhanden betrachten, was gewiss einigen von Ihnen sehr recht sein wird. Ansonsten dürfen Sie von zwei Ausnahmen abgesehen während der gesamten Messfeier sitzen. In dieser relativ bequemen Körperhaltung dürfte es Ihnen leichter fallen, die Messe innerlich mitzuvollziehen. Darauf kommt es nämlich an, dass Sie mit ihren ganzen Bewusstseinskräften bei der Sache sind. Nun zu den beiden Ausnahmen: Beim Lesen des Evangeliums und beim Sprechen des Vaterunser bitte ich Sie, sich von Ihren Plätzen zu erheben.«

Dann kam Peter auf den zweiten Punkt zu sprechen. In der Heiligen Messe wird nach der Wandlung, unmittelbar vor der Kommunion von der Gemeinde das Vaterunser gesprochen. Peter missfiel es immer, dass dieses großartige Gebet von den Gläubigen so schnell und anscheinend gedankenlos runtergerattert wurde. Dieses unwürdige ›Kampfbeten‹ ist ihm schon früher als junger Bursche in der Essener Pfarrei sauer aufgestoßen. Das wollte er in seiner jetzigen Pfarrei ändern. Zunächst führte er aus, warum es sich bei diesem Gebet, das der Herr uns selbst gelehrt hat, um ein besonders wichtiges handelt. Dann gab er zu jeder der in diesem Gebet formulierten sieben Bitten ausführliche Erläuterungen. Er schloss mit den Worten ab: »Wenn wir uns alle wirklich bewusst machen, ein welch heiliges Gebet das Vaterunser ist, können wir gar nicht anders, als es langsam, mit Bedacht und Würde zu sprechen. Das wollen wir ab nächsten Sonntag gemeinsam versuchen. An den nächsten drei Sonntagen werde ich es *allein* sprechen. Sie können es innerlich mitbeten und sich an dem von mir vorgegebenen Sprechtempo orientieren. Danach werden wir es wieder gemeinsam beten.«

Die Botschaften waren angekommen und sprachen sich auch schnell unter denjenigen Gemeindemitgliedern herum, die nicht am Gemeindeabend teilnehmen konnten. Es dauerte noch ein paar Wochen, bis sich alles eingespielt hatte. Von da an gab es kein ›Auf und Nieder‹ und kein ›Kampfbeten‹ mehr. Die Neuerungen kamen bei nahezu allen sehr gut an. An den Sonntagen war die Kirche häufig so gut besucht, dass beinahe der letzte Platz belegt war.

Ja, Peter Bröske war ein Priester, der sich ganz seinem Gewissen und seiner inneren Führung verantwortlich fühlte. Da scherte es ihn auch wenig, wenn er damit den Anordnungen und jahrhundertealten Gepflogenheiten der Kirche zuwiderhandelte.

Als Peter Pfarrer Handke von den geplanten Neuerungen sowie den Argumenten, auf denen sie basierten, im Vorfeld berichtete, sagte er zu Peter: »Mann Bröske! Sie sind ja ein richtiger Reformer, fast schon ein Revoluzzer! Also, mir gefällt auch einiges nicht, aber ich hätte es nie gewagt, etwas zu ändern, was von der Kirche vorgeschrieben wird. Da hätte ich schon einen Bocksprung über mich selbst machen müssen! Vermutlich bin ich einfach zu autoritätsgläubig. Also, ich finde Ihre Ideen sehr gut! Schauen wir mal, wie sie bei der Gemeinde ankommen. Ich werde sie jedenfalls mittragen.«

Peters Schwester Marlies, die noch immer bei ihren Eltern wohnte, war seit einigen Jahren krank. Es war eine Krankheit, welche die Ärzte sich nicht recht erklären konnten. Fast jeder Arzt, den sie konsultierte, stellte eine andere Diagnose. Die verschiedensten Medikationen brachten keinen Erfolg. Ihrer beruflichen Tätigkeit als Floristin konnte sie nicht mehr nachgehen.

Marlies wurde immer schwächer und konnte das Haus kaum noch verlassen. Sie wurde mehr und mehr zum einem Pflegefall. Es war klar, dass ihre Lebenszeit nur noch sehr begrenzt sein würde. Ihre Eltern wollten sie aber auf keinen Fall in ein Pflegheim bringen. Allerdings fehlte es ihnen, die ja auch nicht mehr die Jüngsten waren, an der Kraft, sie daheim zu betreuen.

Die Krankheit seiner Schwester und die Sorgen seiner Eltern bedrückten und beschäftigten Peter sehr.

Eines Abends schoss ihm der Gedanke ein: »Wer sollte sich um meine Schwester kümmern, wenn nicht ich!« Er gebar die Idee, Marlies in seine Wohnung aufzunehmen.

Am nächsten Tag teilte er sein Vorhaben Pfarrer Handke mit, dessen Zustimmung er einholen wollte. Herr Handke meinte: »Ja, das ist ein sehr christlicher Gedanke! Ich habe nichts dagegen. Frau Blome wird Sie sicher unterstützen.«

Gesagt, getan! In der folgenden Woche holte er Marlies ab und gab ihr ein Zimmer in seiner Wohnung. Sowohl Marlies als auch seine Eltern waren ihm sehr dankbar.

Marlies war mittlerweile auf einen Rollstuhl angewiesen und häufig sehr schlapp und müde. Allerdings war sie noch bei klarem Bewusstsein.

Peter tat alles, um ihr ihren letzten Lebensabschnitt so erträglich wie eben möglich zu gestalten. Vor den Messfeiern schob er sie stets in die Kirche, damit sie teilnehmen konnte. Wann immer er die Zeit fand, gesellte er sich zu ihr, um mit ihr zu reden und zu beten. Frau Blome sowie eine Mitarbeiterin von einem Pflegedienst kümmerten sich um alles andere, was notwendig war.

Einige Monate später konnte Marlies das Bett nicht mehr verlassen. Nur noch selten war sie ansprechbar. Meistens döste sie nur vor sich hin. Ein Arzt, der zur Pfarrgemeinde gehörte und den Peter sehr schätzte, sagte nach einem seiner Besuche an Marlies' Krankenlager: »Herr Bröske, es kann jetzt jeden Tag so weit sein. Ihre Schwester wird höchstens noch ein paar Tage in dieser Welt sein.«

Am Abend spendete Peter seiner Schwester das Sakrament der Letzten Ölung und reichte ihr die Kommunion. Anschließend sprach er ein Sterbegebet. Noch in der gleichen Nacht ging Marlies durch die Pforte des Todes. Am folgenden Tag nahm Peter an ihrem Sterbelager die Aussegnung vor. Drei Tage später las er die Totenmesse und zelebrierte anschließend das Bestattungsritual auf dem Friedhof.

Es war das erste Mal, dass Peter einen Menschen aus seinem engeren Umfeld durch den Tod verlor.

In der Folgezeit beschäftigte ihn das Thema »Sterben und Tod« in besonderem Maße. Sein Interesse an diesem Thema sollte sich ein paar Wochen später noch steigern.

Peter hatte schon etliche Gemeindemitglieder beerdigt, manchen hatte er sogar in der Todesstunde beigestanden. Allerdings handelte es sich bei ihnen fast immer um alte oder zumindest ältere Menschen, bei denen der Tod eine Erlösung von langem, schwerem Leiden war.

Nun kam eines Tages ein Gemeindemitglied und teilte ihm unter Tränen mit, dass seine 12-jährige Tochter Gerda, die Peter sehr gut kannte, bei einem Verkehrsunfall ums Leben gekommen sei, und bat ihn, die Trauerfeierlichkeiten zu vollziehen.

Peter war bestürzt und hatte tiefstes Mitleid mit dem so früh und auf so tragische Art verstorbenen Mädchen und ihren Angehörigen. Als er am Abend vor der Beerdigung die Trauerrede vorbereitete, kam er erstmals in eine Glaubenskrise. »Wie kann Gott nur ein so junges Mädchen aus dem Leben reißen? Was ist der Sinn dieses frühen Todes? Was soll ich am Grab nur sagen? Mit welchen Worten kann ich die Eltern und Geschwister trösten?«, fragte er sich. Da er keine Antworten fand, stöberte er in einigen katholischen Lehrbüchern, die in der Pfarrbibliothek standen. In diesen stieß er auf Formulierungen wie »Gottes Wege sind unergründlich!«, »Wenn ein so junges, unschuldiges Geschöpf stirbt, wird es von Gott sofort in den Himmel aufgenommen!« und »Wenn ein Kind stirbt, wird es ein kleiner Engel!« Ihm war klar, dass es sich bei diesen Sätzen um Floskeln handelte. Diese wollte er den Trauergästen aber nicht zumuten.

Als es dann am nächsten Tag während der Beerdigungszeremonie an der Zeit war, die Trauerrede zu halten, schilderte er zunächst von den Stationen aus dem kurzen Leben des verstorbenen Mädchens, so dass sich auch diejenigen Anwesenden, die Gerda nicht näher kannten, ein gutes Bild von ihr machen konnten. Dann sprach er: »Liebe Eltern und Geschwister von Gerda, liebe Trauergäste, Sie erwarten jetzt mit Recht von ihrem Priester Worte, die sie als Trost empfinden, die ihnen helfen können, Ihr Leid zu mildern und den Sinn dieses frühen Todes zumindest ansatzweise verstehen und diesen somit besser ertragen zu können.«

Nach kurzem Schweigen fuhr er fort: »Glauben Sie mir, ich würde nichts lieber tun als das. Aber ich finde diese Worte nicht. Natürlich wissen wir, dass die Toten durch die Erlösungstat unseres Herrn Jesus Christus am Jüngsten Tage auferstehen werden. Das ist selbstverständlich und ganz wunderbar! Aber das kann Ihnen doch hier und heute kein Trost sein! Deswegen hätte Gerda ja nicht so früh sterben müssen. Natürlich hat alles, was durch Gottes Wille geschieht, einen Sinn. Das gilt gewiss auch für das frühe Dahinscheiden der lieben Gerda. Aber ich kenne diesen Sinn nicht! Er erschließt sich mir nicht. Eine wirkliche Erklärung kann ich Ihnen nicht geben. Sie mögen nun denken, dass sei ein Armutszeugnis für einen Priester, in einem solchen Fall nicht die passenden Worte zu finden. Vielleicht haben Sie damit sogar recht. Es liegt mir allerdings fern, Sie mit Floskeln oder Worthülsen zu trösten, von denen es zahlreiche gibt. Ich gebe offen zu, dass ich den Sinn eines so frühen Todes nicht verstehe. Es tut mir leid. – Unser Herr sei der Seele unserer lieben Gerda gnädig und er möge allen, die um sie trauern, Trost spenden!«

Peter war anschließend völlig frustriert, dass er einen regelrechten Offenbarungseid leisten musste. Er rechnete mit den schlimmsten

Reaktionen und wäre sogar bereit gewesen, sein Amt aufzugeben, falls man es wegen seiner Inkompetenz wünschen sollte. Aber es kam anders! Noch auf dem Friedhof traten Gerdas Eltern und einige weitere Trauergäste an ihn heran und bedankten sich für die ehrlichen Worte. »Gerdas früher Tod geht nicht in meinen Kopf. Es wäre für mich unerträglich gewesen, wenn Sie diesen mit wohlklingenden Floskeln schöngeredet hätten«, meinte Gerdas Vater.

Am Abend bat Pfarrer Handke, der von Frau Blome über die außergewöhnliche Grabrede informiert worden war, Peter auf ein Wort: »Ich finde es äußerst mutig von Ihnen, mein lieber Kollege, dass Sie zugegeben haben, den Sinn dieses frühen Todes nicht zu verstehen. Es ist nicht leicht zuzugeben, dass man etwas nicht kann, was eigentlich zu seinem Aufgabenbereich gehört. Das gilt für alle Berufe, nicht nur für den Priesterberuf. Respekt!«

Dann wollte Peter noch wissen, wie Herr Handke in einem solchen Fall verfahren wäre. »Ich habe in meiner langen priesterlichen Laufbahn schon etliche Kinder und Jugendliche beerdigen müssen. Ich gebe zu, dass ich meistens versucht habe, die Angehörigen mit den üblichen Formulierungen, die Ihnen gewiss auch bekannt sind, zu trösten. Dabei hatte ich immer ein ungutes Gefühl, da mir klar war, dass diese Floskeln keinen *wirklich* trösten können. Ich war nicht mutig genug, um einzugestehen, dass mir der Sinn nicht klar ist, wenn ein junger Mensch stirbt. Es ist mir noch heute rätselhaft.«

In den folgenden Tagen hatte Peter derart viele seelsorgerische Aufgaben wahrzunehmen, dass er kaum noch die Zeit fand, um über den Tod im Allgemeinen und den Sinn eines frühen Todes im Besonderen nachzudenken.


Als er eines Tages den Religionsunterricht für die dritte Klasse erteilte, erzählte er den Kindern über die Geburt des Jesuskindes. In diesem Zusammenhang wollten die Kinder wissen, wo eigentlich ein neugeborenes Kind herkommt. Peter gab ein paar blumige Erklärungen, wie man sie eben achtjährigen Kindern zu geben pflegt. Dann fragte ein Mädchen: »Waren wir, bevor wir geboren wurden, auch schon tot?«

Die Frage überraschte ihn sehr, ja, sie durchzuckte ihn regelrecht. Er brauchte eine Weile, um schließlich die Antwort zu geben, die ein katholischer Priester eben geben muss: »Nein, tot seid ihr nur, wenn ihr später einmal sterben werdet. Nur die Verstorbenen sind tot. Kurz vor der Geburt werden unsere Seelen vom lieben Gott erst erschaffen. Vorher hat es uns alle noch gar nicht gegeben.«

Am Abend hing Peter die etwas merkwürdige Frage des Mädchens noch immer nach. Selbstverständlich glaubte er das, was er ihr als Antwort gab, zumal das zum Lehrgut der Kirche gehörte. Aber jetzt, da er die Antwort so deutlich ausgesprochen hatte, kam sie ihm merkwürdig, ja geradezu absurd vor. »Wenn Gott jede Seele bei der elterlichen Zeugung oder kurz danach erschaffen würde, so könnten die Menschen ja Gott zur Arbeit zwingen. Wann immer ein Mann und eine Frau ein Kind zeugen, müsste Gott tätig werden. Und was ist, wenn ein Zeugungsakt nicht zu einer Befruchtung führt? Hatte Gott dann keine Zeit oder keine Lust, eine Seele zu schaffen?«, dachte Peter. Dann kam ihm der uralte Kirchenlehrer Origines in den Sinn, der im zweiten und dritten nachchristlichen Jahrhundert lebte. Dieser hatte die Präexistenz der menschlichen Seele gelehrt. Er war der Überzeugung, dass die Seele schon lange existiert, bevor sie sich mit dem Embryo im Leib der Mutter verbindet. Peter wusste auch, dass die Kirche diese Lehre als Irrlehre verdammt und Origines als Ketzer verurteilt hatte. »Dass eine Seele schon lange Zeit vor der Geburt existiert, erscheint mir eigentlich plausibler zu sein, als dass sie von Gott im Augenblick der Zeugung neu geschaffen wird«, dachte er. »Aber wo sollte die Seele in dieser Zeit sein und was sind ihre Aufgaben? Vermutlich wäre sie dann da, wo sie nach dem Tod auch ist, nämlich im Himmel. Somit wäre sie in gewissem Sinne auch schon tot, wie es die Schülerin in ihrer Frage formuliert hatte«, setzten sich seine Gedankengänge fort. Aber er fand keine Antworten, die ihn wirklich befriedigten.

Erneut stellte Peter etwas in Frage, was zum offiziellen Lehrgut der katholischen Kirche gehört und was er als katholischer Priester selbst glauben und anderen vermitteln muss.

Wann immer Peter seinen täglichen Pflichten nachgekommen und mit dem Beten des Breviers sowie seinen Vorbereitungen für den nächsten Tag fertig war, nahm er in den folgenden Tagen und Wochen vor dem Zubettgehen ein Buch zur Hand. Er wollte jetzt auch ein wenig über den Tellerrand seines katholischen Glaubens hinausschauen und studierte Werke über andere Religionen. »Vielleicht finde ich ja da ein paar Denkanstöße zu den Fragen, die mich bewegen«, dachte er.

Als er eines Abends ein Buch über den Buddhismus las, wurde er zum ersten Mal auf die »Reinkarnation« aufmerksam. Mit einem gewissen innerlichen Kopfschütteln nahm er auf, dass die Buddhisten davon ausgehen, dass jeder Mensch mehrmals auf die Erde kommt. Sofort kam ihm das Spiel in den Sinn, das Ursula in ihrer gemeinsamen Zeit als Oberministranten vor Jahren vorgeschlagen hatte. Bei diesem ging es darum, dass jeder für den Fall, dass er noch einmal auf die Welt kommen würde, seine Wünsche aufschreiben sollte. Natürlich hatte Ursula damals gewiss nicht die Lehre der wiederholten Erdenleben im Sinn.

Peter dachte nur: »Was ist denn das für eine absurde Idee! Na ja, die Buddhisten wissen nichts von der Erlösungstat unseres Herrn Jesus Christus; zumindest glauben sie nicht daran. Dann muss man wohl zu solch grotesken Thesen greifen. Nur gut, dass ich im christlichen Glauben erzogen wurde.« In dieser Zeit teilte Peter noch die Auffassung der katholischen Kirche, die sich für die alleinseligmachende hielt. Doch dann kam ihm wieder die Präexistenz der menschlichen Seele in den Sinn, und er hielt inne: »Wenn die Seelen wirklich schon vor der Geburt existieren, dann wäre es ja vielleicht denkbar, dass sie tatsächlich in einem gewissen Sinn tot waren, wie das Mädchen es im Religionsunterricht formuliert hatte. Tot waren sie aber nur, weil sie schon vorher einmal auf der Erde waren.« Da er bemerkte, dass er schon auf dem Wege war, die Gültigkeit der Reinkarnationslehre, die er nach wie vor für unsinnig hielt, zu untermauern, verwarf er seine Gedanken wieder.

Trotz der vielen Bücher, die er las, fand er keine Antworten, die ihm wirklich weiterhelfen konnten.

Dann wurde Peter plötzlich krank. Hohes Fieber und Schüttelfrost zwangen ihn zu einer mehrtägigen Bettruhe. Als er das letzte Mal Fieber hatte, war er etwa acht Jahre alt.

Nun forderte ein schwerer Infekt sein Recht. Auch wenn er tagelang im Äußeren untätig war, so arbeitete es in seiner Seele unaufhörlich. Als er dann nach zehn Tagen wieder genesen war, hatte er erstmals das Gefühl, dass an der Reinkarnationslehre etwas Wahres sein müsse, wenngleich er sich das noch nicht eingestehen wollte. Zu sehr wirkten noch die Doktrinen der katholischen Kirche, die ihm in seiner Kindheit und insbesondere im Priesterseminar eingeimpft worden waren.

Die folgenden etwa vier Jahre – von 1981 bis 1984 – hielten für Peter Bröske viele Ereignisse und Begebenheiten bereit, die sich für ihn als sehr bedeutungsvoll erweisen und sein Leben in mancherlei Hinsicht ändern sollten.

Am gleichen Tag, als er erstmals das Bett verlassen und seinen Aufgaben wieder nachkommen konnte, erhielt er zu seiner großen Freude mal wieder einen Brief von Ursula, die er immer noch in seinem Herzen trug. Der Umschlag war recht dick. Peter war sehr neugierig. Noch bevor er ihn öffnete, versuchte er zu erraten, um was es wohl in diesem Brief gehen könnte. Es kamen ihm etliche Ideen, aber eine schien ihm die wahrscheinlichste zu sein: »Ich vermute, dass sie einen Mann gefunden hat, den sie heiraten will. Jetzt wird sie mich bitten, die beiden zu trauen. Wenn Ursula dann verheiratet ist, fällt es mir möglicherweise leichter, sie zu vergessen, wie es früher bei meinem Freund Bernhard auch der Fall war«, dachte er.

Aber Peter hatte völlig falsch geraten. Es war ein recht ausführlicher Brief. Dem Schreiben lag ein eher unscheinbares Taschenbuch mit dem Titel »Theosophie« bei. Der Titel sagte Peter nichts. Voller Spannung las er Ursulas Brief, in dem es hieß:

Lieber Peter,

in der Hoffnung, dass es dir gut geht, muss ich mich heute unbedingt an dich wenden.

Vor einigen Monaten bin ich - wie man so sagt - zufällig auf das Buch, das ich meinem Brief beigefügt habe, gestoßen. Es ist von Dr. Rudolf Steiner, dem Begründer der Anthroposophie, der von 1861 bis 1925 gelebt hat. Du hast seinen Namen vermutlich schon einmal gehört, da er auch die Waldorfschulen ins Leben gerufen hat. Also, das, was er in diesem Buch beschreibt, ist wirklich unfassbar!

Wer von dem, was in diesem Buch dargestellt wird, erstmals hört, hat im Grunde nur zwei Möglichkeiten:

Entweder verbrennt er das Buch, weil er die Darstellungen für den größten Unsinn aller Zeiten hält, oder er wird vieles von dem, was ihm bisher als Wahrheit galt, revidieren und sein altes spirituell-religiöses Weltbild über den Haufen werfen!

Neben vielem anderen hat mich insbesondere überwältigt, was Steiner über Reinkarnation und Karma schreibt. Ich hatte schon als Jugendliche so eine Ahnung, dass ich nicht zum ersten Mal auf der Erde erschienen bin. Aber ich habe mir nie Gedanken darüber gemacht, zumal das im Katholizismus als Ketzerei gilt, es auch nur für möglich zu halten, dass ein Mensch viele Male geboren wird. Nun steht mir das aber alles ganz deutlich vor Augen. Es ist alles so klar beschrieben, dass ich kaum noch einen Zweifel an der Gültigkeit der Reinkarnationslehre habe.

Es ist für dich als katholischer Priester gewiss nicht leicht, dich mit solchen Erkenntnissen auseinanderzusetzen.

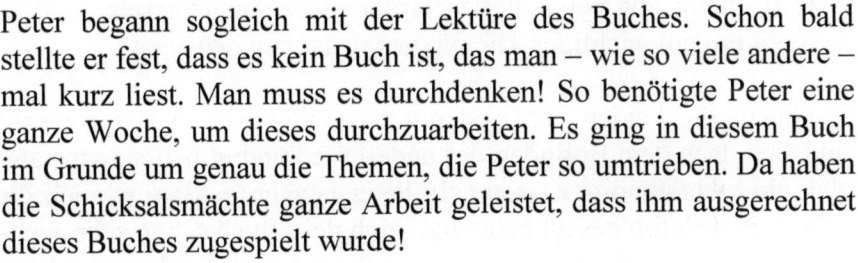

*Aber meines Erachtens ist es eine Notwendigkeit, wenn man das Leben wirklich verstehen will.*
*Und wer sollte das Leben verstehen können, wenn nicht ein Seelsorger!*

*Ich hätte zu diesem Thema noch so viel zu schreiben! Wie wäre es, wenn wir uns persönlich treffen und darüber reden?*

*In der Hoffnung, dass du mich jetzt nicht für einen Spinner oder gar für jemanden, der dich deinem katholischen Glauben entfremden möchte, hältst, grüße ich dich ganz herzlich*

*Ursula*

Peter begann sogleich mit der Lektüre des Buches. Schon bald stellte er fest, dass es kein Buch ist, das man – wie so viele andere – mal kurz liest. Man muss es durchdenken! So benötigte Peter eine ganze Woche, um dieses durchzuarbeiten. Es ging in diesem Buch im Grunde um genau die Themen, die Peter so umtrieben. Da haben die Schicksalsmächte ganze Arbeit geleistet, dass ihm ausgerechnet dieses Buches zugespielt wurde!

In Peter arbeitete es gewaltig. Seine Gedanken drehten sich im Kreis.

Ursula und er hatten noch nie miteinander telefoniert. Ihre in letzter Zeit eher spärliche Kommunikation erfolgte bisher immer schriftlich. Persönlich getroffen hatten sie sich schon seit Jahren nicht mehr. Jetzt griff Peter zum Hörer und wählte ihre Nummer. Beide freuten sich sehr, nach langer Zeit wieder einmal die Stimme des anderen zu hören.

Peter bedankte sich für das Buch, das ihm einige Denkanstöße beschert aber noch etliche Fragen offen gelassen habe. Dann fragte er Ursula, ob sie Lust und Zeit habe, ihn zu besuchen, damit man gemeinsam darüber reden könne. Ursula war natürlich sofort einverstanden und freute sich schon sehr darauf, Peter wieder einmal persönlich zu begegnen. Man kam überein, dass Ursula ihn am Samstagmorgen in drei Wochen so gegen 9 Uhr aufsucht. Peter freute sich unbändig auf das Wiedersehen mit Ursula und auf die gemeinsamen Gespräche. Er war sich sicher, dass seine Gefühle zu ihr ihn nicht erneut ins Wanken bringen würden. Pfarrer Handke und Frau Blome sagte er, dass er den Besuch einer Cousine erwarte. Er griff zu dieser Notlüge, weil er fürchtete, sie könnten auf falsche Gedanken kommen.

Pünktlich um 9 Uhr erschien Ursula Jansen am avisierten Samstag im Pfarrhaus. Die beiden begrüßten und umarmten sich und schämten sich nicht ihrer Freudentränen. Es war, wie wenn sie sich erst vor ein paar Wochen noch gesehen hätten. Dann sagten sie sich, dass sie nicht aus persönlichen Gründen beieinander sein wollen, sondern um ein wichtiges Thema gemeinsam zu bewegen.

Nachdem die beiden zunächst ein paar Neuigkeiten ausgetauscht und sich nach dem Befinden des anderen erkundigt hatten, entspann sich ein mehrstündiges Gespräch. Peter begann: »Also, wie ich dir schon am Telefon gesagt habe, hat mich dein Buch schon sehr nachdenklich gemacht. Mir kommt die Reinkarnationslehre durchaus stimmig vor, aber irgendetwas in mir sträubt sich noch, sie anzuerkennen.«

»Das war bei mir anfangs nicht anders. Ich vermute, dass uns unsere katholische Erziehung noch zu sehr in den Kleidern steckt. Außerdem müssen wir in vielerlei Hinsicht radikal umdenken, wenn wir die Reinkarnation anerkennen. Nachdem ich mittlerweile noch zwei weitere Bücher von Rudolf Steiner gelesen und auch einige andere Quellen studiert habe, haben sich meine letzten Zweifel in Luft aufgelöst. Erst jetzt, nachdem ich die Reinkarnations- und

Karmalehre einigermaßen verstanden habe, kann ich etliche Fragen beantworten, auf die ich früher nie eine Antwort fand.«

»So weit bin ich noch nicht! Mir ist noch vieles unklar. Ich habe noch so viele Fragen.«

»Dann leg mal los!«

»Was ist denn der Sinn dieser vielen Erdenleben?«

»Auch wenn man eine Frage nicht mit einer Gegenfrage beantworten sollte, möchte ich jetzt von dieser Regel abweichen. Was wäre denn der Sinn, wenn jeder Mensch nur *ein einziges Mal* auf die Erde käme?«

»Jeder Mensch hat die Chance, in seinem Leben zu Gott und zu Christus zu finden, sich zu ihnen zu bekennen und ein anständiges Leben zu führen. Wenn er das macht, steht ihm das Himmelreich offen und die Auferstehung am Jüngsten Tage in Aussicht. Das ist doch eine wunderbare Perspektive!«, sagte Peter fast reflexartig. Damit gab er genau dasjenige wieder, was man als Kirchenmann an dieser Stelle eben sagt.

»Sei mir bitte nicht böse, aber das ist meines Erachtens eine sehr naive und bequeme Sichtweise. Wenn das wirklich der vollen Wahrheit entspräche, so ergäben sich zahllose Fragen, auf die du gewiss keine Antwort geben kannst. Wenn es keine Reinkarnation gäbe und Gott somit wirklich jede Seele bei der elterlichen Zeugung aus dem Nichts heraus neu schaffen sollte, wie das die Kirche lehrt, so müsste man ja wohl unterstellen, dass jede Seele zunächst ein völlig unbeschriebenes Blatt darstellt. Eine so geschaffene Seele kann noch keine Erfahrungen gesammelt haben und noch keine spezifischen Fähigkeiten besitzen. Jede Seele beginnt ihren Lebensweg am gleichen Startpunkt, sozusagen bei Null.«

Peter nickte und stimmte ihr zu: »Ja, selbstverständlich! Alle Seelen sind gleich! Gott ist schließlich gerecht! Er macht keine Unterschiede.«

Ursula legte nach: »Und wie wäre das mit der Gerechtigkeit Gottes zu vereinbaren, dass es einigen Menschen ermöglicht wird, als große Genien aufzuleuchten, während manche schlicht und stumpfsinnig durch die Welt gehen und die meisten – so wie wir beide auch – ganz durchschnittliche Menschen sind?«

»Die Genien werden ihre Fähigkeiten von den Eltern geerbt haben.«

»Das klingt auf den ersten Blick plausibel. Wenn du aber einmal die Biografie Goethes studierst, so wirst du feststellen, dass seine Vorfahren nicht einmal ansatzweise über die genialen Fähigkeiten verfügt haben, die ihn auszeichneten. Nein, Goethes Genie ist keine Folge der Vererbung. Man kann einen Menschen erst dann verstehen, wenn man weiß, dass er schon viele Erdenleben hatte. Die Biografie eines Menschen ist in hohem Maße die Wirkung einer vorausgegangenen, aus der sie erklärt werden kann. Goethe und all die anderen Genien haben sich in früheren Leben die Voraussetzungen geschaffen, dass sich jetzt diese genialen Fähigkeiten manifestieren konnten.«

Es war geradezu mit Händen zu greifen, wie es in Peter arbeitete. Er konnte seine Gedanken aber noch nicht in Worte fassen. Ursula fuhr fort: »Ich möchte noch auf etwas eingehen, was viel näherliegend ist. Schau dir einmal an, wie unterschiedlich das Schicksal der Menschen ist. Auf der einen Seite gibt es manche, die mit einer Behinderung geboren werden oder die schwer krank sind, so dass sie nie ein normales Leben führen können; einige sterben schon sehr früh; einige fallen einem Verbrechen oder einem Unfall zum Opfer; viele sind so arm, dass sie permanent ums nackte Überleben kämpfen müssen. Auf der anderen Seite gibt es Menschen, die sich nie existentielle Sorgen machen müssen und bei bester Gesundheit uralt werden. Von *einer* Idee musst du dich verabschieden, entweder von der, dass jeder Mensch nur einmal auf die Erde kommt, oder von der, dass Gott gerecht ist! Beide passen nicht zusammen. Sie widersprechen sich sogar in hohem Maße.«

»Ja, aber selbst wenn es mehrere Leben gäbe, so wäre das doch immer noch ungerecht. Was nutzt es einem, der ein schweres Schicksal zu tragen hat, wenn sein Leben nicht sein einziges ist? Es ist und bleibt doch ein hartes Los! Oder kommt jetzt das ins Spiel, was Steiner Karma nennt?«, fragte Peter.

»Genau! Jetzt sind wir bei diesem Thema. Ohne das Karmagesetz würden die wiederholten Erdenleben gar keinen Sinn machen. Karma ist das große kosmische Gesetz von Ursache und Wirkung. Alles, was wir in einem Leben verursachen, wird in einem folgenden als Wirkung auftreten. Andererseits können wir keine karmische Wirkung erwarten, wenn wir in einer früheren Inkarnation nicht für die Ursachen gesorgt haben. Wenn ein Bauer im Frühjahr nichts aussät, kann er nicht erwarten, dass er im Herbst etwas ernten kann.«

»Wie verhält sich das dann bei einem Menschen, der im gegenwärtigen Leben ein hartes Schicksal zu ertragen hat? War der im früheren Leben ein böser Mensch, vielleicht sogar ein Verbrecher?«

»Das kann man so pauschal nicht beantworten. Wenn ein Mensch eine karmische Wirkung erfährt, die sich als schweres Schicksal zeigt, so hat er im Allgemeinen in einem seiner früheren Leben etwas gemacht, was die Ursache für das jetzige Schicksal ist. Das muss aber keineswegs eine ganz böse Tat gewesen sein. Vielleicht war er sehr egoistisch und hat sich nicht um seine Mitmenschen gekümmert.«

»Ist dann das schwere Schicksal eine Strafe?«

»Nein, es gibt keine Strafen! Es sind vielmehr ganz gesetzmäßige Wirkungen. Wenn jemand Disteln sät, kann er nicht hoffen, dass später Rosen blühen. Das Karmagesetz ist so etwas wie ein großer Erzieher. Es hilft uns, auf dem Weg unserer geistig-seelischen Entwicklung vorwärtskommen zu können. Wir sollten der geistigen Welt dankbar sein, dass es dieses Gesetz gibt. Nur so ist eine allwaltende Gerechtigkeit möglich.«

»Ist jedes schwere Schicksal – also etwa eine Behinderung oder ein früher Tod – eine karmische Wirkung, die aus einem gewissen Fehlverhalten in einem früheren Leben resultiert?«

»Nein, das muss keineswegs so sein! Jeder von uns kann in jedem Leben aus seiner menschlichen Freiheit heraus eine Tat vollbringen, die karmisch *nicht* notwendig ist. Damit schafft er eine neue erste Ursache, die dann im nächsten Leben ihre Wirkung zeitigen wird, die je nach Art der Tat positiv oder negativ sein kann. Die Seelen sind, wenn sie zwischen Tod und neuer Geburt in der geistigen Welt sind, um ein Vielfaches weiser und weitsichtiger als im Erdendasein, zumal sie von hohen Geistwesen unterstützt und geleitet werden. Es kann durchaus sein, dass sich eine Seele in ihrer vorgeburtlichen Zeit beispielsweise vornimmt, nur für wenige Jahre auf der Erde bleiben zu wollen. Das kann unterschiedliche Gründe haben. Möglicherweise möchte sie dadurch ihren Eltern die Möglichkeit geben, durch die große Trauer ihr Leben in eine mehr spirituelle Richtung zu lenken. Solche Fälle kommen wohl häufig vor!«

Ursula offenbarte Peter noch viele weitere Aspekte, um ihm das Walten des Karmas deutlicher zu machen.

Bei der herzlichen Verabschiedung versprachen sie sich, nicht wieder so viel Zeit bis zum nächsten Wiedersehen verstreichen zu lassen.

Peter musste dieses Gespräch in den nächsten Tagen erst einmal sacken lassen. Zu sehr schien das, was Ursula ihm darstellte, seinem bisherigen Weltbild zu widersprechen.

In der Folgezeit las Peter noch einige weitere anthroposophische Bücher, die ihm Ursula empfohlen hatte. Je öfter und je intensiver Peter über Reinkarnation und Karma sowie andere spirituelle Themen, die nicht mit den kirchlichen Dogmen vereinbar sind, nachdachte, desto plausibler und stimmiger erschienen ihm diese geistigen Gesetze und Erkenntnisse.

Nur zu gerne hätte er sich mit einem Kollegen über dieses Thema ausgetauscht.»Vielleicht bin ich ja nicht der einzige katholische Priester, der die Reinkarnation für wahrscheinlich hält«, dachte Peter. Was Pfarrer Handke anging, so war er sich sicher, dass dieser das für einen Unsinn hält. Außerdem schätzte er ihn aufgrund seines fortgeschrittenen Alters nicht mehr für hinreichend flexibel ein, um solche für ihn vermutlich völlig neuen Gedanken aufzunehmen. Allerdings hatte er die Hoffnung, mit seinem Freund Bernhard

Hoffs darüber reden zu können. Die beiden verabredeten sich für den folgenden Abend in Herrn Hoffs Pfarrhaus in der Dülmener Gemeinde.

Peter fiel gleich mit der Tür ins Haus: »Du, Bernhard, du hast doch sicherlich schon einmal etwas über die Reinkarnation gehört. Wie denkst du darüber?«

Pfarrer Hoffs schnaufte tief ein und aus, bevor er anhob: »Willst du jetzt etwa zum Buddhismus übertreten?! Also, ich kann dieser Idee, von der ich auch schon einmal gehört habe, nichts Positives abgewinnen. Ich halte sie für einen ausgemachten Unsinn! Möchtest du etwa noch einmal als unbeholfener Säugling zur Welt kommen, noch einmal die Schulzeit durchlaufen und alle Kämpfe des Lebens fechten? Ich jedenfalls möchte das nicht! Ich für meinen Teil hoffe stark, dass meine irdische Pilgerschaft, die nicht immer leicht war, eines Tages mit meinem Tod ein Ende findet. Ich bevorzuge ein Leben im Himmel, statt noch einmal auf die Erde kommen zu müssen. Mir reicht dieses eine Leben voll und ganz!«

»Das sind aber alles sehr subjektive Gründe«, warf Peter ein. »Die göttliche Weltenordnung fragt doch nicht danach, was uns sympathisch oder antipathisch ist!«

»Das mag schon sein. Aber ich halte die Reinkarnation für ein Hirngespinst. Außerdem solltest du nie vergessen, dass du im Dienst der katholischen Kirche stehst. Wie du weißt, bezeichnet die Kirche die Reinkarnation als Irrlehre. Das kannst du sogar im Katechismus nachlesen. Sei also vorsichtig, *wem* du von deinen absurden Gedanken erzählst!«

Peter war schnell klar, dass es sinnlos war, mit seinem Freund weiter darüber zu reden. Es war das erste Mal, dass die beiden in Glaubensfragen völlig unterschiedlicher Meinung waren. Das tat aber ihrer Freundschaft keinen Abbruch.

Am nächsten Tag fragte Pfarrer Handke Peter beim gemeinsamen Mittagessen ganz beiläufig: »Na, wie ist denn neulich der Tag mit Ihrer Cousine verlaufen? Was haben Sie so gemacht? Über was haben Sie geredet?« Peter überlegte kurz, ob er ihm die Wahrheit sagen sollte, ob er ihm wirklich sagen sollte, worüber er stundenlang mit Ursula gesprochen hatte. Doch dann konnte er nicht anders: »Wir haben ausführlich über ein Thema geredet, das Sie vermutlich für ketzerisch und eines Priesters unwürdig halten.«

»Nun sagen Sie schon!«

»Also gut, wir haben insbesondere recht ausführlich über die Reinkarnation gesprochen. Meine Cousine hatte mir vor kurzem ein Buch von Rudolf Steiner geschickt, das ich dann auch gelesen habe. Darüber haben wir uns ausgetauscht.«

»Und was halten Sie von dieser Theorie?«, wollte der Pfarrer wissen.

»Um ehrlich zu sein, ich halte die Lehre von den wiederholten Erdenleben für sehr stimmig. Natürlich weiß ich, dass unsere Kirche sie als Irrlehre verworfen hat. Aber ich möchte mir auch von der Kirche nicht das selbständige Denken verbieten lassen!«

»Das ist wieder einmal sehr typisch für Sie, junger Freund! Ja, Sie sind ein mutiger Mann und ein kluger Kopf. Nein, das Denken sollte sich kein Mensch verbieten lassen. Unser Verstand ist ein großes göttliches Geschenk.«

»Haben Sie schon einmal von der Reinkarnation gehört oder gar darüber nachgedacht?«, wollte Peter wissen.

Pfarrer Handke schmunzelte: »Auch wenn Sie es nicht glauben – selbstverständlich! Es muss so Ende der 1920er-Jahre gewesen sein. Ich war noch auf dem Gymnasium, als ich erstmals auf die Idee der wiederholten Erdenleben stieß. Ich habe in dieser Zeit sehr, sehr viel gelesen, insbesondere die Dichter und Denker aus der Epoche des deutschen Idealismus, also Goethe, Schiller, Jean Paul, Herder und viele andere. Bei allen tauchte die Idee der Wiedergeburt auf, wenngleich meistens nur in eher vagen Andeutungen. Ich hielt dies erst für die berühmte dichterische Freiheit. Dann las ich Lessings religionsphilosophisches Hauptwerk ›Die Erziehung des Menschengeschlechts‹. In diesem zeigt Lessing ganz klar auf, dass das ganze menschliche Leben gar keinen Sinn machen würde, dass es gar nicht erklärbar wäre, wenn man *nicht* von den wiederholten Erdenleben ausgehen würde. Seitdem habe ich die Reinkarnation für möglich, ja sogar für äußerst wahrscheinlich gehalten. Aber das wurde mir dann auf dem Priesterseminar ausgetrieben. Als ich einen Dozenten mal auf das Thema ansprach, herrschte er mich geradezu an: ›Wenn Sie einen solchen Schwachsinn auch nur in Erwägung ziehen, sollten Sie Buddhist oder Hinduist werden. Die glauben sogar daran, dass ein Mensch als Tier wiedergeboren werden könne. Im Lehrgut der heiligen katholischen Kirche ist kein Platz für diese schwachsinnigen blasphemischen Phantasien!‹ Von diesem Tag an habe ich das Thema nie wieder angesprochen. Viele Jahrzehnte habe ich kaum noch darüber nachgedacht. Aber jetzt führt mich wohl die Weisheit des Alters dazu, es wieder hin und wieder zu bewegen und für möglich zu halten.«

Dann gab Herr Handke noch einen gut gemeinten Rat: »Mein lieber Herr Bröske, es steht Ihnen absolut frei, die Reinkarnation als Wahrheit anzuerkennen. Aber seien Sie vorsichtig, mit wem Sie darüber reden. Auf der Kanzel hat das Thema nichts verloren. Wenn der Bischof von Ihrer Gesinnung Wind bekommt, könnte das sogar Konsequenzen für Sie nach sich ziehen. Er könnte es im Extremfall als einen Abfall vom katholischen Glauben auffassen und Sie nach Kanonischem Recht Ihres Priesteramtes entheben. Also, gehen Sie nicht damit hausieren.«

»Haben Sie schon einmal von Rudolf Steiner gehört?«, wollte Peter noch wissen.

»Ja, aber selbstverständlich! Steiner und seine Lehren waren zu seinen Lebzeiten und noch in den ersten Jahren nach seinem Tod ein großes Thema in allen Gelehrten- und auch in vielen Studentenkreisen. Es gab glühende Anhänger und erbitterte Gegner. Heute kennen ihn viele gar nicht mehr. Die meisten verbinden mit seinem Namen allenfalls noch die Waldorfschulen. Und dabei hat dieser Mann ein so unfassbar großes Lebenswerk hinterlassen!«

»Haben Sie schon einmal eines seiner Bücher gelesen?«

»In der Priesterausbildung habe ich einmal an einem Seminar teilgenommen, in dem es um ein Buch ging, in dem seine Vorträge über die biblische Schöpfungsgeschichte gedruckt sind. Das, was er da aus seiner Geistesschau über die Entstehung der Erde und des Menschen gesagt hat, ist unfassbar. Ich kann mich nicht mehr an Einzelheiten erinnern, zumal ich mich später weder mit diesem noch mit anderen seiner Werke weiter beschäftigt habe. Auf jeden Fall fand ich die Darstellungen sehr plausibel und stimmig, wenngleich vieles nicht leicht zu verstehen ist. Ich fand es als einen Schlüssel zum Verständnis des sogenannten Sechstagewerkes, von dem Moses in der Genesis schildert. Der Seminarleiter hat das Buch fürchterlich verrissen und als Teufelswerk bezeichnet. Eines seiner Argumente fand ich besonders absurd: Er sagte, Menschen, die hellsichtig sind oder vorgeben, es zu sein, stehen mit dem Teufel im Bunde. Dabei hatte er wohl vergessen, dass Moses das, was er in der Genesis schreibt, auch nur schreiben konnte, weil er mit Hellsichtigkeit begabt war. Schließlich war er bei der Schöpfung nicht dabei! Die Propheten und – zumindest teilweise – die Evangelisten haben ebenfalls aus ihrer Geistesschau berichtet. Ich erinnere mich noch gut an einen Kommilitonen, der die Meinung des Dozenten nicht anerkannte und Steiners Schrift verteidigte. Nachdem dieser auch am nächsten Tag nicht von seiner Ansicht abwich, wurde er aus dem Priesterseminar ausgeschlossen. Vor ein paar Jahrhunderten hätte man ihn vermutlich auf dem Scheiterhaufen verbrannt.«

»Warum haben Sie sich später nicht weiter mit Steiners Lehren beschäftigt?«

»Ach, wissen Sie, irgendwann war ich so tief in der Blase des Katholizismus drin, dass ich nicht mehr das Bedürfnis verspürte, nach links oder rechts zu schauen. Außerdem wollte ich nicht anecken, um keine Schwierigkeiten zu bekommen. Im Übrigen sind die meisten kirchlichen Lehrmeinungen ja auch durchaus richtig.«

Peter war überrascht und erfreut zugleich, dass der alte Pfarrer Handke eine so freilassende Haltung einnahm und bedankte sich für das schöne Gespräch.

Mittlerweile hatte Peter sehr viel über Reinkarnation, Karma und das Leben nach dem Tod studiert. Es war ihm längst zur Gewissheit geworden, dass man wohl nur durch die Anthroposophie zu wahren geistigen Erkenntnissen kommen könne. Es war für ihn sehr belastend, dass vieles von dem, was er jetzt gelernt und was er als Wahrheit erkannt hatte, den offiziellen Lehren der Kirche, in deren Dienst er stand, widersprach. Zum Teil wurden diese dadurch sogar ad absurdum geführt.

Dadurch kam es zu gewaltigen Kämpfen in seiner Seele. Immer wieder grübelte er nach und stellte sich existentielle Fragen wie: »Kann ich noch Priester bleiben, obwohl ich vieles nicht mehr mittragen kann? Kann ich noch etwas lehren, was nach meiner festen Überzeugung nicht der Wahrheit entspricht? Kann ich meinen Gemeindemitgliedern die Erkenntnisse, die so viel Positives in mir bewirkt haben und die mir in mancherlei Hinsicht die Augen geöffnet haben, vorenthalten?«

Peter war natürlich klar, dass es keinen Sinn machen würde, einen zarten Reformversuch zu wagen. Dazu ist die Kirche zu mächtig, verkrustet und in ihren Dogmen erstarrt. Auch wollte er weder Pfarrer Handke noch seinen Freund Bernhard Hoffs mit seiner Zerrissenheit belasten. Er musste es allein ausfechten.

Doch ein paar Tage später traten seine Grübeleien sowie die quälenden Fragen in den Hintergrund. Als Pfarrer Handke nicht wie üblich zum Frühstück erschien, schaute er in dessen Wohnung nach ihm. Der Pfarrer lag in seinem Bett und ein Arzt war bei ihm. Peter ahnte sofort, was los war.

Nachdem der Arzt sich verabschiedet hatte, berichtete Herr Handke, dass er schon seit Jahren an Krebs leide und dass er jetzt bald sterben werde. »Warum haben Sie nie etwas davon gesagt?«, fragte Peter ein wenig vorwurfsvoll.

»Nun, man sollte sich selbst nie so wichtig nehmen. Außerdem wollte ich Sie und Frau Blome, unsere treue Seele, nicht damit belasten. – Der Arzt meinte, es könnte jetzt sehr schnell gehen.« In der Tat konnte Pfarrer Handke das Bett nicht mehr verlassen. Er war allerdings bis zum letzten Atemzug bei klarem Bewusstsein.

Peter verbrachte in den folgenden sieben Tagen, die Herrn Handke noch vergönnt waren, sehr viel Zeit an seinem Sterbebett. Die beiden sprachen und beteten sehr viel miteinander. Frau Blome pflegte ihn liebevoll. Am späten Nachmittag des siebten Tages sagte der Pfarrer: »Mein lieber junger Freund, ich spüre, dass es jetzt so weit ist! Ich danke Ihnen für Ihr großes Engagement in meiner Pfarrei und für die vielen interessanten Gespräche. Bleiben Sie so, wie Sie sind, und lassen Sie sich nicht verbiegen!« Dann huschte ein leichtes Lächeln über sein Gesicht, als er sagte: »Vielleicht treffen wir uns im nächsten Leben wieder!« Das waren seine letzten Worte. Kurz danach schritt er über die Schwelle des Todes.

Selbstverständlich zelebrierte Peter die Aussegnung und Toten-messe und vollzog das anschließende Beerdigungsritual.

Peter war schon sehr auf den neuen Pfarrer gespannt, den der Bischof jetzt in die Gemeinde entsenden würde.

Zu seiner großen Überraschung wurde er schon zwei Wochen nach Herrn Handkes Tod selbst zum neuen Pfarrer berufen. Was er nicht wissen konnte, war, dass er beim Bischof, den er persönlich nur ein paar Mal gesehen hatte, einen ausgezeichneten Ruf genoss. Dieser rührte daher, dass ein Mitglied seiner Gemeinde seinem Bruder häufig erzählte, dass Peter ein sehr guter Seelsorger sei und es verstehe, hervorragend zu predigen. Dieser Bruder war der per-sönliche Sekretär des Bischofs, dem er oftmals von dem Lob be-richtete.

Somit hatte Peter Bröske dieses wichtige Amt schon mit seinen gerade einmal 33 Jahren inne. Er konnte nun die Pfarrerwohnung beziehen. Seine Freude hielt sich aber in Grenzen. Ihm war be-wusst, dass er nun auch de jure die tragende Säule der Gemeinde und jetzt erst recht ein Repräsentant der katholischen Kirche war, deren Lehren er nicht mehr völlig tragen und vertreten konnte. Da in dieser Zeit schon ein ziemlicher Priestermangel herrschte, bekam er keinen Vikar zur Unterstützung zugeteilt. Peter war allerdings belastbar und fleißig genug, um selbst alle Aufgaben wahrnehmen zu können.

Dem jungen Pfarrer war klar, dass die weitere Ausübung seines Amtes eine Gratwanderung darstellte. Auf der einen Seite fühlte er sich natürlich seinen priesterlichen Aufgaben und somit auch der Kirche verpflichtet, auf der anderen wollte er aber nicht gegen seine Überzeugung handeln. Sein Gewissen und seine Überzeugung stellte er über alles andere.

Trotz seiner inneren Zerrissenheit und der vielen Zweifel vernachlässigte er seine seelsorgerischen Pflichten zu keinem Zeitpunkt. Das Gemeindeleben blühte. Fast alle waren mit ihm als ihrem Pfarrer mehr als zufrieden.

Aufgrund seiner anthroposophischen Studien, die er in nahezu jeder freien Minute mit großem Ernst betrieb, hatte Peter die Einsicht gewonnen, dass die Zeit des Alkohols vorbei war. Bis kurz vor der Zeitenwende vor 2.000 Jahren wussten die meisten Menschen noch von der Reinkarnation. In allen Mysterienschulen des Altertums wurde gelehrt, dass jeder Mensch viele Erdenleben durchläuft. Bei vielen bestand nun die Gefahr, dass sie deswegen ihr gegenwärtiges Leben nicht so wichtig nahmen. Sie sagten sich: »Warum sollte ich mich jetzt bemühen, ein anständiger Mensch zu werden? Ich habe noch in vielen weiteren Erdenleben die Zeit dazu!« Jedes einzelne Leben ist aber von unschätzbarer Bedeutung! Das, was man in einem Leben versäumt hat, kann man nicht so ohne Weiteres in einem folgenden nachholen. Dazu musste ihnen gegärter Wein gegeben werden. Durch den Genuss des Alkohols konnten sie die Reinkarnation vergessen und sich ganz auf ihr aktuelles und *vermeintlich* einziges Leben konzentrieren. Jeder Mensch musste mindestens einmal eine Inkarnation antreten, in der er nichts von den wiederholten Erdenleben wusste, um sich so mit ganzer Kraft dem aktuellen Leben zu widmen. Diese Zeit ist aber vorbei! Heute muss jeder Mensch von der Reinkarnation wissen. Der Alkohol würde ihn aber von dieser Erkenntnis und auch anderen geistigen Wahrheiten abschneiden.

Konsequent wie Peter im Allgemeinen war, trank er von diesem Zeitpunkt an keinen Tropfen Alkohol mehr. Er machte sogar etwas

Revolutionäres: In der Heiligen Messe verwandte er von nun an roten Traubensaft anstelle des üblichen alkoholhaltigen Messweins.

Da Peter sich noch bestens daran erinnern konnte, dass es im Priesterseminar immer hieß, es gäbe keine Präexistenz der menschlichen Seele und erst recht keine Reinkarnation, weil in der Bibel nirgends davon die Rede ist, nahm er sich jetzt noch einmal das Neue Testament vor und prüfte, ob er nicht vielleicht doch einen Hinweis finden könnte.

Schon bald fand er einige Passagen, die sehr wohl auf die wiederholten Erdenleben hinweisen.

Zunächst einmal stieß er auf einige Verse, in denen es heißt, dass die Leute Jesus für einen der Propheten, etwa für Elias oder Jeremias, hielten. »Den Leuten war ja klar, dass die Propheten längst verstorben waren. Also kann man doch nicht umhin anzunehmen, dass sie glaubten Jesus wäre der *wiedergeborene* Elias oder Jeremias«, dachte Peter.

Im 9. Kapitel des Johannes-Evangeliums wird berichtet, dass Jesus einen Blindgeborenen heilte. Seine Jünger fragten ihn, ob er oder seine Eltern gesündigt hätten, dass er blind geboren wurde. »Was könnte es für einen Sinn haben, dass die Jünger fragen, ob der Blindgeborene selbst gesündigt hat, wenn sie es nicht für möglich gehalten hätten, dass dieser schon einmal verkörpert war? Wo hätte er, der ja blind *geboren* wurde, sündigen können, wenn nicht in einem früheren Leben?«, fragte sich Peter.

Schließlich stieß er im 17. Kapitel des Matthäus-Evangeliums auf einen Vers, in dem Jesus, nachdem dieser vor den Augen von drei seiner Jünger verklärt worden war, recht eindeutig sagt, dass Johannes der Täufer der wiedergekommene, also wiedergeborene Elias ist.

Jetzt konnte Peter es nicht mehr länger mit seinem Gewissen vereinbaren, dieses wichtige Thema seinen Gemeindemitgliedern vorzuenthalten. Das hätte er als eine große innere Unwahrhaftigkeit empfunden. Er erinnerte sich allerdings noch an die gut gemeinte Warnung Pfarrer Handkes, der sagte, dass dieses Thema auf der Kanzel nichts verloren habe.

So entschied er sich für einen Kompromiss. Im Hochamt des folgenden Sonntags las er aus dem Matthäus-Evangelium von der Verklärung des Herrn. In der anschließenden Predigt machte er nur einige kurze Andeutungen, dass man es bei diesen Versen wohl mit einem großen Mysterium zu tun habe. Dann sagte er: »Hier und heute kann ich Ihnen meine Gedanken zu diesem Geheimnis nicht mitteilen. Beim Gemeindeabend am nächsten Donnerstag werde ich darüber sprechen. Ich würde mich freuen, wenn viele von Ihnen erscheinen würden. Ich verspreche Ihnen, dass es sehr spannend wird.«

Tatsächlich kamen an dem Abend über 50 Menschen aller Altersgruppen.

Peter Bröske begrüßte die Teilnehmer und begann mit seinem Vortrag: »Liebe Gemeindemitglieder, liebe Freunde! Sie wundern sich vielleicht, dass ich heute erstmals *nicht* in meinem schwarzen priesterlichen Habit zum Gemeindeabend erschienen bin. Das hat einen guten Grund! Ich stehe und sitze heute nicht als Repräsentant der katholischen Kirche vor Ihnen, sondern als Mensch, als ein Mensch, dem es keiner verbieten kann, seinen von Gott gegebenen Verstand zu gebrauchen und sich Erkenntnisse zu eigen zu machen, die nicht dem Lehrgut der katholischen Kirche entsprechen.«

Die Zuhörer warteten voller Spannung auf die Erkenntnisse, die er preiszugeben bereit war. Es war in dem Raum so still, dass man eine Stecknadel hätte fallen hören.

Peter fuhr fort: »Wir haben Sonntag im Evangelium von der sogenannten Verklärung des Herrn gehört. Sie werden sich gewiss noch daran erinnern. Nachdem die Schauungen, welche die drei Jünger hatten, vorüber waren, fragen sie Jesus: ›*Was sagen denn die Schriftgelehrten, Elia müsse zuvor kommen?*‹ Jesus antwortete: ›*Doch ich sage euch: Es ist Elia schon gekommen, und sie haben ihn nicht erkannt, sondern haben an ihm getan, was sie wollten.*‹

Dann heißt es: ›*Da verstanden die Jünger, daß er von Johannes dem Täufer zu ihnen geredet hatte.*‹ Jetzt frage ich Sie: Wie kann man das interpretieren? Wie kann man insbesondere den letzten Satz verstehen?«

Eine Dame mittleren Alters meinte: »Das hört sich für mich fast so an, als wären der Täufer und Elias ein und dieselbe Persönlichkeit gewesen. Aber das kann ja wohl nicht sein, da Elias doch viel früher gelebt hat, oder?«

Ein Jugendlicher, der zum Kreis der Messdiener gehörte, entgegnete forsch: »Johannes der Täufer ist der wiedergeborene Elias. Das wird in diesen Versen doch eindeutig ausgesagt!« Ein paar andere der Zuhörer nickten. Manche zogen die Stirn in Falten und schauten fragend.

Peter war überrascht, dass der Reinkarnationsgedanke einigen im Saal offensichtlich nicht unbekannt war, und sprach: »Genau Klaus, das kann man meines Erachtens gar nicht anders interpretieren! Und jetzt sind wir an dem etwas heiklen Punkt angelangt. Ich habe mich in meiner freien Zeit sehr viel mit der Reinkarnationsidee beschäftigt. Für mich ist es eine große und wichtige Wahrheit, dass jeder von uns schon viele Male auf der Erde war und noch viele Male dort erscheinen wird. Das aber wird von unserer Kirche als Irrlehre abgetan, obwohl das Neue Testament davon spricht. Als Vertreter der katholischen Kirche dürfte ich Ihnen nicht von dieser Lehre berichten. Aber – wie eingangs erwähnt – bin ich heute nicht als Ihr Geistlicher, sondern als der Privatmensch Peter Bröske gekommen. Sollte jemand unter Ihnen die Befürchtung haben, dass sein Glaubensfundament durch meine folgenden Ausführungen erschüttert werden könnte, so möge er jetzt bitte den Raum verlassen. Keiner wäre ihm deswegen böse!« Peter machte eine einminütige Redepause. Einige der Anwesenden munkelten, aber keiner verließ die Veranstaltung.

Dann fuhr Peter fort: »Ich begrüße es sehr, dass alle bleiben wollen. – Darf ich diejenigen unter ihnen, die schon einmal von der Reinkarnationslehre gehört haben, um ein Handzeichen bitten?« Etwas mehr als 20 der gut 50 Teilnehmer hoben die Hand. »Wer von denen, die jetzt die Hand erhoben haben, hat sich schon etwas näher damit beschäftigt und ist vielleicht sogar davon *überzeugt,* dass es sich bei dieser Lehre um eine Wahrheit handelt?« Zwölf hoben die Hand.

Ein Herr mittleren Alters meldete sich zu Wort: »Ich möchte noch einmal auf die Verklärungsszene zurückkommen. Natürlich kann man diese Verse so auslegen, wie Sie und Klaus es gemacht haben. Aber ich finde, man kann viele Verse der Bibel auf unterschiedliche Art auslegen, man kann in jeden dieses oder jenes hineininterpretieren. Mir stellt sich eine ganz andere Frage: Warum hat Jesus nicht ganz eindeutig und unmissverständlich von der Reinkarnation gesprochen, wenn es eine Wahrheit ist?«

»Das ist eine sehr gute und absolut berechtigte Frage, lieber Herr Kamphus! Es ist völlig richtig, dass Jesus Christus die Reinkarnation nicht ausdrücklich gelehrt hat. Er hat nie in *unmissverständlicher* Weise über die wiederholten Erdenleben gesprochen. Warum hat er das nicht getan? Er hat es deswegen nicht getan, weil es *in dieser Zeit* noch für die Mehrheit der Menschen verderblich gewesen wäre, von der Reinkarnation zu wissen. Es hätte die große Gefahr bestanden, dass sie dann ihr gegenwärtiges Leben nicht für so wichtig gehalten und nicht so ernst genommen hätten. In vorchristlichen Zeiten war noch in allen Kulturen ein lebendiges Wissen von der Reinkarnation vorhanden. Selbst die Sklaven im alten Ägypten wussten davon. Das ließ sie alle Mühen ertragen, weil sie hofften, in einem nächsten Leben bessere Bedingungen antreffen und vielleicht selbst einmal Herrscher sein zu können. Ihrem aktuellen Leben haben sie keine große Bedeutung beigemessen. Nun ist aber jedes einzelne Leben von größter Wichtigkeit. Jedes Leben muss mit heiligem Ernst geführt werden. Was man in einem Leben zu tun versäumt, kann man in einem folgenden nicht ohne Weiteres nachholen. Deshalb hat der Herr auch nur diesen drei Jüngern, die er für hinreichend reif hielt, die Andeutung von den wiederholten Erdenleben gemacht. Er hat ihnen sogar untersagt, mit anderen darüber zu sprechen.«

»Gibt es diese Gefahr nicht auch heute noch? Ist es nicht auch heute noch gefährlich, wenn diese Lehre verbreitet wird?«, wollte eine Dame wissen. Peter antwortete:

»Nein, liebe Frau Tholen! Heute wird es kaum noch Menschen geben, die ihr Leben nicht wichtig nehmen würden, wenn sie von der Reinkarnation wissen. Ich möchte sogar noch einen Schritt weiter gehen: Heute ist es geradezu eine Notwendigkeit, dass die Menschen von der Reinkarnationslehre wissen und sie – zumindest einigermaßen – verstehen. Ohne das Gesetz der Reinkarnation kann man viele andere geistige Wahr- und Weisheiten niemals verstehen.«

»An welche anderen Wahr- und Weisheiten denken Sie dabei?«, fragte Frau Tholen.

»Nehmen Sie zum Beispiel das Leben, das ein Mensch nach seinem Tod in der Geisteswelt führt. Als Privatmann, als der ich heute vor Ihnen stehe, frage ich rhetorisch: Ist das, was die Kirche über das nachtodliche Leben des Menschen zu sagen hat, nicht geradezu armselig?! Wer kann mit dem, was Sie dazu früher im Religionsunterricht oder bei Ansprachen eines Priesters gehört oder vielleicht im Katechismus gelesen haben, wirklich etwas verbinden? Sind das nicht eher ganz vage Formulierungen und zum Teil sogar Floskeln? Wenn man die Reinkarnations- und die damit eng verbundene Karmalehre, über die ich heute nicht sprechen möchte, kennt und ein Stück weit verinnerlicht hat, so kann einem doch vieles von dem, was das Leben unserer sogenannten Toten angeht, verständlicher werden. Man kann dann wissen, dass sie zunächst eine geraume Zeit lang damit beschäftigt sein werden, ihr letztes Erdenleben aufzuarbeiten. Sie wissen jetzt, was im Leben nicht so gut gelaufen ist, welche Fehler und Schwächen sie hatten. Ihre Begierden und Triebe, die in den höheren Welten nicht befriedigt werden können, müssen sie überwinden. Das kann ein sehr qualvoller Prozess sein. Darauf basiert auch die katholische Lehre vom Fegefeuer. Dann in der zweiten Hälfte des nachtodlichen Daseins werden sie in Verein mit anderen Seelen und den Engelwesen ihre nächste Inkarnation planen. Sie wissen jetzt auch, welchen Menschen gegenüber sie sich im Leben verschuldet haben. Jetzt erwächst in ihnen die Sehnsucht, das im nächsten Leben, wenn sie erneut mit diesen Menschen in irgendeiner Form zusammenkommen werden, wieder gutzumachen, wieder auszugleichen. – Es ist meines Erachtens sehr wichtig, dass wir uns schon in unserem jetzigen Leben ein wenig mit dem befassen, was nach dem Tod auf uns zu kommt.«

Eine Dame meldete sich: »Ich sehe das so: Wenn ich gestorben bin, werde ich schon sehen, wie es da im Fegefeuer oder im Himmel so ist. Da lasse ich mich überraschen.«

»Es bleibt Ihnen, liebe Frau Lütgenhorst, unbenommen, das so zu sehen. Ich vertrete in diesem Punkt allerdings eine andere Meinung. Wenn wir uns nicht schon vorher gewisse Vorstellungen aneignen und gewisse Gedanken über das Leben nach dem Tod bewegen, wird uns vieles im Nachtodlichen nicht verständlich werden können. Das Licht, das uns die geistige Welt nach unserem Tod beleuchtet, müssen wir im irdischen Dasein entzünden.«

Drei der Anwesenden schien es jetzt zu reichen. Kopfschüttelnd und grußlos verließen sie den Saal. Die übrigen hingen aber geradezu an Peters Lippen. Dann meldete sich wieder Klaus zu Wort: »Das ist doch ganz logisch! Wenn wir planen, eine Reise in ein fernes, uns nicht bekanntes Land zu unternehmen, so bereiten wir uns doch auch gründlich vor, damit wir mit den Bedingungen, die dort herrschen, zurechtkommen, wenn wir am Ziel der Reise sind. Heute gibt es doch viele Bücher, die das nachtodliche Leben recht ausführlich beschreiben.«

»Das Beispiel mit der Reisevorbereitung ist sehr treffend. Aber was die Bücher, die du erwähnst, anbelangt, so sollte man sehr vorsichtig sein! Es gibt etliche, in denen bestenfalls Halbwahrheiten vermittelt werden. Am Ende der Veranstaltung kann ich jedem, der daran interessiert ist, Buchempfehlungen geben«, erwiderte Peter.

Dann wandte er sich an die Eltern des Mädchens, das vor ein paar Jahren im Alter von zwölf Jahren infolge eines Verkehrsunfalls starb. »Liebe Frau Benning, lieber Herr Benning, erinnern Sie sich bitte noch einmal an die Beerdigung ihrer lieben Tochter Gerda. Ich sah mich damals nicht imstande, Worte zu finden, die ein Trost für Sie sein konnten. Ich habe aus meiner Ohnmacht keinen Hehl gemacht. Zu diesem Zeitpunkt hatte ich noch keine Ahnung von diesen spirituellen Erkenntnissen. Heute kann ich Sie trösten. Heute weiß ich, dass nichts sinnlos ist, auch nicht der frühe Tod eines Kindes. Gerda ist Ihnen lediglich vorangegangen. Die Verstorbenen stehen unserem Fühlen so gegenüber, wie ein Mensch, der in ein fernes Land gezogen ist, in das wir ihm erst später folgen können. Das Einzige, was wir zu ertragen haben, ist eine gewisse Zeit, in der wir durch unseren Bewusstseinszustand von ihnen getrennt sind. Ich kann Ihnen, liebes Ehepaar Benning, aus tiefster Überzeugung versichern, dass Sie, wenn sie selbst einmal gestorben sein werden, Gerda bzw. ihrer Seele wieder begegnen werden. Sie können dann mit ihr ein viel innigeres Beieinandersein pflegen, als das im Erdendasein jemals möglich sein könnte. Sie werden die Seele, die in diesem Leben Ihre Tochter war, nie verlieren. Auch in Ihrem nächsten Erdenleben werden Sie mit ihr wieder zusammenkommen. Vielleicht wird sie dann als Ihr Vater oder Ihre Schwester oder Ihr Freund auf dem physischen Plan erscheinen.«

Da keiner mehr eine Frage stellen wollte, beendete Peter seinen Vortrag.

Anschließend kamen noch einige auf ihn zu. Herr Benning bedankte sich für Peters sehr persönliche Worte und meinte: »Wenn Sie recht hätten, so wäre das wunderbar. Allein fehlt mir noch ein bisschen der Glaube.«

Als Peter bemerkte, dass doch bei einigen ein reges Interesse an dieser Thematik vorhanden war und dass viele noch etliche Fragen hatten, die sie sich im Plenum nicht zu stellen trauten, rief er einen Gesprächskreis zu diesem Themenkomplex ins Leben, der zwei Wochen später auch begann.

An jedem zweiten Mittwoch traf man sich zu einem Austausch. Dieser Gesprächskreis, an dem durchschnittlich zwanzig Gemeindemitglieder teilnahmen, wurde ein gutes Jahr lang veranstaltet.

Peter Bröske litt seit einiger Zeit immer häufiger an Kopfschmerzen. Insbesondere wenn er unter großem psychischen Druck stand, wurde er von migräneartigen Attacken heimgesucht. In den letzten Monaten wurden diese Anfälle heftiger, was vermutlich seine Ursache darin hatte, dass ihn die Diskrepanz zwischen den katholischen Lehren und denjenigen Erkenntnissen, von denen er überzeugt war, sehr stark belastete. Manchmal waren die Attacken so schlimm, dass er sich für einige Stunden in ein abgedunkeltes Zimmer legen musste und kaum ansprechbar war.

Bisher hatte er deswegen nie einen Arzt konsultiert. Jetzt sah er aber keine andere Möglichkeit mehr. Der Neurologe, den er aufsuchte, diagnostizierte eine schwere stressbedingte Migräne. Doch die Medikamente, die er ihm verordnete, brachten keine Besserung, geschweige denn eine Heilung.

Eines Tages musste Peter wegen eines starken Migräneanfalls einen Gemeindeabend absagen. Er rief eine Dame an, die regelmäßig an diesen Abenden teilnahm, und bat sie, ihn wegen Unpässlichkeit zu entschuldigen.

Als Peter einige Tage später diese Dame traf, wollte sie genauer wissen, was ihm fehlte. Er berichtete ihr ausführlich von seinem Problem.

Dann sagte sie: »Mein Mann litt vor Jahren auch an einer schweren Migräne. Die Weißkittel konnten ihm aber nicht wirklich helfen. Daraufhin ist er auf Empfehlung eines Arbeitskollegen zu einem Heilpraktiker nach Horstfeld in der Nähe von Dülmen gegangen. Der hat es in den Griff bekommen. Mein Mann ist seit langem beschwerdefrei.«

»Das ist ein Wink des Schicksals!«, dachte Peter und ließ sich die Adresse geben.

In der folgenden Woche bekam er einen Termin bei dem besagten Heilpraktiker. Dieser Ulrich Herschberg nahm sich für seinen Patienten fast zwei Stunden Zeit. Schon die ausführliche Anamnese dauerte nahezu eine Stunde. Schnell wurde Peter klar, dass Herr

Herschberg Anthroposoph war. Er war sogar mit einem gewissen Grad an Hellsichtigkeit begabt. Wenn ein Patient vor ihm stand, so nahm er nicht nur dessen physischen Leib wahr, sondern er ›sah‹ auch die feinstofflichen Wesensglieder, die Rudolf Steiner »Ätherleib« und »Astralleib« nannte. »Viele Krankheiten haben ihre Ursachen in einem dieser beiden Leiber«, ließ der Therapeut seinen Patienten wissen. Peter war fasziniert, dass Herr Herschberg sich in der Anthroposophie so gut auskannte und erzählte, dass er auch auf dem Weg sei, sich mehr und mehr anthroposophische Erkenntnisse zu erwerben, was der Heilpraktiker mit einem freundlichen Kopfnicken quittierte.

Herr Herschberg sagte: »Ich denke, ich werde Sie von Ihren Beschwerden befreien können. Zunächst werde ich eine Akupunktur durchführen. Das Wesentliche ist aber eine gezielte Eigenblutbehandlung. Wenn Sie einverstanden sind, werden ich Ihnen gleich ein wenig Blut abnehmen und dieses mit einem speziellen homöopathischen Mittel versetzen. Das Ganze werde ich Ihnen dann intramuskulär injizieren. Wenn wir diese Prozedur etwa dreimal durchgeführt haben, werden Ihre Attacken seltener auftreten und weniger heftig ausfallen.« Peter war natürlich einverstanden. Als er auf Nachfrage schilderte, auf welchem etwas sonderbaren Weg er auf seine Praxis aufmerksam gemacht wurde, sagte Herr Herschberg wissend: »Ja, so waltet das Karma!«


Diese Therapie wurde in den folgenden Wochen noch zweimal wiederholt. Herr Herschberg hatte nicht zu viel versprochen. In dieser Zeit hatte Peter nur eine relativ milde Attacke. Nach einem halben Jahr wurde die Prozedur noch einmal durchgeführt. Seitdem hatte Peter nie wieder unter seiner Migräne leiden müssen.

Im Zuge eines Gesprächs nach einem Behandlungstermin stellte sich heraus, dass Herr Herschberg, der ursprünglich aus Bielefeld stammte, knapp zwei Jahre auf dem naturwissenschaftlichen Gymnasium in Essen war, das Peter vorher auch vier Jahre lang besucht hatte. Herr Herschberg sagte, dass er kein Interesse für den Schulstoff aufbringen konnte und viel zu faul gewesen sei. Als seine

Eltern dann mit ihm nach Hamburg gezogen seien, habe er dort noch ein paar Monate ein Gymnasium besucht, das er schließlich ohne Abschluss verlassen habe.

Beim letzten Termin erzählte Peter Herrn Herschberg, mit dem er sich schon ein wenig angefreundet hatte, von den Gemeindeabenden und Gesprächskreisen in seiner Pfarrei. Ulrich – wie Peter den Heilpraktiker mittlerweile ansprach – sagte: »Das finde ich ja fast revolutionär, dass ein katholischer Priester in seiner Gemeinde offen über anthroposophische Themen spricht! Es ist sehr wichtig, dass immer mehr Menschen über den Tellerrand der Lehren des konfessionellen Christentums schauen.« Als Peter ihn fragte, ob er einer Kirche angehöre, antwortete er: »Ich bin katholisch getauft und erzogen worden, aber schon mit neunzehn Jahren bin ich aus der Kirche ausgetreten. Ich will nicht alles schlecht reden. Die Kirchen haben schon eine gewisse Berechtigung. Aber meiner Meinung nach – sei mir bitte nicht böse – sind die kirchlichen Lehren eher darauf aus, die Menschen zu verdummen, als ihnen wahrhafte Erkenntnisse zu schenken. Ich bezeichne mich sehr wohl als einen überzeugten Christen. Christ ist man allerdings nicht dadurch, dass man sich einer Kirche anschließt, sondern dass man anerkennt, dass der Christus durch das Mysterium von Golgatha gegangen ist, dass das ein höchst reales Ereignis im Weltgeschehen war und dass der Christus heute in und durch jeden Menschen wirken kann.«

Peter verstand diese Worte nicht zur Gänze, lud Ulrich aber dennoch ein, an einem der nächsten Gemeindeabende einen Vortrag über ein anthroposophisches Thema zu halten.

Ulrich Herschberg sagte zu. Seine zwei Vorträge mit den Themen »Der dreigliedrige Mensch – Körper, Seele und Geist« und »Christus in uns« kamen bei den Zuhörern sehr gut an. An einem Sonntag besuchte Ulrich die Heilige Messe in Borfeld. Anschließend sagte er zu Peter: »Das war wirklich höchst würdevoll und geistgetragen, wie du die Messe zelebriert hast. Während der Wandlung habe ich ganz deutlich den Christus wie über dem Altar schwebend wahrgenommen!«

In den folgenden Jahren trafen sich die beiden in unregelmäßigen Abständen hin und wieder, um über christologische oder anthroposophische Themen zu sprechen. Da beide beruflich sehr stark eingespannt waren, konnte es nicht zu dem engen Kontakt kommen, den Peter sich gewünscht hätte.

Ein Jahr, nachdem Peter zum Gemeindeabend über die Reinkarnation geladen hatte, wurde er erneut mit dem Todesfall eines Menschen aus seinem engeren Umfeld konfrontiert. Frau Blome, die gute Seele der Pfarrei, erlitt wenige Tage nach ihrem 68. Geburtstag beim Einkaufen einen Herzinfarkt. Sie war sofort tot. Bei ihrer Beerdigung, die natürlich von Peter zelebriert wurde, waren ähnlich viele Trauergäste zugegen wie bei der von Pfarrer Handke. Ja, Frau Blome war bei allen sehr beliebt gewesen.

Nun brauchte Peter eine andere Dame, die sich um den Haushalt kümmert sowie als Küsterin und auf manchen anderen Ebenen der Gemeindearbeit tätig wird.

Als er über eine geeignete Nachfolgerin nachdachte, schoss ihm die Idee ein: »Ich könnte doch Ursula fragen, ob sie nicht diese Aufgaben übernehmen möchte. Dann würden wir uns täglich sehen und könnten vieles gemeinsam machen.« Doch schon nach wenigen Minuten verwarf er die Idee wieder. »Ursula wird sicherlich in ihrem Beruf als Arzthelferin sehr zufrieden sein. Dort wird sie auch mehr verdienen, als ihr hier gezahlt werden könnte. Außerdem weiß ich nicht, ob sie sich mit einer solchen Tätigkeit anfreunden könnte«, dachte er. Er konnte nicht wissen, dass Ursula finanziell recht unabhängig war. Nach dem Tod ihrer Eltern vor einigen Jahren erbte sie deren Haus, das sie gleich verkaufte. Den Erlös hatte sie auf der Bank gut angelegt, so dass sie fast von den Zinsen leben konnte.

Trotz seiner Bedenken nahm er sein Herz in beide Hände und griff zum Telefon. Er sagte ihr, dass er sie unbedingt baldmöglichst sprechen müsse und fragte, ob sie Lust und Zeit habe, ihn zu besuchen. Ursula sagte gleich zu. Man verabredete sich für den nächsten Samstag.

Mit Herzklopfen und großer Vorfreude machte sich Ursula Jansen an dem vereinbarten Samstag auf den Weg zu Peter, den sie schon seit Monaten nicht mehr gesehen hatte. Sie war fest davon überzeugt, dass er mit ihr über irgendein konkretes spirituelles Thema reden wollte.

Peter fiel gleich mit der Tür ins Haus: »Kürzlich ist Frau Blome, meine Haushälterin und Gemeindedienerin, die du ja einmal kurz kennengelernt hast, gestorben. Ich brauche eine Nachfolgerin. Könntest du dir, liebste Ursula, vorstellen, diese Aufgaben zu übernehmen?«

Ursula war ganz geplättet und bekam vor lauter Freude feuchte Augen. »Glaubst du wirklich, ich würde das Angebot ablehnen? Das ist doch ganz wunderbar! Auch wenn wir dann nicht in einer eheähnlichen Gemeinschaft leben können, so sind wir doch täglich häufig beisammen. Freilich mache ich das! Die Führung des Haushalts wird mir gewiss keine Probleme bereiten. Inwieweit ich den anderen Aufgaben gerecht werden kann, weiß ich noch nicht. Aber ich werde mir alle Mühe geben. Durch meinen Job als Arzthelferin bin ich es gewohnt, viel mit anderen Menschen zu tun zu haben und ihnen auf den verschiedensten Gebieten zu helfen.«

Beide waren außer sich vor Freude.


Nachdem auch der Kirchenvorstand und der Pfarrgemeinderat keine Einwände gegen Ursula anmeldeten, wurde alles in die Wege geleitet. Sie kündigte ihre Stellung und zog vier Wochen später mit Sack und Pack in Frau Blomes ehemalige Kammer. Die kleine Wohnung, in der Peter anfangs lebte, sollte frei gehalten werden, falls doch noch ein Vikar in die Pfarrei entsandt werden sollte. Peter stellte Ursula allen als seine Cousine vor. Zu dieser Lüge hatte er auch damals schon Pfarrer Handke gegenüber gegriffen. Er wollte verhindern, dass die Leute auf falsche oder – besser gesagt – richtige Gedanken kommen...

Am folgenden Sonntag wohnte Ursula erstmals einer Heiligen Messe bei, die von Peter zelebriert wurde. Sie war ganz angetan von der würdigen Art, wie er die Messe feierte, sowie von dem aufmerksamen Mitvollzug der Gemeinde.

Ursula gewöhnte sich schnell ein und leistete hervorragende Arbeit. Neben den obligatorischen Aufgaben engagierte sie sich auch auf anderen Gebieten. So gründete sie in der Pfarrei einen Frauenverein, dem sich schon bald etliche Frauen aller Altersgruppen aus der Gemeinde anschlossen. Die Gruppe traf sich einmal in der Woche im Gemeindehaus. Dort trank man Kaffee, machte Spiele und sprach über alles, was einen bewegte. Jedes Jahr organisierte Ursula einen Ausflug. Mit einem Bus ging es dann ins Sauerland, Siegerland oder an einen der Wallfahrtsorte der näheren Umgebung.

Auch die Kleinsten der Gemeinde lagen ihr, der längst klar war, dass sie in diesem Leben keine Mutterfreuden mehr erleben werde, sehr am Herzen. Zusammen mit zwei Damen aus der Gemeinde veranstaltete sie regelmäßig Spielnachmittage. Neben dem gemeinsamen Spielen wurden den Kindern auch Märchen oder Legenden vorgelesen.

Wann immer Peter mit den Jugendlichen seine Zeltlager veranstaltete, war sie mit dabei und kümmerte sich insbesondere um aller leibliches Wohl.

So vergingen die Jahre. Auch wenn es beiden bisweilen sehr schwer fiel, so respektierten sie Peters Zölibat, wenngleich sie den Sinn dieser Auflage nicht nachvollziehen konnten. Bis auf Umarmungen und Küsse verzichteten sie auf Intimitäten. Jeder verbrachte die Nacht getreulich allein in seinem Bett.

Doch das sollte sich eines Abends ändern! Die beiden saßen wie so oft nach dem Abendessen noch beieinander und plauderten und planten die Aktivitäten des folgenden Tages. Ursula trank hin und wieder gern mal ein Glas Wein. So auch an diesem Abend. Obwohl sie wusste, dass Peter Alkohol strikt ablehnte, fragte sie ihn mit einer vorsichtigen Geste, ob er nicht ausnahmsweise auch ein Glas haben wolle. Peter nickte. Da er schon seit Jahren keinen Tropfen Alkohol mehr genossen hatte, stieg ihm dieses eine Gläschen bereits derart zu Kopf, dass er nicht mehr ganz Herr seiner Sinne war. Diese Sinnesvernebelung führte zu einer Enthemmung, so dass er Ursula vorschlug, zum ersten Mal eine Nacht gemeinsam in seinem Bett zu verbringen. Ursula nickte vorsichtig und etwas verschämt.

Freudig erregt und nervös zugleich sowie voller Erwartungen, wie es nun weitergehen würde, begaben sie sich in Peters Schlafgemach. Und es kam, wie es kommen musste! Die beiden schliefen miteinander. Sowohl für Ursula als auch für Peter war es die erste sexuelle Erfahrung ihres Lebens, die ihnen immer unvergesslich bleiben sollte. Für einen Priester mag das nicht ungewöhnlich sein. Aber für eine immerhin fast 40-jährige Frau ist das gewiss eine ganz große Ausnahme! Obwohl Ursula schon seit vielen Jahren klar war, dass sie wohl nie ihre Liebe zu Peter leben könnte, kam für sie niemals ein anderer Mann in Betracht, wenngleich es an Verehrern für die hübsche Dame nicht fehlte.

Es war für Ursula und Peter ein herrliches Gefühl, am nächsten Morgen neben dem Menschen, den sie schon seit so langer Zeit liebten, aufzuwachen. Dennoch beschlich sie den ganzen Tag über ein ganz mulmiges Gefühl, über das sie zunächst nicht reden konnten. Beiden war, wie wenn sie etwas ganz Schreckliches getan hätten, wie wenn sie eine unermessliche Schuld auf sich geladen hätten. Nur mit Mühe gelang es ihnen, den anstehenden Aufgaben des Tages gerecht zu werden.

Erst am Abend fanden sie wieder Worte. Ursula begann: »Es tut mir leid, dass ich dich in einen Gewissenskonflikt gebracht habe. Aber die Nacht war einfach traumhaft!«

»Ja, es war wunderbar, ganz wunderbar! Mache dir wegen meines Gewissenskonflikts keine Gedanken. Wir beide wissen, dass das Zölibat ein Unsinn ist. Meine Konflikte, die darauf beruhen, dass ich die kirchliche Lehrmeinung in einigen Punkten nicht stützen kann und trotzdem als Priester wirke, sind ungleich heftiger.«

Beide nahmen sich fest vor, dass die gemeinsame Nacht ein einmaliger Ausrutscher bleiben sollte. Aber diesen Vorsatz konnten sie nicht lange aufrecht erhalten.

Schon am übernächsten Abend sagte Peter: »Liebste, ich wünsche mir, dass wir von heute an jede Nacht gemeinsam verbringen. Dadurch, dass ich dich jetzt nicht nur platonisch, sondern auch körperlich lieben möchte, werde ich gewiss kein schlechterer Priester sein oder meine Aufgaben vernachlässigen. Vielleicht wird sogar eher das Gegenteil der Fall sein.« Ursula war überglücklich. Obwohl es ihr sehnlichster Wunsch war, hätte sie es niemals gewagt, Peter diesen Vorschlag zu unterbreiten.

So lebten die beiden von nun an im Grunde wie ein Ehepaar, nur dass es eine heimliche und nicht legitimierte Ehe war. Ein solches Zusammenleben von Mann und Frau wurde damals als »wilde Ehe« bezeichnet. Natürlich hätten sich Peter und Ursula liebend gern trauen lassen, um ganz legal als Mann und Frau leben zu können. Aber nachdem Peter sich schon mehrmals nach inneren Kämpfen durchgerungen hatte, Priester zu werden bzw. zu bleiben, wollte er das jetzt auch nicht aufs Spiel setzen, zumal er sein Amt trotz aller Differenzen zu den Lehren und Dogmen der Kirche nach wie vor sehr liebte.

Es gelang den beiden einigermaßen gut, sich mit diesem Kompromiss zu arrangieren. Sie mussten natürlich stets auf der Hut sein, dass ein anderer nichts von ihrem Verhältnis mitbekommt. Sie schafften es in der Tat immer wieder, sich distanziert zueinander zu verhalten, wenn andere Menschen in der Nähe waren. Peter Bröske ging trotz allem nach wie vor ganz in seiner Tätigkeit als Seelsorger auf. Die Gemeindemitglieder schätzten sein Engagement und seinen Rat in hohem Maße.

Allerdings wurde er sich in ruhigen Minuten immer wieder seines inneren Zwiespalts bewusst. Insbesondere bedauerte er zutiefst, dass er seine Liebe zu Ursula nicht offen leben konnte, dass er allen etwas vorspielte.

Als die beiden eines Tages beim Abendbrot saßen, sagte er zu ihr: »Mir ist kürzlich wieder einmal so richtig klar geworden, in welch geradezu schizophrener Lage ich mich befinde. Auf der einen Seite liebe ich meinen Beruf und meine Gemeinde, auf der anderen Seite muss ich permanent auf der Hut sein, wem und in welchem Rahmen ich von meinen bzw. unseren Erkenntnissen erzähle, und dass keiner mitbekommt, dass wir ein Paar sind. Ich weiß, Liebste, dass du dich nie über deine Situation, nicht offiziell als meine Frau anerkannt zu werden, beschwert hast. Aber ich merke dir manchmal an, dass du darunter leidest.«

»Mache dir um mich keine Gedanken. Ich werde dir diesbezüglich nie Vorschriften machen. Ich bleibe immer gern im Hintergrund und trage jede deiner Entscheidungen mit. Dass ich mit dir unter einem Dach leben kann, ist viel mehr, als ich mir vor Jahren erträumt hätte!« Peter fuhr fort: »Mir ist schon mal der Gedanke gekommen, ob ich nicht zum Protestantismus konvertieren und dann eine Stelle als evangelischer Pfarrer annehmen sollte. Dann könnten wir sogar heiraten.«

»Glaubst du wirklich, die würden dich nehmen?«

»Das könnte ich mir durchaus vorstellen, wenngleich der Mangel an Pfarrern in der evangelischen Kirche meines Wissens nicht so groß ist wie in der katholischen. Aber was mir dann sehr fehlen würde, wäre das Zelebrieren der Heiligen Messe. Im Protestantismus gibt es ja nahezu nichts Kultisches. Und auch wenn es dort noch eher die freie Lehrmeinung gibt, könnte ich denen auch nicht mit meinen Erkenntnissen kommen. Da würde mich vermutlich jeder wie einen Hund mit zwei Köpfen ansehen. Nein, vergiss es! Da käme ich vermutlich vom Regen in die Traufe.«


Ein paar Tage später bekam Peter ganz überraschend Besuch von seinem Pfarrerkollegen Bernhard Hoffs. Die beiden hatten sich schon einige Jahre nicht mehr gesehen.

Nach der herzlichen Begrüßung tauschten sie sich zunächst über einige Neuigkeiten aus, die es in ihrem Leben gab. Peter berichtete natürlich nichts von seinen Bemühungen, den interessierten Menschen aus seiner Pfarrei anthroposophische Erkenntnisse näherzubringen. Er kannte ja die Meinung seines Freundes.

Dann betrat Ursula das Zimmer. Pfarrer Hoffs erkannte sie, die ja früher in seiner Essener Pfarrei zu den Ministranten gehörte, sofort wieder. »Ja, was machst du denn hier?«, fragte er ganz überrascht. Sie schilderte ihm, dass sie seit vielen Jahren als Haushälterin, Küsterin und Gemeindehelferin angestellt sei. Herr Hoffs erinnerte sich jetzt wieder, dass Peter ihm damals kurz vor Abschluss der Priesterausbildung von seiner Zuneigung zu Ursula erzählt und ihn wegen der damit verbundenen Zweifel, ob er überhaupt Priester werden sollte, um Rat gefragt hatte.

Peters Freund war ein sehr feinfühliger Mensch. Ihm blieb nicht verborgen, dass Peter und Ursula einen ganz besonderen liebevollen Umgang miteinander pflegten. Nachdem er das eine Weile beobachtet hatte, fragte er ganz unverblümt: »Es ist jetzt aber nicht das, wonach es aussieht, oder?«

Peter verstand natürlich sofort, worauf die Frage abzielte. Nun wollte er nicht auch noch seinen Freund anlügen. »Doch! Wir lieben uns schon seit langer Zeit. Wir haben es bisher mit Erfolg geheim gehalten.« Peter war erleichtert, dass es raus war und erwartete voller Spannung die Reaktion seines Freundes. Er rechnete mit einer Strafpredigt.

Diesem verschlug es zunächst die Sprache. Nachdem er sich wieder gefasst hatte, meinte er: »Ich bin weit davon entfernt, euch eine Moralpredigt zu halten oder euch zu verurteilen. Du weißt selbst, dass du dadurch eigentlich kein Priester mehr sein kannst.«

»Natürlich fühlt sich das, was ich mache, nicht richtig an. Wenn du wüsstest, welche inneren Kämpfe ich schon durchmachen musste! Was würdest du mir raten?«

»Als *Pfarrer* rate ich dir, dich zu entscheiden. Entweder beendest du deine Beziehung zu Ursula oder du gibst dein Priesteramt auf und heiratest sie. Als *Freund* jedoch rate ich dir, tue, was dein Herz dir sagt. Wenn es dir sagt, dass es letztlich gut ist, so wie es jetzt ist, dann belasse es dabei. Aber hänge es nicht an die große Glocke.«

Gegen Ende seines Besuches fragte Pfarrer Hoffs: »Befasst du dich eigentlich immer noch mit der Reinkarnationslehre oder hast du endlich eingesehen, dass es ein Unsinn ist?«

»Natürlich befassen Ursula und ich uns damit. Mittlerweile sind wir von dieser Lehre tief überzeugt.« Herr Hoffs meinte: »Versuche mir einmal in wenigen Sätzen klarzumachen, was der Sinn dieser Lehre sein sollte. Erkläre es mir bitte so, wie wenn ich noch ein Kind wäre.«

Peter und Ursula gaben im Wechsel ein paar Erläuterungen, die hinreichend sein konnten, um einen ersten Eindruck gewinnen zu können. »Das klingt gar nicht einmal so dumm! Ich gebe zu, dass ich bisher nur ein paar kurze Statements aufgeschnappt hatte, die für mich absurd klangen. Man sollte sich wohl mit einem Thema intensiver befassen, bevor man sich ein Urteil bildet«, meinte Herr Hoffs selbstkritisch.

## Der 4. Scheideweg (1995)

In den folgenden Tagen wägte Peter ständig ab, wie er sich entscheiden sollte. Dann stand sein Entschluss fest: Er war fest gewillt, sein Priesteramt aufzugeben, auch wenn er keine Idee hatte, wie es mit seinen mittlerweile immerhin schon 46 Jahren beruflich weitergehen könnte.

Er kündigte der Gemeinde an, dass am nächsten Gemeindeabend möglichst viele kommen mögen, da er eine wichtige persönliche Entscheidung kundgeben wolle.

Am besagten Abend war der Saal fast bis auf den letzten Platz gefüllt. Die Spannung, die unter den Anwesenden herrschte, war mit Händen zu greifen.

Peter begann: »Liebe Gemeinde, liebe Freunde! Seit nunmehr fast auf den Tag genau achtzehn Jahren darf ich als Ihr Seelsorger in dieser Gemeinde wirken. In dieser Zeit habe ich unzählige Kinder getauft, etliche Trauungen vollzogen und sehr viele unserer Brüder und Schwestern begleitet, als sie über die Schwelle des Todes schritten. Es war mir stets eine außerordentliche Freude, als Ihr Priester für Sie da sein zu dürfen. Ich habe mich immer nach Kräften bemüht, in der Verantwortung vor Gott und der Gemeinde mein Bestes zu geben. Inwieweit mir das gelungen ist, müssen andere beurteilen.

Als Priester war es meine Aufgabe und auch mein Bestreben, Ihnen immer mit gutem Beispiel voranzugehen. Ein Priester sollte sich seiner Vorbildfunktion stets bewusst sein. Zu meinem größten Bedauern muss ich bekennen, dass ich hier versagt habe. Ich habe immer wieder gegen das achte Gebot verstoßen. Zwar habe ich Sie nicht ausdrücklich belogen, aber ich habe Ihnen etwas vorgetäuscht, was nicht der Wahrheit entspricht. Sie kennen alle die Dame, die hier neben mir sitzt und seit vielen Jahren im Pfarrhaus wohnt. Ursula Jansen ist nicht nur meine Haushälterin, sondern als treue Seele auf vielen Ebenen im Dienste für unsere Gemeinde tätig. Sie ist nicht nur *unsere* treue Seele, sondern *meine* ganz persönliche Muse, die mir stets viel Kraft für meine Arbeit gibt. Heute muss ich bekennen, dass Frau Jansen und ich schon seit geraumer Zeit in einer eheähnlichen Beziehung leben. Ja, wir lieben uns. Wir kennen uns schon seit unserer Jugendzeit. Es fiel mir damals unsäglich schwer, sie aufzugeben und meinem Ruf, Priester zu werden, zu folgen. Doch dann hat uns das Schicksal wieder zusammengeführt. Ich bitte Sie alle um Verzeihung, dass ich Sie hinters Licht geführt habe! Noch morgen werde ich dem Bischof schreiben und ihn bitten, mich meines Amtes zu entheben. Es gibt dafür zwei Gründe: zum einen meine wilde Ehe mit Frau Jansen, zum anderen die Tatsache, dass einige meiner Auffassungen, die ich Ihnen zumindest teilweise nicht vorenthalten habe, nicht mit dem Katechismus der katholischen Kirche in Einklang stehen. Der Bischof wird es als Abfall vom katholischen Glauben werten.«

Im Saal herrschte Totenstille. Einige flüsterten: »So etwas habe ich mir schon gedacht.«

Nachdem Peter seine kurze Rede beendet und sich eigentlich bereits verabschiedet hatte, bestürmten ihn etliche der Gemeindemitglieder. »Das können Sie doch nicht machen, Herr Pfarrer! Wir brauchen Sie! Einen besseren werden wir niemals kriegen!«, »Ihr Verhältnis mit Frau Jansen ist doch kein Problem. Schließlich ist auch ein Priester ein Mann!«, »Wenn es nach mir ginge, würde ich dafür plädieren, dass Sie Frau Jansen heiraten und trotzdem als Priester im Amt bleiben dürfen. Das Zölibat ist doch etwas ganz Widernatürliches!«, »Solch ehrliche Worte hört man selten!« So oder so ähnlich klang es aus vielen Mündern.

Peter freute sich sehr über das Verständnis der Leute und ihre anerkennenden Worte. Dennoch war er fest entschlossen, noch am nächsten Tag sein Rücktrittsgesuch an den Bischof zu richten, das er bereits formuliert hatte.

In der Nacht konnte er kaum schlafen. Er war noch ganz berührt von den positiven Reaktionen und den lobenden Worten seiner Gemeinde. »Kann ich diese Leute wirklich im Stich lassen? Vieles, was sich in der letzten Zeit so gut angelassen und entwickelt hat, würde vermutlich nicht weitergeführt werden. Die Gemeinde würde in mancherlei Hinsicht wieder in den alten Trott verfallen«, waren seine Gedanken.

Als er dann, nachdem er doch noch zwei Stunden Schlaf gefunden hatte, am nächsten Morgen aufwachte, wurde ihm erneut so richtig bewusst, wie sehr er seinen Beruf liebte, wie sehr er in seinen priesterlichen Tätigkeiten aufging. Beim Frühstück sagte er zu Ursula: »Sei mir nicht böse! Ich werde das Schreiben an den Bischof verbrennen. Wenn der Kirchenvorstand einverstanden ist, werde ich Priester bleiben.«

»Ich glaube, dass ist die einzig richtige Entscheidung«, entgegnete sie.

Noch am gleichen Tag berief er eine Sitzung des Kirchenvorstands ein. Die Mitglieder trafen sich am übernächsten Tag im Pfarrhaus. Peter sagte gleich nach der Begrüßung: »Nach diesen vielen positiven Reaktionen, die ich vor drei Tagen erfahren habe, könnte ich mir vorstellen, weiterhin Ihr Pfarrer zu bleiben. Wie ist Ihre Meinung? Können Sie mit einem Pfarrer leben, der nicht in allen Punkten ganz fest auf dem Boden des katholischen Glaubens steht und der in wilder Ehe lebt?«

Den Mienen der Anwesenden, die eigentlich damit gerechnet hatten, dass Peter sich von Ihnen verabschieden wollte, war deutlich anzusehen, dass sie erleichtert waren. »Von mir aus können Sie mit drei Frauen in wilder Ehe leben«, sagte der 1. Vorsitzende schmunzelnd. »Solange Sie Ihre Aufgaben nicht vernachlässigen, ist mir das völlig egal. Und so wie wir Sie kennengelernt haben, liegt es gar nicht in Ihrem Naturell, Ihre Pflichten zu vernachlässigen. Man kann Ihr Arbeitspensum, das Sie seit Jahren leisten, nur bewundern! Und was Ihre Differenzen zum Lehrgut der Kirche anbelangt, kann ich nur sagen, dass mir ein Pfarrer, der selbst denkt und ehrlich um Erkenntnisse ringt, um Längen lieber ist, als einer, der nachbetet, was der Papst ihm zu glauben vorschreibt. Viele in der Gemeinde sind Ihnen für die Erkenntnisse, an denen Sie uns bereits teilhaben ließen und hoffentlich noch oft teilhaben lassen werden, sehr, sehr dankbar.« Alle nickten zustimmend.

So blieb Peter Bröske also doch in seinem Amt als Pfarrer seiner Gemeinde.

> Wie und wohin ihn sein weiterer Schicksalsweg geführt hätte und wie sich das weitere Leben einiger Menschen aus seinem Umkreis gestaltet hätte, wenn er sein Priesteramt zu diesem Zeitpunkt noch aufgegeben hätte, werden wir an späterer Stelle sehen (☞ S. 89 bis 99).

Peters Gemeinde war heilfroh, dass er sich doch entschieden hatte, sein priesterliches Wirken fortzusetzen. Etliche bedankten sich persönlich bei ihm. Dabei hatten einige Tränen in den Augen. Immer wieder hörte er, dass es doch nicht schlimm sei, dass er mit Frau Jansen in einer eheartigen Gemeinschaft lebt.

Auch wenn jetzt fast jeder Bescheid wusste, so lebten Peter und Ursula ihre Beziehung dennoch nicht öffentlich. Ursula blieb nach wie vor offiziell in der Kammer wohnen. Allerdings mussten sie von nun an nicht mehr peinlichst darauf achten, sich im Beisein anderer absolut distanziert zu verhalten.

Ein Jahr später erlitt Peters Vater einen Schlaganfall. Er war sofort tot. Seine Mutter, die ja schon in jungen Jahren psychisch etwas labil war, litt immer noch unter dem Verlust ihrer Tochter Marlies. Den Tod ihres Mannes konnte sie nicht überwinden. Sie bekam starke Depressionen und hatte keinen Lebensmut mehr. Zwei Wochen nach der Beerdigung ihres Mannes nahm sie eine Überdosis Schlaftabletten. Eine Nachbarin, die einen Wohnungsschlüssel hatte, fand sie am nächsten Tag tot in ihrem Bett.

Als Peter von dem Suizid seiner Mutter hörte, war er tief erschüttert. Er machte sich große Vorwürfe, dass er sich in letzter Zeit so wenig um sie gekümmert hatte und dass er sich von ihr nicht verabschieden konnte. »Ich hätte es spätestens am Tag der Beerdigung meines Vaters bemerken müssen, dass sie in ein ganz tiefes Loch gefallen ist und sie zu mir nehmen müssen«, dachte er immer wieder. Viele Tage quälten ihn diese Selbstvorwürfe. Normalerweise war *er* es immer, der andere Menschen tröstete. Jetzt musste Ursula, die seine Mutter nie kennengelernt hatte, ihn trösten.

Peter wusste, dass mit dem Lesen einer Messe und dem Rosenkranzbeten für die Verstorbenen nicht viel getan ist. In der Folgezeit nahm er sich anfangs täglich, später einmal in der Woche die Zeit, zusammen mit seiner Lebensgefährtin eine kleine private Andacht für seine Mutter zu feiern. Aufgrund seiner anthroposophischen Studien wusste er, dass es den sogenannten Toten eine Wohltat ist, wenn die Lebenden ihrer gedenken, indem sie für sie beten oder ihnen Texte aus der Bibel oder aus geisteswissenschaftlichen Büchern vorlesen. Das ist insbesondere für die Seelen solcher Verstorbenen ungeheuer wichtig, die sich im Erdendasein nie mit dem Leben nach dem Tod beschäftigt haben. Dadurch können sie auch noch post mortem Kenntnisse aufnehmen, die ihnen helfen können, ihre jetzige Welt zu beleuchten.

Zu Beginn einer Andacht entzündete Peter eine Kerze. Dann stimmte er sich innerlich ganz auf seine Mutter ein. Er vergegenwärtigte sich ihr Antlitz und bestimmte Gesten oder Formulierungen, die für sie typisch waren. Dadurch konnte sie ihn leichter finden. Anschließend las er entweder ein Kapitel aus dem Johannes-Evangelium oder einen Vortrag von Rudolf Steiner, in dem er über das nachtodliche Leben sprach. Zum Abschluss sprach Peter ein Gebet.

So vergingen weitere Jahre ohne einschneidende Veränderungen.

Im Jahre 2003 wurde die immer noch unbenutzte Vikarswohnung dann tatsächlich benötigt. Ein junger Vikar wurde in die Gemeinde entsandt. Dieser Herr Schützmann hatte nach seinem Pfarrpraktikum zuvor drei Jahre als Vikar in einer Gemeinde im Westerwald gewirkt. Auch wenn Peter sich seinem Arbeitspensum durchaus gewachsen zeigte, war der doch froh, jetzt Unterstützung bekommen zu haben.

Schnell wurde offenbar, dass Herr Schützmann ein rechter Hardliner war, der sich voll und ganz der katholischen Lehre und den kirchlichen Traditionen und Gepflogenheiten verpflichtet fühlte. Als er sah, dass in der Borfelder Pfarrei von der üblichen Gottesdienstordnung ein wenig abgewichen wurde, sagte er zu Peter: »Ich finde die Änderungen, die Sie hier eingeführt haben, nicht in Ordnung. Es hat gute Gründe, dass die Gläubigen an bestimmten Stellen der Messfeier knien müssen. Nicht umsonst wird das seit Jahrhunderten überall so gepflogen. Also, auch wenn Sie als Pfarrer mein Vorgesetzter sind, werde ich, wenn ich zelebriere, wieder die alte Ordnung einführen.«

Peter erinnerte sich daran, wie tolerant und freilassend Pfarrer Handke ihm gegenüber stets war. Diesem Vorbild wollte er nacheifern. Daher sagte er nur: »Ich fände das sehr schade, zumal ich gute Gründe für diese Änderung hatte und die Gemeinde es gut aufgenommen und sich längst daran gewöhnt hat. Aber wenn *Sie* die Messe feiern, können Sie das so machen, wie Sie es für richtig halten. Ich jedenfalls werde an diesen Änderungen festhalten.«

Wenige Minuten bevor Vikar Schützmann dann seine erste Heilige Messe in der neuen Pfarrei zelebrierte, betrat er noch ohne Messgewand den Altarraum und sprach: »Liebe Gemeinde! Ich freue mich sehr darauf, gleich mit Ihnen das Messopfer feiern zu dürfen. Wir werden es heute wieder so handhaben, wie Sie das von früher noch gewohnt sind. Wir werden wieder die kirchliche Gottesdienstordnung einhalten. Sie erinnern sich sicherlich daran, wann Sie stehen und wann Sie knien müssen.«

Einige der Gläubigen murmelten. Während der Messe hielten sich aber die meisten an das, was Herr Schützmann sagte. Schon lange war es in dieser Kirche nicht mehr so laut und unruhig wie an diesem Tag.

Die weitaus meisten Gemeindemitglieder waren damit nicht einverstanden. Sie fanden die Regelungen, die Peter vor Jahren getroffen hatte, nachvollziehbar und viel würdevoller. Als Peter beim nächsten Gemeindeabend darauf angesprochen wurde, warum er dem jungen Vikar dazu keine Vorschriften machte, sagte er: »Als Pfarrer könnte ich das natürlich! Aber es liegt letztlich in der Freiheit eines jeden Priesters, es so zu handhaben, wie er es mit seinem Gewissen vereinbaren kann. Vielleicht findet ja bei Herrn Schützmann eines Tages ein Umdenken statt.«

Peter hatte möglicherweise schon geahnt, wie es weitergehen würde. In den nächsten Wochen blieb die Kirche fast leer, wenn die Gläubigen dem Gemeindeprogramm entnehmen konnten, dass Vikar Schützmann die Messe hält. So sah er sich letztlich gezwungen, die von Peter eingeführten Regeln zu akzeptieren. Es dauerte aber geraume Zeit, bis er sich wirklich daran gewöhnt hatte und sie zumindest halbwegs akzeptieren konnte.

Natürlich hatte Herr Schützmann schnell mitbekommen, dass Peter und Ursula in einer eheähnlichen Beziehung lebten. Merkwürdigerweise hat er daran offensichtlich nie Anstoß genommen, obwohl er ein so treuer Vertreter der katholischen Lehren und Dogmen war. Auch Peter wunderte sich darüber. Was er nicht wissen konnte, war, dass Herr Schützmann in seiner Zeit als Vikar im Westerwald selbst ein Jahr lang eine intime Beziehung zu einer Frau unterhalten hatte, die er auch jetzt noch hin und wieder traf.

Der junge Vikar tat sich schwer, in der Gemeinde Fuß zu fassen. Von einigen wurde er nicht akzeptiert. Das blieb ihm natürlich nicht verborgen. Er war ziemlich enttäuscht. Doch das sollte sich eines Tages ändern. Herr Schützmann war in einer Arbeiterfamilie aufgewachsen. Sein Vater und seine beiden Großväter mussten als Stahlarbeiter unter schwersten Bedingungen ihr Brot verdienen, um ihre Familien ernähren zu können. Seine Eltern mussten sich vieles vom Mund absparen, um ihm ein Studium ermöglichen zu können. Somit hatte er eine große Affinität zu der Arbeiterschaft und konnte sich gut in ihre Lage und Nöte hineinversetzen.

Nun kam ihm die Idee, die Katholische Arbeiterbewegung in der Pfarrei zu reaktivieren. In der Tat war dieser Verein, den es schon seit Jahrzehnten in der Gemeinde gab, sowohl früher von Pfarrer Handke als auch von Peter ziemlich vernachlässigt worden. Der Bewegung gehörten nicht einmal zehn Mitglieder an. Im Grunde war der Verein tot.

Herr Schützmann berief von nun an regelmäßige Vereinsversammlungen ein, an denen er natürlich stets teilnahm, und er rührte die Werbetrommel. Das sprach sich schnell herum, so dass die Mitgliederzahl stetig anstieg. Auch aus dem Einzugsbereich anderer Pfarreien kamen viele hinzu. Herr Schützmann hielt an den Vereinsabenden häufig Vorträge über Themen, welche die Arbeiterschaft bewegten. Schon nach wenigen Monaten gab man ihm den Titel »Arbeiterpfarrer«, was keineswegs ironisch, sondern durchaus sehr respektvoll gemeint war.

Dann gründete der Vikar noch eine Pfadfindergruppe, die es bisher hier nicht gegeben hatte. Auch diesen jungen Leuten nahm er sich mit großem Engagement an.

Somit war das Aufgabengebiet zwischen den beiden Priestern klar umrissen.

In den folgenden Jahren gelang es Herrn Schützmann mehr und mehr, sich mit den Gepflogenheiten der Pfarrei zu arrangieren. Manchmal wohnte er sogar den Vorträgen bei, in denen Peter über spirituelle Themen sprach. Anschließend gab er aber nie einen Kommentar ab.
Auch wenn man nicht sagen konnte, dass er und Peter Freunde wurden, so respektierten sie sich gegenseitig und kamen immer besser miteinander aus.

Wenngleich Herrn Schützmanns Engagement auf einigen Ebenen sehr gut ankam, war es doch in erster Linie Peter zu danken, dass das Leben in der Gemeinde, die zwangsläufig immer jünger wurde, blühte. Im weiten Umkreis von Borfeld gab es keine zweite Gemeinde mit vergleichbar großem Einzugsgebiet, in der so viele Menschen regelmäßig an der Messfeier und auch den vielen übrigen Veranstaltungen teilnahmen. Während es schon einige Pfarreien gab, die fast auszusterben drohten, waren es in Peters Pfarrei insbesondere immer wieder zahlreiche junge Menschen, die hinzukamen. Sie würdigten die Art, wie Peter die Gottesdienste zelebrierte, und sie ließen sich von seinen tiefgründigen Predigten inspirieren. Insbesondere aber schätzten sie seinen Rat und die spirituellen Vorträge im Rahmen der Gemeindeabende, in denen er die Zuhörer immer wieder über den Tellerrand des Katholizismus hinausschauen ließ.

Im Jahre 2018 wurde Peter 70 Jahre alt. Er hätte jetzt einen Antrag auf Emeritierung stellen und in den Ruhestand gehen können. Da er sich aber gesundheitlich noch in der Lage sah, sein Amt auszuüben, und da ihm seine priesterliche Tätigkeit nach wie vor Freude bereitete und er seine Gemeinde nicht enttäuschen wollte, verzichtete er darauf. Allerdings trat er jetzt ein wenig kürzer und übertrug einige Aufgaben seinem Kollegen.

Seine Begeisterung, mit der er insbesondere nach wie vor die Heilige Messe zelebrierte, sollte zwei Jahre später einen herben Dämpfer bekommen. Es war im Jahre 2020, dem ersten Jahr der sogenannten »Corona-Krise«.

Von Anfang an gehörte Peter zur Minderheit derer, welche die große öffentliche Panikmache verurteilten und einige der von der Regierung getroffenen Maßnahmen kritisierten. Auch seiner Gemeinde gegenüber nahm er da kein Blatt vor den Mund. Insbesondere empfand er als höchst unwürdig, dass alle in der Kirche eine Maske tragen mussten, woran er sich selbst allerdings nie hielt. In einer Predigt ging er auf dieses Thema ein und sagte: »Liebe Gemeinde! Wir leben in einer schlimmen Zeit. Ein Virus hat die Welt erobert und unser Bewusstsein besetzt. Ich bin weit davon entfernt, dieses Virus zu verharmlosen. Dennoch verurteile ich scharf, dass weltweit Angst und Panik geschürt werden. Auch kann ich viele der Maßnahmen, die unsere Regierung getroffen hat, nicht begrüßen. So ist es zum Beispiel wissenschaftlich völlig umstritten, ob das Tragen dieser scheußlichen Masken überhaupt etwas bringt. Insbesondere in einer heiligen Handlung, wie das Messopfer eine ist, haben sie nichts verloren. Wir sollten keine Masken tragen, sondern vielmehr die Hintergründe und die Strippenzieher der Corona-Krise sowie deren Interessen demaskieren!«

Es war das erste Mal, dass die Mehrheit der Gemeinde die Meinung ihres Pfarrers nicht teilen konnte und sich nicht seinem Rat anschloss. Viele waren derart von der Angst besetzt, infiziert zu werden und letztlich womöglich daran zu sterben, dass sie keinen klaren, objektiven Gedanken fassen konnten. In den folgenden Wochen kam es mehr und mehr zu einer fürchterlichen Entzweiung in der Gemeinde. Etwa ein Drittel war auf Peters Seite und unterstützte seine Ansicht. Die anderen wurden mehr und mehr zu Peters Gegnern. Sie blieben von nun an den Gemeindeabenden fern und besuchten nur die Gottesdienste, die Herr Schützmann, der ein Verfechter der Maßnahmen war und sich peinlichst daran hielt, feierte.

Wer hätte das jemals für möglich gehalten, dass ein Virus viele gegen Peter, den sie so geschätzt und fast schon geliebt hatten, aufbringen könnte!

Ja, die Gemeinde war gespalten. Es gab die »Bröske-« und die »Schützmann-Fraktion«. Peter war natürlich sehr enttäuscht, dass sich so viele von ihm abwandten. Hätten sie das vor Jahren getan, als er zugab, nicht in allen Punkten auf dem Boden des katholischen Glaubens zu stehen, oder als er seine Beziehung zu Ursula beichtete, hätte er das durchaus verstehen können. Aber dass ein Virus und die öffentliche Meinung dazu geführt hatten, blieb ihm unfassbar. In erster Linie war er aber tieftraurig, ansehen zu müssen, wie gespalten seine Gemeinde war. Einige sprachen nicht einmal mehr miteinander, weil sie in diesem Punkt unterschiedlicher Meinung waren. Erst recht gab sich kaum noch einer zum Gruß die Hand. Die einen wurden von ihren Gegnern als »Corona-Leugner« und »Gefährder« diffamiert, die anderen als »Schafe« und »denkfaul« verunglimpft.

Etwas später wurden die Hygienevorschriften, die in den Gottesdiensten eingehalten werden sollten, noch verschärft. Diese Auflagen gingen von den Behörden aus, wurden aber von der Diözese unterstützt. Peter überflog diese Vorschriften nur kurz, weil ihm klar war, dass er sich nicht daran halten werde. Am folgenden Sonntag nahm er in der letzten Reihe der Kirche an einer Messe teil, die sein Kollege las. Da ihm klar war, dass dieser sich bis ins Detail an die Vorgaben halten werde, wollte er sich diese Absurdität in Ruhe anschauen.

Dann begann die Messfeier. Vikar Schützmann und die Ministranten betraten den Altarraum – natürlich maskiert. Am Altar demaskierte sich der Vikar und legte seine Maske neben den Kelch. Was stand denn da noch neben dem Kelch? Es war eine handelsübliche Plastikflasche mit einem Desinfektionsmittel! Bevor Vikar Schützmann zu Beginn der Opferung mit dem Kelch zur Seite schritt, um sich von den Messdienern Wein und Wasser anreichen zu lassen, das er dann in den Kelch goss, maskierte er sich und desinfizierte seine Hände. Anschließend desinfizierte er sich erneut die Hände und legte die Maske wieder neben den Kelch.

»Das ist ja unfassbar! Was hat dieses Zeug auf dem Altar verloren? Wie kann sich ein Priester mit irgendeinem chemischen Mittel die Hände einreiben, mit denen er den geweihten Kelch und später den Leib Christi anfasst?«, dachte Peter, der am liebsten schreiend die Kirche verlassen hätte.

Peter war außer sich! Ihm war klar, dass man von ihm verlangen werde, zukünftig genau so zu verfahren. Das hätte er aber mit seinem Verständnis von einer würdigen Messfeier niemals vereinbaren können. Und etwas gegen seine innerste Überzeugung zu tun, kam für ihn nicht in Frage.

So stellte er jetzt den Antrag auf Entpflichtung von seinen Aufgaben. Diesem wurde unverzüglich stattgegeben, so dass Peter nun in den Ruhestand versetzt wurde. Vikar Schützmann wurde zum neuen Pfarrer berufen.


Seitdem zelebriert Peter jeden Tag in seinem Wohnzimmer eine stille Messe, bei der ihm Ursula assistiert. Mit einem Schmunzeln muss er manchmal daran denken, dass er das früher als Kind daheim oft ähnlich gepflogen hatte.

In der Kirche feiert er nur noch an manchen Werktagen das Messopfer, wobei er sich natürlich *nicht* an die absurden Corona-Auflagen hält. Die kleine Schar seiner Anhänger, die er noch hat, nimmt daran teil – natürlich ohne Masken! Für diese hält er auch hin und wieder noch seine spirituellen Vorträge, bei denen er jetzt erst recht kein Blatt – geschweige denn eine Maske – vor den Mund nimmt.

# Die vierte andere Entscheidung (1995)

Nachdem Peter Bröske nunmehr schon fast zwanzig Jahre als Priester sehr viel Positives in der Borfelder Pfarrei bewirkt hatte und von den Gemeindemitgliedern sehr geschätzt wurde, musste er erneut eine wegweisende Entscheidung treffen. Sollte er im Priesteramt bleiben, obwohl er mit Ursula in einer eheähnlichen Beziehung lebte und obwohl er einige Lehrmeinungen der Kirche nicht mehr unterstützen konnte, oder sollte er den Bischof ersuchen, ihn seines Amtes zu entheben, damit er dann mit Ursula die Ehe schließen könnte?

Nach großem inneren Ringen entschloss er sich, weiterhin als Priester zu wirken.

Wie hätte sich sein weiteres Schicksal gestaltet, wenn er sein Priesteramt aufgegeben hätte? Wie wäre das Leben der Menschen aus seinem Schicksalskreis dann verlaufen?

Peter hatte lange um die bestmögliche Entscheidung – sofern es eine solche überhaupt geben sollte – gerungen, was ihm einige schlaflose Nächte bescherte. Obwohl die Gemeinde sich so eindeutig für seinen Verbleib im Priesteramt ausgesprochen hatte, empfand er es als eine zu große und belastende innere Unwahrhaftigkeit, weiterhin als Priester zu wirken. Er nahm sich noch eine Woche Bedenkzeit. Dann erklärte er sich seinem Bischof und bat darum, ihn wegen Verstoßes gegen das priesterliche Keuschheitsgebot und wegen erheblicher Differenzen zum katholischen Glauben seines Amtes zu entheben.

Der Bischof war ziemlich enttäuscht. Zum einen hatte er viel Positives über Peter gehört, zum anderen wuchsen die Priester nicht gerade auf den Bäumen. Über Peters Verhältnis zu Ursula hätte er noch hinweggesehen, zumal er wusste, dass es sich hierbei nicht um einen Einzelfall handelte. Aber die erheblichen Glaubensunterschiede konnte er nicht ignorieren. So enthob er ihn kurze Zeit später wegen Abfalls vom katholischen Glauben seines Amtes. Umgehend wurde ein neuer Pfarrer in die Gemeinde entsandt.

Peter wurde es nicht mehr gestattet, noch einen Abschiedsgottesdienst zu halten. Allerdings ließ er es sich nicht nehmen, seine Gemeinde noch einmal zusammenzurufen, um sich von ihr zu verabschieden. Der Raum war brechend voll. Fast alle schauten recht betreten drein; einige hatten feuchte Augen. Auch Peter musste mit den Tränen kämpfen.

Dann sprach er: »Liebe Freunde! Es ist wohl so ziemlich das erste Mal in meinem nicht mehr ganz so jungen Leben, dass ich um die richtigen Worte ringen muss. Ich habe den Kirchenvorstand bereits vor zwei Tagen davon in Kenntnis gesetzt, dass ich mich nun doch entschieden habe, mein Priesteramt aufzugeben. Heute möchte ich es Ihnen allen persönlich sagen. Es war gar nicht einmal so sehr meine Liebesbeziehung zu Frau Jansen, die mich dazu bewogen hat. Vielmehr ist mir immer klarer geworden, dass einige meiner spirituellen Erkenntnisse, die ich der Anthroposophie verdanke, nicht mit der katholischen Lehre, der man sich als Priester verpflichtet fühlen sollte, in Einklang zu bringen sind. Ich kann nicht länger im Dienste einer Kirche verbleiben, deren Lehren und Dogmen ich in mancherlei Hinsicht für falsch oder überholt halte. Glauben Sie mir bitte, ich habe mir meine Entscheidung nicht leicht gemacht. Tagelang habe ich mit mir gerungen. Ich muss nun die berühmten Worte Martin Luthers zitieren: ›Hier steh' ich nun; ich kann nicht anders!‹ Ich danke Ihnen nochmals für die gute Zusammenarbeit in den letzten Jahren und das Vertrauen, das Sie mir stets entgegengebracht haben. Ich werde sowohl mein Priesteramt als auch jeden Einzelnen von Ihnen sehr vermissen! Ich wünsche Ihnen alles Gute und bitte Sie, Ihrem neuen Pfarrer eine Chance zu geben. Wie Sie wissen, wohnt jedem Anfang ein Zauber inne, wie Hermann Hesse es einmal so schön formulierte.«

Schließlich verabschiedeten Ursula und er sich von jedem der Anwesenden mit Handschlag. Es flossen mehr Tränen als auf so manch einer Beerdigung...

Peter und Ursula mussten die Wohnung im Pfarrhaus unverzüglich räumen. Sie fanden eine Viereinhalb-Zimmer-Wohnung in Essen, ganz in der Nähe seiner Eltern, die sie gleich nach dem Einzug besuchten. Da Peter in den letzten Jahren beruflich so viel zu tun hatte, war sein Kontakt zu ihnen recht spärlich. Schon über ein Jahr hatte er sie nicht mehr gesehen. Sie wussten weder von seiner Beziehung zu Ursula noch von seiner Amtsenthebung.

Als Herr Bröske die Tür öffnete, war die Freude riesengroß. Er und seine Frau konnten zunächst die Dame an seiner Seite nicht einordnen. Dann beim gemeinsamen Kaffeetrinken erzählte Peter ihnen alles. Sein Vater meinte etwas besserwisserisch: »Das habe ich dir doch gleich gesagt! Es ist einfach wider die Natur des Menschen, allein und sexuell enthaltsam zu leben! Das kapieren die Katholen einfach nicht. Jetzt sieht man wieder einmal, was sie davon haben.«

Peters Mutter sagte: »Irgendwie finde ich es schon schade, dass du deinen Beruf aufgegeben hast. Du warst ein ausgezeichneter Priester. Das hatte ich schon geahnt, als du mit acht, neun Jahren in der Wohnung die Messe spielerisch simuliert hast. Außerdem habe ich ja einige Messen, die du so schön und würdevoll zelebriert hast, miterlebt. – Aber wenn ich mir die nette Dame an deiner Seite anschaue, kann ich deine Entscheidung bestens verstehen.«

»Ich war wirklich gerne im Priesteramt. Aber ich musste mich entscheiden. Diese Gewissenskonflikte, in wilder Ehe zu leben und einige kirchliche Lehren nicht mittragen zu können, verlangten eine Entscheidung. Diese habe ich nun getroffen.«


Peters Eltern freuten sich außerordentlich, dass die beiden ganz in ihrer Nähe wohnten und dass man sich jetzt wohl öfter sehen würde.


In den nächsten Wochen richteten sie sich in ihrer neuen Bleibe gemütlich ein. Obwohl Ursula nicht wirklich auf das Geld angewiesen war, nahm sie eine Halbtagsstellung als Arzthelferin in einer Hausarztpraxis an. Peter hatte noch keinen genauen Plan, wie es mit ihm beruflich weitergehen könnte.

Dass er mit Ursula die Ehe schließen wollte, stand allerdings sofort fest. Die kirchliche Trauung vollzog sein Freund Pfarrer Hoffs in der Dülmener Kirche. Herr Hoffs begrüßte es, dass sich Peter seinem Rat zufolge entschieden und sein Doppelleben aufgegeben hatte. Die anschließende Feier fand in sehr kleinem Rahmen statt. Neben dem Brautpaar und Peters Eltern nahm nur Herr Hoffs teil. Ursulas Eltern waren ja schon vor vielen Jahren gestorben und Geschwister hatte sie nicht.

Peter und vor allem Ursula waren überglücklich, dass sie jetzt ihre Liebe auch in der Öffentlichkeit zeigen und leben konnten.

Drei Monate nach der Hochzeit starb Peters Vater an einem Schlaganfall. Seine Mutter, die schon in jungen Jahren unter depressiven Verstimmungen litt, hatte immer noch nicht den Tod ihrer Tochter zur Gänze verwunden. Nachdem nun auch ihr Mann durch die Pforte des Todes geschritten war, wurden ihre Depressionen schlimmer. Sie kam mit dem Leben nicht mehr gut zurecht und war sogar suizid-gefährdet. So beschlossen Peter und Ursula, sie zu sich in ihre Wohnung aufzunehmen, was sie sehr dankbar annahm.

Jetzt im gemeinsamen Haushalt mit ihrem geliebten Sohn und ihrer sehr geschätzten Schwiegertochter kehrte ihre Lebensfreude langsam wieder zurück, so dass sie Ursula, die ja vormittags berufstätig war, bei der Hausarbeit entlasten konnte. Insbesondere war sie fürs Kochen zuständig. Bis zu ihrem Tod im Jahre 2006 war sie ihren Kindern eine große Hilfe.

Peter überlegte immer noch, wie er sich beruflich betätigen könnte. Da Geld nicht die große Rolle spielte, gab es für ihn keine Notwendigkeit, sich einen beliebigen Job zum reinen Broterwerb zu suchen. Es sollte also schon etwas sein, was er als sinnvoll erachtete und was ihn zumindest halbwegs erfüllen könnte.

Dann kam ihm die Idee, ein Buch zu schreiben. Ideen dazu hatte er viele. In nur wenigen Wochen verfasste er zunächst ein Buch mit dem Titel »Die Gewissenskonflikte eines katholischen Priesters«, das sich überraschend gut verkaufte. In dieser Autobiografie schildert er offen und schonungslos von all seinen inneren Kämpfen, die ihn letztlich dazu bewogen hatten, sein Amt aufzugeben. Etwas später ließ er ein zweites mit dem Titel »Reinkarnation und Christentum – kein Widerspruch!« folgen, das allerdings keine ganz so große Leserschaft fand.

Beide Werke wurden von der Kirche auf den Index gesetzt.

Eines Tages sagte Ursula: »Du Peter, hättest du nicht Interesse, an einer Schule Religionsunterricht zu geben?«

»Mensch! Klar! Dass ich da nicht selbst drauf gekommen bin! Man muss ja nicht im Priesteramt sein, um Religionsunterricht erteilen zu können.«

Schon bald fand er ein Gymnasium in der Nachbarstadt Gelsenkirchen, das ihm eine Anstellung als Lehrer für christliche Religion in Teilzeit gab. In den Stunden, die er von nun an erteilte, waren sowohl Kinder katholischen als auch evangelischen Bekenntnisses. Diese Tätigkeit übte er viele Jahre bis zu seiner Pensionierung im Jahre 2014 mit großer Freude aus.

Knapp drei Jahre nach seiner Amtsenthebung besuchte er mit Ursula eine Heilige Messe in der Pfarrei, in der er so lange erst als Vikar, dann als Pfarrer gewirkt hatte. Die beiden kamen auf den letzten Drücker und setzten sich in die hinterste Reihe. Sofort fiel ihnen auf, dass die Kirche für einen Sonntag ungewöhnlich schlecht besucht war.

Dann schritt der Priester an den Altar. Peter kannte ihn von früher. Es war Heinz Osterhoff, mit dem er im gleichen Semester auf dem Priesterseminar im Sauerland studierte. Schon damals hatte Peter keinen guten Draht zu ihm. Herr Osterhoff hatte eine äußerst konservative Einstellung und erwies sich in allem, was er sagte und machte, päpstlicher als der Papst. Er gehörte zu denen, die schon im Priesterseminar ihr selbständiges Denken an der Pforte abgeben und sich zu 100 Prozent dem verpflichtet fühlen, was die Kirche lehrt und vorschreibt. Ja, an der Pforte eines Priesterseminars hängt nicht das Beuys-Zitat: »*Wer nicht denkt, fliegt!*« Vielmehr steht dort in unsichtbaren Lettern: »Wer nicht nachbetet, was hier gelehrt wird, fliegt!«

So war Peter auch nicht überrascht, dass sein ehemaliger Kommilitone wieder die alten Gepflogenheiten in der Borfelder Pfarrei eingeführt hatte. Es gab wieder dieses unselige ›Auf und Nieder‹, das unwürdige Geldsammeln während der Opferung sowie das viel zu schnelle und gedankenlose Sprechen des Vaterunser. Auch das, was der neue Pfarrer auf der Kanzel predigte, erinnerte in manchen Punkten an eine mittelalterliche Drohpredigt. Dem Anfang mit Pfarrer Osterhoff in der Borfelder Gemeinde wohnte leider ganz gewiss kein neuer Zauber inne!

Peter war zutiefst enttäuscht. »War wirklich alles, was ich hier früher an aus meiner Sicht sinnvollen Änderungen eingeführt hatte, umsonst gewesen?«, dachte er. Er hatte damals sogar ein wenig die Hoffnung, dass sich seine zarten Reformversuche herumsprechen würden und dass auch Priester anderer Pfarreien diese Änderungen übernehmen könnten. Aber wann immer er eine Messe in Essen oder sonst wo besuchte, musste er feststellen, dass diese genauso vollzogen wurden, wie das früher auch in Borfeld der Fall war.

Peter und Ursula konnten nach Ende der Messe nicht schnell genug aus der Kirche rauskommen, um die Heimfahrt anzutreten.

Doch auf dem Kirchplatz wurden sie von einer Frau aus der Gemeinde erkannt und aufgehalten. »Guten Tag, Herr Pfarrer! Guten Tag, Frau Jansen! Das ist ja wunderbar, dass Sie sich hier mal wieder blicken lassen! Wie geht es ihnen?« Noch bevor Peter etwas sagen konnte, gesellten sich einige weitere Kirchgänger zu ihnen. Alle bedauerten, dass er nicht mehr ihr Pfarrer war und beschwerten sich über Herrn Osterhoff, mit dem viele gar nicht zurecht kamen. Wenngleich Peter ihre Kritik dem neuen Pfarrer gegenüber nachvollziehen konnte, versuchte er um Verständnis für ihn zu werben: »Vielleicht müssen Sie ihm einfach noch etwas mehr Zeit geben, um sich hier einzufinden. Sie sollten sich auch klarmachen, dass Sie nicht alles hinnehmen müssen. Freilich können Sie ihm nicht vor-schreiben, was er lehrt und welche Glaubensinhalte er vertritt. Aber Sie könnten ihn durchaus bitten, zu den von mir eingeführten Ände-rungen beim Vollzug der Heiligen Messe zurückzukehren.«

An der Mimik und Gestik der Umstehenden konnte er ablesen, dass sie das für sinnlos hielten, was Peter – sowie er Herrn Oster-hoff zu kennen glaubte – auch tat.

Des Öfteren beschlichen Peter in der Folgezeit Gewissensbisse, weil seine ehemalige Gemeinde, die er verlassen hatte, so unglück-lich war. Immer wieder musste er sich vergegenwärtigen, dass er gute Gründe dafür gehabt hatte und dass es auch gewiss die richtige Entscheidung war.

Zwei Wochen, nachdem Peter seine ehemalige Gemeinde besucht hatte, bekam er einen Brief von einem Herrn Dellenberg. Dieser war Mitglied im Kirchenvorstand der Borfelder Pfarrei und früher regelmäßiger Teilnehmer an den von Peter veranstalteten Gemein-deabenden und Gesprächskreisen. Herr Dellenberg, der ein Wirts-haus betrieb, das der Kirche unmittelbar gegenübersteht, schrieb:

---

Sehr verehrter Herr Bröske,

ich wende mich nicht nur in eigener Mission, sondern im Auftrage zahlreicher Mitglieder Ihrer früheren Ge-meinde an Sie. Wir alle vermissen Sie sehr. Es sind nicht nur die von Ihnen vollzogenen Gottesdienste, die uns fehlen, sondern insbesondere auch Ihre äußerst interes-santen und lehrreichen Vorträge über spirituelle The-men.

Könnten Sie sich vorstellen, uns hin und wieder - viel-leicht einmal pro Monat - mit einem Vortrag zu erfreuen und zu bereichern?

Da der neue Pfarrer, der übrigens bei vielen gar nicht gut ankommt, es gewiss nicht erlauben würde, dass wir

---

mit Ihnen im Gemeinde- oder Pfarrhaus zusammenkommen, schlage ich vor, dass die Vorträge in dem großen Saal meines Wirtshauses stattfinden. Selbstverständlich würden wir Ihnen ein Honorar in der von Ihnen gewünschten Höhe zahlen. Wir würden uns riesig freuen, Sie dort begrüßen zu dürfen.

In Erwartung Ihrer Antwort grüße ich Sie - auch im Namen von etwa dreißig Persönlichkeiten unserer Pfarrei - ganz herzlich!

Ihr Wolfgang Dellenberg.

PS
Viele von uns haben Ihre Autobiografie gelesen, die uns sehr beeindruckt und berührt hat.

Peter musste nicht lange überlegen und schrieb noch am gleichen Tag zurück:

Lieber Herr Dellenberg,

haben Sie herzlichen Dank für Ihre freundlichen Zeilen.
Die Gemeindeabende und Gesprächskreise waren auch für mich immer ein Höhepunkt meines seelsorgerischen Schaffens. Ich vermisse diese Zusammenkünfte, die auch mich in mancherlei Hinsicht bereichert haben, sehr.
Selbstredend werde ich Ihrem Wunsch nachkommen. Bei mir wäre es mit Ausnahme der Dienstage prinzipiell an jedem Abend möglich. Rufen Sie mich einfach an, wann es losgehen soll.

Übrigens, dass Sie mir ein Honorar zahlen wollen, finde ich löblich. Aber mir geht es nicht ums Geld. Dennoch ist es gut, wenn jeder für etwas, das ihm wichtig ist, etwas

96

Geld geben muss - und wenn es nur 50 Pfennige sind.
Ich schlage vor, dass sie eine Schachtel deponieren, in
die jeder das hineintun kann, was er zu geben bereit
ist. Immer wenn genügend Geld beisammen ist, bitte
ich Sie, das einem wohltätigen Zweck - etwa einer not-
leidenden Familie in Ihrer Gemeinde, einem Waisen-
heim, einer Behindertenwerkstatt oder einem Tierheim
- zu spenden.

Ich freue mich auf unser Wiedersehen!

Es grüßt Sie ganz herzlich
Ihr Peter Bröske

Am Freitag der übernächsten Woche fand der erste Vortrag statt. Fast vierzig Teilnehmer, die sich alle sehr freuten, Peter und Ursula wiederzusehen, waren voller Vorfreude und Erwartung erschienen. Weder an diesem noch an den nächsten Abenden wurden sie enttäuscht. Jetzt konnte Peter seine Überzeugungen auch viel freier und offener äußern und musste nicht dauernd den Katholizismus verteidigen. An jedem ersten Freitag im Monat hält er seitdem einen Vortrag mit anschließender Fragestunde. In diesen geht es ausschließlich um spirituelle und vorwiegend christologische Themen, die Peter mit dem Lichte der Anthroposophie beleuchtet.

Zu einem der ersten dieser Vorträge, betrat Pfarrer Osterhoff, der freilich längst Wind von den Veranstaltungen bekommen hatte, den Wirtssaal. Grußlos und missmutig nahm er auf einem der hintersten Stühle mit gebührendem Abstand zu allen anderen Platz.

An diesem Abend bewegte Peter wieder einmal ein christologisches Thema. Er wies darauf hin, dass man zwischen Jesus und Christus unterscheiden müsse, dass sie *nicht* wesensgleich seien. Dann sprach er über die Taufe Jesu am Jordan und erläuterte, dass in diesem Augenblick der Christusgeist in die leiblichen Hüllen des

Jesus von Nazareth eingezogen sei. Nachdem er geendet und den warmen Beifall der Zuhörer empfangen hatte, stand der Pfarrer auf und richtete sich an seine Gemeinde: »Dieser Unsinn, den Sie sich heute Abend angehört haben, ist eine Gotteslästerung. Das hat mit Katholizismus nichts zu tun! Wer so etwas, was hier gesagt wurde, glaubt, ist kein Katholik – höchstens ein schlechter!«

Sofort stand eine Dame auf und konterte: »Ich bin gerne ein schlechter Katholik, wenn ich dafür aber ein guter Christ bin!« Einige klatschten Beifall.

Pfarrer Osterhoff stieg die Zornesröte ins Gesicht. Ohne noch einen Ton zu sagen, verließ er wutentbrannt den Saal.

Bei diesen regelmäßigen Treffen erfuhr Peter auch stets, was es in der Gemeinde Neues gab. So bekam er mit, dass Pfarrer Osterhoff ein Vikar als Unterstützung zugeteilt wurde. Dieser Herr Schützmann war, wie es hieß, auch ein rechter Hardliner. Allerdings begründete er in der Gemeinde zwei neue Initiativen, die recht gut ankamen. So kümmerte er sich sehr um die Arbeiterschaft und rief eine Pfadfindergruppe ins Leben.

In den Jahren nach seiner Entlassung aus dem Dienst in der katholischen Kirche ging Peter mit Ursula häufig in eine jeweils andere Pfarrei, um dort den Gottesdienst zu besuchen. Fast immer war er recht enttäuscht und fand das Zelebrieren der Messe eher als eine *Amts*handlung denn als eine *heilige* Handlung, so dass die beiden schließlich fast gar nicht mehr in die Kirche gingen. Lediglich besuchten sie hin und wieder aus alter Freundschaft die Gottesdienste, die Pfarrer Hoffs bis zu seinem Ruhestand im Jahre 2006 in der Dülmener Kirche zelebrierte.

Als vor einigen Jahren in die Öffentlichkeit drang, dass etliche Priester in den letzten Jahrzehnten Tausende ihrer schutzbefohlenen Kinder und Jugendlichen sexuell genötigt und sogar missbraucht hatten, reichte es den beiden. »Das ist alles ganz furchtbar! Aber im Grunde ist das eine Folge des völlig unsinnigen Zölibats«, meinte Ursula.

Peter und Ursula traten aus der katholischen Kirche aus. Dieser Missbrauchsskandal sowie insbesondere die gezielte Vertuschung durch die Kirche war für Peter zwar nicht der Grund, die Glaubensgemeinschaft, der er lange mit Überzeugung und Freude als Priester diente, zu verlassen, sondern mehr der berühmte Tropfen, welcher das Fass zum Überlaufen brachte...

Unabhängig davon hielt er weiterhin Vorträge für die Gemeindemitglieder seiner ehemaligen Borfelder Pfarrei. Selbst heute mit seinen mittlerweile 72 Jahren kommt Peter dieser Vortragstätigkeit noch einmal im Quartal mit Begeisterung nach.

Der Kreis der Zuhörer hat sich im Laufe der Jahre natürlich verändert. Einige alte sind gestorben, viele junge hinzugekommen.

# Die dritte andere Entscheidung (1975)

Peter Bröske sah sich im Jahre 1975 vor eine weitere schicksalsträchtige Entscheidung gestellt. Er war zu diesem Zeitpunkt 27 Jahre alt. Sollte er seine Priesterausbildung fortsetzen oder sollte er sie abbrechen, um ein gemeinsames Leben mit Ursula, der sein Herz gehörte, zu führen?

Nach großen inneren Kämpfen entschloss er sich letztlich, seinem Ruf, Priester zu werden, zu folgen.

Wie wäre sein weiteres Leben verlaufen, wenn er das Priesterseminar verlassen und sich für ein Leben mit Ursula entschieden hätte? Wie hätte sich das weitere Leben derjenigen Menschen, mit denen er schicksalsmäßig verbunden ist, gestaltet?

Als Peter sich eigentlich schon dazu entschieden hatte, seine Ausbildung zum Priester fortzusetzen und entgegen dem, was sein Herz sagte, auf ein gemeinsames Leben mit seiner geliebten Ursula zu verzichten, keimte plötzlich das Gefühl in ihm auf, dass er diese Entscheidung vielleicht doch etwas voreilig gefällt haben könnte.

Er schlenderte in der sternenklaren Nacht durch den Park des Priesterseminars und rang nach der ›richtigen‹ Entscheidung. Seine Gedanken drehten sich im Kreis, seine Gefühle fuhren Karussell.

Nach geraumer Zeit meldete sich in seinem Inneren die Frage: »Kann es wirklich im Sinne Gottes sein, *nur* ihm zu dienen und dafür einen anderen Menschen unglücklich zu machen?!« Peter war klar, dass es eine rhetorische Frage war. »Natürlich kann es nicht im Sinne Gottes sein, einen Menschen unglücklich zu machen. Das wäre ja geradezu absurd! Würde ich Ursula nicht bitten, meine Frau zu werden, würde sie gewiss unglücklich sein. Auch in mir würde immer ein ungutes Gefühl bleiben.«

Damit stand Peters Entscheidung endgültig fest!

Bereits am folgenden Tag sprach er mit einem der Dozenten des Priesterseminars und berichtete ihm von seinen Seelenkämpfen und seiner Entscheidung. Der Dozent antwortete: »Es ist schade, dass der Kirche dadurch ein Priester verlorengeht. Ich bin davon überzeugt, dass Sie ein guter Priester geworden wären. Es ist aber gut, dass Sie sich noch umentschieden haben, bevor Sie das Gelübde abgelegt haben oder gar schon zum Priester geweiht worden sind.«

Peter räumte sein Zimmer im Konvikt und zog wieder in die elterliche Wohnung, in der auch noch seine Schwester Marlies lebte. Marlies, die als Floristin tätig war, lebte recht zurückgezogen. Das war einerseits ihrer Mentalität geschuldet und lag andererseits daran, dass sie gesundheitlich etwas angeschlagen war. Sie fühlte sich häufig schwach und müde, ohne dass es eine erkennbare medizinische Ursache gegeben hätte. Oftmals konnte sie deswegen nicht ihren beruflichen Verpflichtungen nachkommen.

Alle freuten sich, dass Peter jetzt wieder – zumindest vorübergehend – bei ihnen wohnte. Peters Mutter und Marlies waren der Meinung: »Es ist sehr schön, dass wir uns jetzt täglich sehen. Allerdings ist es schon ein wenig schade, dass die Kirche mit dir einen guten Seelsorger verliert.« Dann wollten sie natürlich Peters Beweggründe, das Priesterseminar zu verlassen, wissen. »Also gut, ich kenne seit Jahren ein Mädchen. Sie heißt Ursula. Kennengelernt habe ich sie während unserer gemeinsamen Ministrantenzeit in der Nachbarpfarrei. Ich habe mich so sehr bemüht, sie zu vergessen. Aber ich habe es nicht geschafft, weil ich sie sehr liebe.«

Herr Bröske fuhr ihm ins Wort: »Erinnerst du dich noch an meine Warnung, mein Junge?! Ich habe dir gleich gesagt, dass das nicht gut gehen kann. Das Zölibat ist einfach nicht mehr zeitgerecht! Jeder Mann braucht eine Frau! So einfach ist das.«

Dann bat Frau Bröske ihren Sohn, ihnen seine Freundin baldmöglichst vorzustellen.

Zunächst einmal musste Peter Ursula von seiner Entscheidung berichten. Da er schnell herausfand, dass es in Groß-Reken nur eine einzige hausärztliche Gemeinschaftspraxis gab, war klar, wo er sie finden konnte. Er rief sie in der Praxis an und vereinbarte ein Treffen. Zwar hatte Ursula, als er ihr vor ein paar Wochen begegnet war, gesagt, dass sie nicht zum Heiraten geboren sei und dass sie gut ohne einen Mann auskommen könne, aber er hatte deutlich gefühlt, dass sie es nur deshalb sagte, um ihn nicht in Gewissensnöte zu bringen. Sein Herz sagte ihm, dass sie ihn genauso liebte wie er sie. Und ein Herz spricht selten die Unwahrheit!

Noch bevor Ursula bei diesem Treffen dazu kommen konnte, Peter zu begrüßen, nahm er sie fest in seine Arme und sagte: »Liebste Ursula! Jetzt bin ich frei für dich!«

Sie verstand erst gar nicht so recht, was er ihr damit sagen wollte. »Ich habe meine Ausbildung zum Priester abgebrochen. Meine Liebe zu dir ist größer als mein Wunsch, Priester zu werden.«

Ursula war hin und hergerissen. Auf der einen Seite war sie überglücklich, dass ihre Liebe zu Peter nun doch eine Zukunft haben konnte, auf der anderen fürchtete sie, dass er seine Entscheidung eines Tages bereuen könnte.

»Liebster Peter, bist du dir ganz sicher? Du solltest das Studium nicht nur wegen mir aufgeben.«

»Nein, du bedeutest mir mehr als alles andere auf der Welt! Ich möchte mein weiteres Leben mit dir teilen.«

Beide waren außer sich vor Glück.


Peter stellte Ursula ein paar Tage später seinen Eltern und seiner Schwester vor. Noch bevor Ursula ihn mit ihren Eltern bekannt machen konnte, verunglückten diese tödlich bei einem Autounfall. Auch wenn sie zu ihnen kein gutes Verhältnis hatte, war Ursula sehr geschockt und traurig. Zum ersten Mal in ihrem noch jungen Leben wurde sie mit einem Todesfall in ihrem näheren Umfeld konfrontiert. Peter unternahm alles, um sie zu trösten, und half ihr, die Beerdigung zu organisieren.

Ursula war das einzige Kind der Jansens, so dass sie das elterliche Haus erbte. Sie verkaufte es und legte den Erlös auf einer Bank gut an. Peter zog nach Groß-Reken in Ursulas Wohnung. Ursulas

Vermögen war fast ausreichend, um von den Zinsen, die in dieser Zeit noch recht hoch waren, leben zu können. Dennoch wollte sie nicht dem Müßiggang frönen und blieb weiterhin in der Praxis als Arzthelferin in Teilzeit. Peter hatte noch keine rechte Idee, wie es mit ihm beruflich weitergehen könnte.

Es gab für beide nicht den geringsten Zweifel daran, dass sie möglichst bald die Ehe schließen wollten.

Peter hatte den dringenden Wunsch, endlich Vikar Hoffs aufzusuchen und ihm zu ›beichten‹, dass er die Priesterausbildung abgebrochen habe. An einem Freitagnachmittag machten sich die beiden auf den Weg zu ihm. Auch Ursula freute sich darauf, den Priester, bei dem sie ja ebenfalls als Ministrantin tätig war, zu treffen, den sie mittlerweile auch schon über ein Jahr nicht mehr gesehen hatte.

Herr Hoffs saß vor dem Pfarrhaus auf einer Bank und las in einem Buch. Schon als er die beiden Hand in Hand kommen sah, wusste er, was los war. »Du hast dich offensichtlich anders entschieden als ich damals. Ja, das sind ganz fundamentale Entscheidungen, die in ein völlig anderes Leben führen. Diese kann einem keiner abnehmen. Trotzdem freue ich mich sehr, euch zu sehen. Seid mir willkommen!« Dann entschuldigte er sich, dass er nur noch wenige Minuten Zeit habe, weil er noch einen Termin wahrnehmen müsse.

Abschließend sagten Peter und Ursula, dass sie baldmöglichst die Ehe schließen wollten und baten Vikar Hoffs sie zu trauen.

Die Trauung wurde dann wenige Monate später in der Kirche, in der die beiden jahrelang als Ministranten engagiert waren, vollzogen.

Ein Jahr später wurden sie Eltern. Es war ein Mädchen, das auf den Namen Christina getauft wurde. Beide waren außer sich vor Freude. Doch das Glück währte nicht lang.

Eines Morgens fanden sie Christina tot in ihrem Bettchen liegen. Sie war mit sechs Monaten an plötzlichem Kindstod gestorben.

Die jungen Eltern waren total erschüttert und todtraurig. »Was ist nur der Sinn eines so frühen Todes? Warum konnte Gott nur zulassen, dass unsere kleine Christina stirbt?«, fragten sie sich immer wieder. Tagelang waren sie außerstande, an etwas anderes zu denken oder gar wieder ihrem Tagwerk nachzugehen. Die Beerdigung ihrer Tochter erlebten sie fast wie in Trance. Die wohlgemeinten, aber letztlich doch eher sinnbefreiten Worte, die der Pfarrer am Grab sprach, erreichten sie nicht.

In der Hoffnung, dass Herr Hoffs, der mittlerweile die Pfarrerstelle in der Pfarrei Dülmen bekleidete, ihnen Antworten auf ihre drängenden Fragen geben und ihnen vielleicht etwas Trost spenden könnte, suchten sie ihn auf.

Pfarrer Hoffs, der sehr mit Peter und Ursula mitfühlte, sagte lange nichts. Er schien nach den richtigen Worten zu ringen. Dann stammelte er: »Ja, der Tod eines Kindes ist schrecklich und unfassbar. Es gibt für einen Menschen wohl kein härteres Los, als ein Kind zu verlieren. – Ich weiß nicht, ob ihr es als Trost empfinden könnt, aber ich bin mir sicher, dass euer Töchterlein jetzt bei Gott ist. Bei aller Verzweiflung dürft ihr nicht euren Glauben verlieren.« Dann sagte er noch an Peter gerichtet: »Auf keinen Fall solltest du glauben, dass Gott dich bestraft hat, weil du dich gegen das Priesteramt entschieden hast!«

»Natürlich nicht! An einen Gott, der rachedurstig ist, habe ich noch nie geglaubt, wenngleich wir auf dem Priesterseminar einen Lehrer hatten, der ihn gern so verkaufen wollte«, sagte Peter mit einem gequälten Lächeln.

Freilich konnten Pfarrer Hoffs Bemühungen die beiden nicht wirklich trösten.

Auch an den nächsten Tagen hatten Peter und Ursula im Grunde nur ein Thema: »Was ist der Sinn? Wo ist unsere Kleine jetzt? Wie geht es ihr da? Was macht sie da?«

Dann sagte Peter fast ein wenig zornig: »Ist es nicht eine regelrechte Bankrotterklärung, dass ich nach so vielen Semestern Theologiestudiums und dass sogar Bernhard, der schon so lange Priester ist, diese Fragen nicht einmal ansatzweise beantworten kann! Was ist das für eine Kirche, die zu diesen Themen nichts außer ein paar Floskeln zu sagen hat?«

Es dauerte Wochen, bis die beiden wieder zu einem einigermaßen normalen Leben zurückfinden konnten. Beide verspürten nur noch selten das Bedürfnis einen Gottesdienst zu besuchen. Nicht zuletzt um sich von seiner Trauer abzulenken, wollte Peter nun unbedingt einer beruflichen Tätigkeit nachgehen. Tagelang überlegte er fieberhaft, was er genau machen sollte. Obwohl er eigentlich gar keinen Draht zu kaufmännischen Themen hatte, vernahm er so etwas wie eine innere Stimme, die ihm riet, sich doch auf diesem Sektor zu schulen. »Wer weiß, wofür das später einmal gut ist, wenn ich mich mit dem Kaufmännischen auskenne«, dachte er. Natürlich glaubte er, mit seinen fast dreißig Jahren schon zu alt zu sein, um eine normale kaufmännische Lehre zu absolvieren. So war er ganz überrascht, dass eine Wohnungsbaugesellschaft, deren Standort ganz in der Nähe von Groß-Reken war, tatsächlich einen Lehrvertrag mit ihm abschloss.

In diesen drei Jahren lernte er sehr viel über allgemeine Betriebswirtschaftslehre, Buchführung, Organisation, Logistik sowie Kosten- und Leistungsrechnung. Obwohl sich sein Interesse an diesen Themen in Grenzen hielt, war er sehr fleißig und erzielte in allen Fächern an der Berufsschule gute Noten. Seinen deutlich jüngeren Mitschülern stand er mit seiner Lebenserfahrung stets mit Rat und Tat zur Seite.

Während des gemeinsamen Frühstücks stieß Ursula eines Tages im Jahre 1979 in der Tageszeitung auf die Ankündigung eines Vortrags in der Münsteraner Volkshochschule mit dem Titel: »Der Tod des Menschen und das Leben danach aus Sicht der Anthroposophie«.

»Weißt du was ›Anthroposophie‹ ist?«, fragte sie Peter.

»Übersetzen kann man das mit ›Menschenweisheit‹. Aber was man jetzt genau darunter versteht, kann ich dir nicht sagen.«

»Ich finde, das hört sich interessant an. Vielleicht bekommen wir ja da Antworten auf unsere Fragen. Also, ich würde gern hinfahren.« Peter schien erst nicht sonderlich interessiert, dann entschloss er sich letztlich doch mitzukommen.

Beide waren sehr frühzeitig im Vortragsraum erschienen und suchten sich einen Platz in den vorderen Reihen. Als der Dozent sich anschickte, das Podium zu betreten, flüsterte Ursula: »Den kennen wir doch!« Peter konnte ihn zunächst nicht einordnen. Dann war ihm plötzlich klar, wer der Referent war: Es war Konrad Lisco, einer aus dem Kreis der ehemaligen Oberministranten aus der Essener Pfarrei, mit dem die beiden in jungen Jahren häufig beieinander waren. Seit über zehn Jahren hatten sie von Konrad nichts mehr gehört und gesehen.

Herr Lisco begann mit seinem Vortrag:
»Sehr geehrte Damen, sehr geehrte Herren! Ich möchte heute über das große geistige Gesetz der Reinkarnation sowie ein wenig über das, was uns nach unserem Tod in der geistigen Welt erwartet, sprechen. Diese Themen möchte ich mit dem Lichte der Anthroposophie beleuchten. Möglicherweise haben einige von Ihnen noch nie etwas von ›Anthroposophie‹ gehört. Nun, es ist nicht ganz einfach, mit wenigen Sätzen zu charakterisieren, was man darunter versteht. Lassen Sie es mich dennoch versuchen:
Wir Menschen und mit uns die gesamte Menschheit befinden uns in einem unerdenklich langen Entwicklungsprozess. Dieser hat vor Urzeiten, von denen die Wissenschaft gar nichts zu berichten weiß, begonnen und wird im Grunde niemals enden. In jeder Epoche müssen die großen göttlich-geistigen Wahrheiten den Menschen auf eine jeweils andere Art von den Eingeweihten, die als die großen Führer der Menschheit von der geistigen Welt zu ihrer Mission beauftragt werden, gelehrt werden. Die Art und Weise, wie diese Lehren etwa den alten Ägyptern, Hebräern oder Griechen vermittelt wurden, ist den heutigen Menschen nicht mehr angemessen und kann ihnen nicht verständlich sein. Für unser Zeitalter ist es die Anthroposophie, die der große Geistesseher und Eingeweihte Dr. Rudolf Steiner zu Beginn unseres Jahrhunderts begründet hat, die

uns diese Wahr- und Weisheiten in einer Form vermittelt, die den Verstandeskräften des modernen Menschen angemessen ist.

Die Anthroposophie ist keine okkulte Lehre im herkömmlichen Sinne. Sie verbindet das, was man über das Sinnliche wissen kann, mit dem, was an Erkenntnissen nur aus geistigen Welten geschöpft werden kann.«

Alles, was der Referent in den folgenden gut 90 Minuten vor die Seelenaugen seiner Zuhörer stellte, zog die beiden ganz in seinen Bann. Sie hörten so unglaublich viel Neues, dass sie nur einen Bruchteil verstehen und verinnerlichen konnten. Von Anfang an hatten sie das sichere Empfinden, dass ihr alter Freund Konrad weiß, wovon er spricht. Mit größter Überzeugung sprach er zunächst über ›Reinkarnation‹ und ›Karma‹. Peter und Ursula hatten diese Begriffe zwar schon einmal aufgeschnappt, konnten aber mit der Idee der wiederholten Erdenleben nicht viel anfangen. Peter war früher sogar der Meinung, dass es sich um eine Irrlehre handele, wie es die katholische Kirche behauptet. Dann beleuchtete Konrad Lisco noch sehr anschaulich die großen Stationen, die ein Mensch nach seinem Tod in den höheren Welten bis zu seiner neuen Geburt durchläuft.

Fast alles, was er ausführte, war den beiden gänzlich unbekannt. Obwohl es nicht ganz leicht zu verstehen war, hatten sie in keiner Sekunde den Eindruck, dass ihnen ein Unsinn dargelegt würde.

Nach dem Vortrag gingen sie auf den Referenten zu. »Hallo Konny, lange nicht gesehen!«, sagte Ursula. Konrad Lisco zögerte kurz, dann sagte er: »Mensch Ursula, schön dich zu sehen!« Auch Peter erkannte er sofort wieder. Da Herr Lisco noch etwas Zeit hatte, nahmen die Drei noch ein halbes Stündchen im Foyer Platz, um zu plaudern.

Peter begann: »Also, dein Vortrag hat uns sehr beeindruckt. Allerdings haben wir nicht alles verstanden.«

»Das freut mich, dass der Vortrag euch gefallen hat. War es eure erste Begegnung mit der Anthroposophie?«

Als beide Konrads Frage bejahten, fuhr er fort: »Dann ist es ganz normal, dass ihr nicht alles verstanden habt. Ich befasse mich jetzt schon fast zehn Jahre sehr intensiv mit dieser Geisteswissenschaft und habe noch längst nicht alles begriffen.«

Dann wollte Peter wissen, wo sein alter Freund wohnt und was er beruflich macht. »Ich bin seit fünf Jahren Priester. Meine Gemeinde ist in Havelsdorf, also gar nicht so weit von hier. Dort wohne ich auch.«

Peter, der ein wenig verblüfft war, dass ein Priester unverblümt über Themen, die im Widerspruch zur katholischen Lehre stehen, sprach, entgegnete: »Das ist ja ein Zufall! Ich war auch auf dem Wege, Priester zu werden. Dann habe ich kurz vor Ende des Studiums das Priesterseminar verlassen, weil ich nicht auf ein Leben mit Ursula verzichten konnte. Wir haben vor zwei Jahren geheiratet und wohnen in Groß-Reken. Hast du kein Problem mit dem Zölibat?«

»Damit hätte ich gewiss ein Problem. Ich bin auch seit einigen Jahren verheiratet.«

»Ach, du bist evangelischer Priester«, meinte Ursula.

»Nein, ich bin Priester der Christengemeinschaft.«

Peter und Ursula zuckten mit den Schultern. »Christengemeinschaft? Nie gehört! Was ist das für eine Gemeinschaft?«

»Also, die Christengemeinschaft ist neben der katholischen und der evangelischen Kirche die dritte christliche Kirche. Schon zu Beginn des Jahrhunderts erkannten etliche Menschen, dass die Zeit für eine religiöse Erneuerung, für einen erneuerten Kultus reif ist. So kamen einige junge Menschen auf Dr. Rudolf Steiner zu und fragten ihn um Rat. Diese sammelten dann einige Dutzend interessierter Menschen – vorwiegend evangelische Pfarrer und Theologiestudenten –, die bei dieser Neugestaltung mitwirken wollten. Schließlich wurde die Christengemeinschaft im Jahre 1922 nach ausführlichen Beratungen und Kursen Rudolf Steiners, der ja – wie ihr heute im Vortrag gehört habt – auch der Begründer der Anthroposophie ist, unter Federführung des ursprünglich evangelischen

Pfarrers Dr. Friedrich Rittelmeyer begründet. Die Christengemeinschaft ist vielen immer noch gar nicht bekannt. Immerhin gibt es mittlerweile allein in Deutschland weit über 100 Gemeinden.«

»Und die Priester dürfen tatsächlich heiraten?«, fragte Peter.

»Ja, natürlich! Es können sogar Frauen zum Priester geweiht werden. Mehr als jeder Dritte unserer Priester ist weiblich.«

»Was ist sonst noch anders in eurer Kirche?«, wollte Ursula wissen.

»Es gibt keine verbindliche Lehre und erst recht keinen Dogmatismus. Man rechnet zwar sehr wohl mit den anthroposophischen Erkenntnissen, verlangt aber von seinen Mitgliedern keineswegs, diese anzunehmen. Es wird weniger an die Glaubens- als vielmehr an die Erkenntniskräfte der Menschen appelliert. Die Priester haben absolute Lehrfreiheit. Wir haben keinen Papst oder dergleichen. Nur im Kultus müssen wir uns an die Vorgaben halten.«

»Was genau meinst du mit Kultus?«

»Damit meine ich insbesondere die ganze Art und Weise, wie der Gottesdienst zelebriert wird, sowie die Worte, die dort gesprochen werden.«

»Du meinst die heilige Messe?«

»Ja, nur nennen wir sie anders. Sie heißt bei uns Menschenweihehandlung oder auch *neue* Messe. Diese hat einerseits gewisse Ähnlichkeiten mit der katholischen Messe. Genau wie diese besteht sie aus den vier Teilen Evangelienlesung, Opferung, Wandlung und Kommunion. Andererseits ist sie aber letztlich doch völlig anders – viel spiritueller und gehaltvoller. Alle Texte, die der Priester spricht, sind nicht zusammengedichtet, sondern von Rudolf Steiner aus der geistigen Welt empfangen worden. Natürlich wurden die Texte der katholischen Messe vor Jahrhunderten auch auf diese Art empfangen. Allerdings sind diese in den 1960er-Jahren verändert und verkürzt, ja geradezu korrumpiert worden. Die Weihehandlung steht allen Menschen offen. Insbesondere feiern wir sie jeden Samstag und jeden Sonntag um zehn Uhr. Kommt doch einfach mal vorbei und feiert den Gottesdienst mit uns. Unsere Kirche steht jedem offen.«

Vor dem Verabschieden ließen sich die beiden die Adresse der Kirche geben und sagten zu, am nächsten Sonntag zu kommen.

Am folgenden Sonntag trafen Peter und Ursula pünktlich an der Kirche in Havelsdorf ein. Sie waren ganz überrascht, dass es kein monumentales Gebäude mit Kirchturm und bunten Fenstern war, das man schon von außen als Kirche erkennen könnte.

Der Kulturschock wurde noch größer, als sie den Kirchenraum betraten. So weit sie ihre Blicke auch schweifen ließen, fielen diese weder auf Heiligenfiguren, goldverzierte Altäre oder architektonische Spielereien. Auch gab es keine Kniebänke. Stattdessen waren nur Stuhlreihen aufgestellt. Auf zwei Stühlen in der letzten Reihe nahmen sie nach ihren etwas verstörenden ersten Eindrücken Platz. Auch der eigentliche Altar war recht schlicht gehalten. Außer dem lilafarbenen Antependium waren auf ihm lediglich sieben große Kerzenleuchter zu sehen. An der Wand, vor welcher der Altar stand, hing ein Gemälde, das den gekreuzigten sowie den auferstandenen Christus zeigt. Neben dem Altar stand eine große Vase mit einem bunten Blumenstrauß.

Dann betrat Konrad Lisco im Priestergewand und mit dem Kelch in der Hand von zwei erwachsenen Ministranten begleitet den Altarraum. In der Kirche herrschte eine unglaubliche Stille, wie sie das in einer katholischen Kirche noch nie erlebt hatten. Alle schienen sich der Heiligkeit der folgenden Handlung bewusst zu sein.

Was dann vollzogen wurde, glich schon ziemlich einer katholischen Messe. Aber alles, was der Priester sprach, war doch irgendwie gänzlich anders. Die Worte hatten viel mehr Substanz und Kraft. Auch die ganze Art, wie der Priester die Weihehandlung zelebrierte, war viel würdiger und geistgetragener, als sie das aus der katholischen Messe kannten.

In der Folgezeit gingen die beiden recht regelmäßig in die Weihehandlungen der Christengemeinschaft. Wann immer Konrad Zeit hatte, plauderten sie anschließend noch ein wenig mit ihm. Auch lasen sie jetzt immer öfter anthroposophische Literatur.

Einige Zeit später rief Peter seinen Freund Pfarrer Hoffs an und fragte ihn, ob er schon einmal von der Christengemeinschaft gehört habe. Darauf sagte er:»Ja durchaus! Ich habe mich aber nie näher mit dieser Kirche befasst. Der Katholizismus erkennt sie übrigens nicht als *christliche* Glaubensgemeinschaft an.«

»Ich habe dort schon einige Gottesdienste mitgefeiert. Also, wenn das keine christliche Gemeinschaft ist, weiß ich nicht, was im Katholizismus unter ›christlich‹ verstanden wird. Du kannst mich ja einmal zu einer Weihehandlung begleiten und dir selbst ein Bild verschaffen.«

Pfarrer Hoffs wiegelte zunächst ab. Doch dann war die Neugier wohl zu groß.

So besuchte er mit Peter und Ursula am übernächsten Samstag die Weihehandlung in Havelsdorf.

Die beiden wollten anschließend natürlich wissen, wie Pfarrer Hoffs die Weihehandlung empfunden hatte:»Ich war die ganze Zeit über immer hin und hergerissen. Mal dachte ich: Das ist ja genauso wie in der katholischen Messe, mal dachte ich: Das ist ja völlig anders. Natürlich war es schon ein gewisser Kulturschock, diesen schlichten Kirchenraum zu sehen, und die Stille und die Andacht der Gläubigen wahrzunehmen. Was mir aber sehr gut gefallen hat, sind die Texte, die der Priester beim Vollzug des Messopfers spricht. Diese haben mich ein wenig an diejenigen erinnert, die vor 1963 auch in der katholischen Kirche gesprochen wurden. Allerdings wurden sie damals noch in Latein vorgetragen, so dass die meisten Leute sie gar nicht verstehen konnten. Ja, irgendwie ist es schon schade, dass auf dem Zweiten Vatikanischen Konzil verabschiedet wurde, die Messtexte zu ändern und schließlich ein komplett überarbeitetes Messbuch als Grundlage zu verwenden. Wenn ich eine stille Messe feiere, verwende ich oft noch die alten Texte, natürlich in Deutsch. – Ich kann übrigens nicht wirklich nachvoll-

ziehen, dass unsere Kirche die Christengemeinschaft nicht anerkennt.«

Ursula entgegnete: »Das mit der Schlichtheit des Kirchenraumes
hat uns anfangs auch etwas irritiert. Mittlerweile sehen wir das aber
völlig anders. Die Flut der Bilder und Heiligenfiguren sowie der
ganze Pomp und Prunk in den katholischen Kirchen lenkt doch nur
vom Wesentlichen ab! Man fühlt sich ja bisweilen ganz erschlagen.
Hier hingegen findet man alles, was zu einem würdigen Vollzug des
Messopfers benötigt wird, und man kann sich ganz auf das Miterle-
ben der heiligen Handlung am Altar einlassen.«

Nach einigen Monaten wurden Peter und Ursula von Konrad Lisco
offiziell in die Christengemeinschaft aufgenommen. Obwohl eine
Doppelmitgliedschaft durchaus möglich gewesen wäre, traten sie
aus der katholischen Kirche aus.

In einem Sechsaugengespräch mit Konrad erzählte Peter eines Tages von dem Tod ihres Töchterchens und wie sehr sie darunter gelitten hatten. »Das tut mir sehr leid für euch. Es ist in der Tat ein
ganz hartes Schicksal, ein Kind zu verlieren.«

Nach einer kurzen Zeit des Schweigens fuhr Konrad fort: »Nachdem ihr ja jetzt schon ein wenig über Reinkarnation und Karma
gehört und gelesen habt, muss ich euch nicht sagen, dass alles, was
im Weltensein geschieht, seinen guten Grund hat. Freilich können
wir, die wir nicht hellsichtig sind, die *konkreten* Gründe, die immer
im Geistigen liegen, nicht erkennen. Allerdings können wir sie dank
Rudolf Steiner zumindest erahnen. Also, wenn ein Kind stirbt, so
kann das selbstverständlich unterschiedliche Gründe haben. Oftmals
ist es möglich, dass das notwendige Karma schon nach ein paar
Lebensmonaten oder -jahren erfüllt ist. Was den Tod *eurer Tochter*
angeht, könnte ich mir – mit allem Vorbehalt und nur cum grano
salis sei das gesagt – Folgendes vorstellen: Bevor eine Seele aus der
geistigen Welt zu einer neuen Geburt auf die Erde hinuntersteigt, ist
sie noch viel weiser als das im Erdenleben jemals möglich sein
könnte. Es gehört dann zu ihren Aufgaben, im Verein mit hohen

und höchsten Engelwesen das neue Leben zu planen. Nun kommt es durchaus vor, dass die Seele sich vornimmt, nur kurze Zeit im Körper zu bleiben, um dadurch ihren Eltern ein regelrechtes Opfer zu bringen. Dadurch kommt die Seele in ihrer geistig-seelischen Entwicklung selbst auch einen Schritt voran.«

»Was meinst du mit Opfer?«, fragte Ursula.

»Nun ja, ihr wart doch verständlicherweise unendlich traurig und völlig aus der Bahn geworfen, als eure geliebte Tochter starb. Dadurch hat sich aber in eurem Leben einiges verändert. Vermutlich hättet ihr ohne diesen Schicksalsschlag nicht – oder zumindest nicht so schnell – zur Anthroposophie gefunden. Und es ist heute von unermesslicher Bedeutung, dass sich möglichst viele Menschen mit der Geisteswissenschaft Rudolf Steiners befassen und sie in ihr Leben integrieren. – Wer weiß, was das Schicksal dadurch noch alles für euch bereit hält.«

Als Peter wieder einmal seine Eltern und seine Schwester besuchte, erzählte er ihnen von der Weihehandlung in der Christengemeinschaft. Herr Bröske zeigte kein Interesse an diesem Thema und hörte schon nach wenigen Minuten gar nicht mehr richtig hin. Frau Bröske zeigte sich etwas interessierter. In Marlies' Seele wurde hingegen ein Funke entzündet.

Wann immer es ihr gesundheitlicher Zustand erlaubte, besuchte sie von nun an regelmäßig die Gottesdienste der Christengemeinschaft, mal in Havelsdorf, mal in einer Gemeinde in Essen und war genauso begeistert wie Peter und Ursula. Das Erleben und Mitvollziehen der Menschenweihehandlung gab ihr unglaublich viel Kraft. Ihre Gesundheit wurde zusehends verbessert, so dass sie schon bald wieder weitgehend uneingeschränkt ihrem Beruf als Floristin nachgehen konnte. Darüber hinaus engagierte sie sich sehr stark in der Essener Gemeinde.

Ende des Jahres 1980 schloss Peter seine kaufmännische Lehre mit der Kaufmannsgehilfenprüfung vor der Industrie- und Handelskammer zu Münster ab.

Anschließend übernahm er in dem Unternehmen einen Job als Sachbearbeiter in der Abteilung Rechnungswesen.

Nach dem Besuch einer Weihehandlung trafen sich Peter und Ursula wieder einmal mit Konrad zu einem längeren Gespräch.

Plötzlich meinte dieser: »Du Peter, wäre das nicht auch eine Aufgabe für dich, Priester der Christengemeinschaft zu werden?« Peter, der sich mittlerweile in seiner Sachbearbeiterfunktion einigermaßen wohl fühlte, war recht überrascht. »Vor etwa einem Jahr hatte ich diesen Gedanken auch schon einmal. Ich habe ihn – so reizvoll er auch war – verworfen. Oftmals habe ich so eine dumpfe Ahnung, dass zukünftig eine *andere* Aufgabe auf mich wartet.«

»Solche Ahnungen oder Gefühle sollte man ernst nehmen! Unsere Seelen sind viel weiser als wir es in unserem normalen Tagesbewusstsein sind. Du wirst gewiss eines Tages zu dieser Aufgabe hingeführt.«

Bevor man sich wieder verabschieden wollte, sagte Konrad Lisco noch: »Übrigens, man kann auch ein Priesterseminar besuchen, wenn man gar nicht unbedingt vorhat, Priester zu werden. Du – vielleicht sogar ihr beide – könntet ja mal an einer sogenannten Orientierungsphase teilnehmen. Das, was ihr da in diesem Jahr lernt, kann für euer späteres Leben sehr fruchtbar sein – unabhängig davon, welchen Beruf ihr bereits ausübt oder später einmal ausüben wollt.«

»Das hört sich interessant an. Wo gibt es denn Priesterseminare der Christengemeinschaft?«, wollte Peter wissen.

»Da kommen im Wesentlichen die in Stuttgart und Hamburg in Frage.«

Nachdem die beiden Konrads Rat noch ein paar Mal überschlafen hatten, stand ihr Entschluss fest. Sie meldeten sich am Priesterseminar der Christengemeinschaft in Stuttgart zu einem Orientierungsjahr an. Die Ausbildung begann wenige Monate später. Beide kündigten ihre Arbeitsverhältnisse.

Das, was sie in diesem Jahr lernten und machten, sollte ihr Leben in vielfältiger Weise bereichern. Natürlich wurden hier ebenfalls ähnlich wie im katholischen Priesterseminar theologische und namentlich biblische Themen bewegt. Allerdings war alles viel tiefgründiger und geistgetragener. Es war eine wirkliche *Menschen*bildung. Die Dozenten waren fast ausnahmslos Priester der Christengemeinschaft. Auch wurden hier die unterschiedlichsten anthroposophischen Themen behandelt und viele andere Dinge gepflogen. Alles fand in einer äußerst angenehmen Atmosphäre statt. Nichts hatte einen dogmatischen Charakter; alles war wohltuend freilassend.

Das Jahr verging wie im Flug. Gegen Ende des Jahres setzte sich Ursula das Ziel, Waldorfpädagogik zu studieren, um anschließend als Waldorflehrerin zu arbeiten. In Peter keimte nun doch der Wunsch auf, das Studium fortzusetzen und Priester zu werden.

Doch dann hatte er während der Nacht einen Traum. Er sah sich im Priestergewand, wie er gerade die Stufen zum Altar hochgehen wollte. Plötzlich konnte er sich nicht mehr bewegen. Er konnte nicht zum Altar gelangen. Es war, wie wenn ihn jemand festhalten wollte.

Nun war er sich sicher, dass das Priesteramt nicht die Aufgabe ist, die auf ihn wartete.

Nach Ablauf des Jahres kehrten sie wieder in ihre Wohnung nach Groß-Reken zurück. Ursula empfand in dieser Zeit häufig eine gewisse Übelkeit und musste sich des Öfteren übergeben. Schnell wurde ihnen klar, was der Grund war: Ursula war schwanger. Somit musste sie ihren Berufswunsch aufgeben oder zumindest zurückstellen.

Beide beschlichen gemischte Gefühle. Auf der einen Seite empfanden sie ein tiefes Glück, wieder Eltern zu werden. Auf der anderen meldete sich die Befürchtung, dass diesem Kind ein ähnliches Schicksal drohen könnte wie Christina. Da die beiden – wie bereits erwähnt – finanziell recht unabhängig waren, gingen sie in den folgenden Monaten keiner beruflichen Tätigkeit nach und bereiteten sich ganz auf ihre Elternrolle vor.

Im Herbst 1983 war es dann so weit. Ursula wurde von einer gesunden Tochter entbunden, der sie den Namen Lisa gaben. Die beiden waren überglücklich. Auch Peters Eltern und Marlies freuten sich ungemein.

Erst als Lisa gut ein Jahr alt war, wurden ihre Eltern nicht mehr von der Sorge gequält, dass auch sie an plötzlichem Kindstod sterben könnte. Jetzt konnten sie von ihrer bisweilen übertriebenen Fürsorge loslassen.

Eines Tages rief Konrad Lisco bei den Bröskes an und fragte, ob er am Abend bei ihnen vorbeischauen könne, weil er etwas mit Peter zu besprechen habe.

Peter und Ursula freuten sich sehr, zumal sie ihren Freund schon seit Wochen nicht mehr persönlich gesprochen hatten. Konrad begann ohne Umschweife:»In Brixdorf – das liegt etwas nördlich von Münster – gibt es ein Seniorenheim der Christengemeinschaft. Mehr als die Hälfte der gut 100 Bewohner sind Mitglieder oder Freunde der Christengemeinschaft. Das Heim steht aber allen unabhängig von ihrer religiösen Orientierung offen. Dort wohnen durchaus auch etliche Katholiken und Protestanten und sogar einige, die keinem Bekenntnis angehören. Ich bin häufig dort, um Kranke oder Sterbende zu betreuen. Manchmal halte ich auch einen Vortrag über ein christologisches Thema. Der Heimleiter hat bereits das Pensionsalter erreicht und würde gern möglichst bald in den Ruhestand gehen. Bisher konnte aber noch kein geeigneter Nachfolger gefunden werden. Wäre das nichts für dich?«

Peter war blitzartig klar, dass das die Aufgabe sein könnte, auf die er gewartet hatte. »Ja schon, aber bin ich überhaupt für diese Tätigkeit qualifiziert?«

»Ich denke schon! Du erfüllst jedenfalls die drei wichtigsten Voraussetzungen: Du verfügst über gründliche kaufmännische Kenntnisse, du stehst der Christengemeinschaft nahe und kennst dich mit ihren Gepflogenheiten aus und du besitzt eine große Lebenserfahrung. Außerdem habe ich dich schon in unserer gemeinsamen Jugendzeit als einen äußerst kommunikativen und empathischen Menschen kennengelernt. Ich denke, wenn ich für dich ein gutes Wort einlege, hast du beste Chancen, die Stelle zu bekommen.«

Dann schlug Konrad seinem Freund vor, mit ihm zusammen das Heim und den Heimleiter am nächsten Tag aufzusuchen. Peter musste nicht lange überlegen und sagte zu.

Als ihm sein Freund dann am folgenden Tag das Seniorenheim zeigte und ihn durch die Räumlichkeiten führte, war er gleich sehr angetan.

Es war wirklich ein außergewöhnlich schönes und wohnliches Heim, das von einem großen parkartigen Garten umgeben war. Es bot insgesamt 120 Bewohnern Platz, die in 60 Einzel- und 30 Doppelzimmern wohnten. Alle Zimmer waren sehr geräumig und individuell eingerichtet. Neben den Büros und Räumen für die Mitarbeiter des Heims gab es einen Speiseraum, mehrere Aufenthaltsräume, zwei Vortragsräume, ein kleines Schwimmbad sowie eine Krankenstation. In allen Räumen und Gängen empfand Peter eine äußerst lichte, freundliche und warmherzige Atmosphäre. Er war ganz begeistert.

Dann machte Konrad Peter mit dem Heimleiter, Herrn Piezonka, bekannt. Nachdem die Drei etwas miteinander geplaudert hatten, wollte Herr Piezonka Näheres über Peters Vita hören. Anschließend meinte er: »Das hört sich gut an! Es würde mich sehr freuen, wenn Sie mein Nachfolger würden. Allerdings kann ich das nicht allein entscheiden. Sie müssen sich schon noch offiziell bei dem Träger des Heims bewerben.«

Noch am selben Abend schrieb Peter seine Bewerbung und schickte sie an die Trägergesellschaft. Zehn Tage später bekam er die Zusage.

Umgehend trat Peter seine neue Stelle an. Die Familie kaufte von einem Teil des Vermögens, das Ursula mit in die Ehe gebracht hatte, ein kleines altes Haus in Brixdorf, das sie sogleich bezogen.

117

Zwei Wochen lang blieb Herr Piezonka noch in seiner Stellung, um Peter in alles einzuweisen.

Peter nahm seine Aufgabe vom ersten Tage an mit größtmöglichem Engagement wahr. Er betrachtete sich nicht als Chef, sondern als Primus inter Pares. Es war ihm stets wichtig, dass sich nicht nur die Heimbewohner, sondern auch die Mitarbeiter wohlfühlten.

Nahezu alle Zimmer, die das Heim bot, waren belegt. Die Bewohner waren zu diesem Zeitpunkt im Durchschnitt 82 Jahre alt. Der jüngste war 61, der älteste 97. Von wenigen Ausnahmen abgesehen waren die Menschen geistig noch äußerst wach und rege.

Fast täglich sprach Peter mit einigen Bewohnern und versuchte zu erspüren, wie es ihnen ging und welche Wünsche und Verbesserungsvorschläge sie hatten. Viele hatten den Wunsch, dass häufiger Vorträge über biblische, christologische oder geisteswissenschaftliche Themen angeboten werden. Bisher wurden diese ausschließlich von Herrn Lisco gehalten. Da er aber als Priester sehr viele Verpflichtungen in seiner Gemeinde wahrzunehmen hatte, fand er durchschnittlich nur ein bis zwei Mal im Monat die Zeit dazu. Eine ältere Dame sagte: »Ich lese so furchtbar gern. Aber in letzter Zeit spielen meine Augen nicht mehr mit. Schon nach ein paar Seiten verschwimmt der Text. Auch eine Lesebrille bringt da nichts. Es wäre wunderbar, wenn jemand mir hin und wieder etwas vorlesen könnte.« Peter versprach, ihren Wunsch zu erfüllen.

Peter Bröske war nicht der Typ, der anstehende Arbeiten auf die lange Bank zu schieben pflegte. Sogleich warb er per Zeitungsanzeige um Menschen, die ehrenamtlich den Heimbewohnern regelmäßig vorlesen. In der Zwischenzeit nahm er sich jeden zweiten Tag selbst die Zeit, der alten Dame ihren Wunsch zu erfüllen. Es freute ihn sehr, dass es um anthroposophische Bücher ging, aus denen er ihr vorlesen sollte. Nach zwei Wochen hatten sich drei Damen und zwei Herren, die das Vorlesen übernehmen wollten, beworben. Von nun nahmen diese durchschnittlich zweimal pro Woche diese Aufgabe für die Bewohner, die das wünschten, wahr.

Es waren in der Tat fast zehn Heimbewohner, die dieses Angebot dankbar annahmen. Die meisten von ihnen hätten sich gar nicht getraut, darum zu bitten.

Dann ging es noch um den Wunsch, dass häufiger Vorträge oder Gesprächskreise angeboten werden. Peter fuhr diesbezüglich zu seinem Freund Konrad Lisco und fragte ihn, inwieweit er zukünftig Zeit habe, als Referent zur Verfügung zu stehen. Konrad sagte: »Bisher habe ich in eher unregelmäßigen Abständen im Heim Vorträge gehalten. Aber, wenn der Wunsch da ist, könnte ich es an jedem Montagnachmittag machen.«

»Ja, das wäre schon eine große Hilfe.« Dann sagte Konrad noch: »Nächste Woche wird zu meiner Unterstützung eine Priesterin in unsere Gemeinde entsandt. Ich bin mir sicher, dass sie auch bereit wäre, im Heim eine Aufgabe zu übernehmen.«

Am Tag darauf nahm Peter noch Kontakt zu dem Pfarrer der katholischen Gemeinde in Brixdorf auf. Pfarrer Hiltmann sagte zu Peters Freude ebenfalls zu, alle zwei Wochen einen Bibel-Gesprächskreis zu leiten, der insbesondere für die Heimbewohner der katholischen Konfession gedacht war.

Als Konrad Lisco in der folgenden Woche Peter mit Frau Adelheid Zöllner, der neuen Priesterin in der Havelsdorfer Gemeinde, bekannt machte, versprach sie, jede Woche einen Bibelkurs anzubieten.

Nun stand der Veranstaltungsplan: Jeden Montag hielt Herr Lisco einen Vortrag über ein christologisches Thema, jeden Mittwoch bewegte Frau Zöllner mit den interessierten Heimbewohnern biblische Themen, jeden zweiten Dienstag lud Pfarrer Hiltmann zu einem Gesprächskreis und jeden Freitag hielt Peter selbst einen Vortrag über die unterschiedlichsten anthroposophischen Themen mit anschließender Fragestunde.

Alle Angebote wurden gut angenommen. Im Wesentlichen waren es immer die gleichen etwa zwanzig Menschen, die an diesen Veranstaltungen teilnahmen.

Peter war nach seinen Vorträgen in der anschließenden Frage-stunde immer sehr überrascht, mit welch großem Interesse die An-wesenden bei der Sache waren. Ihr Interesse war verständlicherwei-se immer dann besonders groß, wenn das nachtodliche Leben des Menschen behandelt wurde. Es gab im Übrigen einige, die viel tiefere Kenntnisse als Peter hatten, was ihn selbst sehr bereicherte.

Im Jahre 1989 wurde Lisa nach dem Ritual der Christengemein-schaft getauft. In dieser Kirche wird nicht darauf gedrängt, Kinder möglichst schon wenige Tage nach der Geburt taufen zu lassen. Man teilt nämlich nicht die aberwitzige Vorstellung des Katholizis-mus, dass ein Kind, das ungetauft stirbt, der ewigen Verdammnis anheim fallen könnte. Die Taufe wurde von Adelheid Zöllner vollzogen. Kurz darauf wurde Lisa eingeschult. Natürlich war es Peter und Ursula wichtig, sie auf eine Waldorfschule zu schicken.

Jetzt hatte Ursula, die sich zuvor, wenn Lisa im Waldorfkinder-garten war, hin und wieder auf der Krankenstation des Senioren-heims nützlich gemacht hatte, wieder mehr Zeit für sich. Von ihrem Wunsch, Waldorflehrerin zu werden, hatte sie mittlerweile Abstand genommen. Im Rahmen ihrer anthroposophischen Studien wurde sie auf die »Eurythmie« aufmerksam, für die sie sich nun immer mehr interessierte. Die Eurythmie ist eine spezielle Bewegungs-kunst, die Anfang des 20. Jahrhunderts von Rudolf Steiner zusam-men mit seiner späteren Frau, Marie von Sivers, entwickelt wurde. Es handelt sich hierbei um eine eigenständige Form der Darstellen-den Kunst, die auch als Teil von Bühneninszenierungen betrieben wird. Im Zusammenhang mit der anthroposophischen Medizin ent-stand die »Heileurythmie« als eine im Grunde eigenständige Form.

Nun absolvierte Ursula Bröske eine mehrjährige Ausbildung zur Eurythmistin mit Schwerpunkt Heileurythmie.
Anschließend arbeitete sie als freiberufliche Eurythmistin. Einen großen Teil ihrer Zeit wirkte sie in dem Seniorenheim, wo sie die unterschiedlichsten Kurse und Therapien anbot. Dieses Angebot

wurde von vielen Heimbewohnern mit großer Begeisterung wahrgenommen.

Der Gesundheitszustand ihrer Schwägerin Marlies hatte sich in den letzten Jahren deutlich verbessert, so dass sie auch wieder ihrem Beruf nachgehen konnte. Allerdings wurde sie immer noch hin und wieder von Krankheitsschüben heimgesucht. Ursula bot ihr an, es einmal mit Heileurythmie zu versuchen. Nachdem Marlies diese Therapie ein Jahr lang regelmäßig in Anspruch genommen hatte, fühlte sie sich erstmals seit Jahren wieder richtig fit und belastbar. Nun engagierte sie sich noch stärker in ihrer Gemeinde der Christengemeinschaft in Essen.

Selbst heute mit ihren 74 Jahren kümmert sie sich noch Woche für Woche um den Blumenschmuck im Weiheraum, das Waschen und Bügeln der liturgischen Gewänder, das Einteilen der Ministranten und vieles mehr.

Eines Tages zog ein neuer Bewohner in das Heim ein. Nachdem der alte Herr sich in seinem Zimmer eingerichtet und schon ein wenig eingelebt hatte, suchte Peter ihn auf.

»Guten Tag, Herr Liebermann. Wir haben uns bei Ihrem Einzug ja schon kurz miteinander bekannt gemacht. Heute möchte ich mal schauen, wie es Ihnen geht, wie es Ihnen bei uns bisher gefällt und ob Sie besondere Wünsche haben.«

»Vielen Dank, Herr Bröske! Wie es mir geht? – Sie kennen ja sicher den Spruch ›Es könnte besser sein, muss aber nicht!‹ Nein, im Ernst: Im Moment bin ich wunschlos glücklich.«

Während die beiden sich weiter unterhielten, fiel Peters Blick auf ein großes Foto, das an der Wand hing. Es zeigte einen jungen Mann im priesterlichen Ornat. »Sind Sie das auf dem Foto?«, fragte Peter.

»Ja. Das Foto wurde im Jahre 1926 am Tage meiner Primiz aufgenommen. Danach war ich viele Jahrzehnte in verschiedenen Pfarreien in Niedersachsen tätig, erst als Vikar, später als Pfarrer.«

Peter, dem es etwas peinlich war, dass er nicht Herrn Liebermanns

Akte genügend gründlich studiert hatte, wodurch er erfahren hätte, dass der neue Bewohner Priester war, erzählte ihm, dass er auch auf dem Wege war, katholischer Priester zu werden und dass er vor einigen Jahren zur Christengemeinschaft gefunden habe.

»Hat es einen bestimmten Grund, dass Sie sich für ein Heim entschieden haben, dessen Träger die Christengemeinschaft ist?«

»Nicht so direkt! Ich habe viel Positives über Ihr Heim gehört, so dass ich mich entschlossen habe, hier die Zeit, die mir noch vergönnt sein wird, zu verleben. Ich bin jetzt 86 Jahre alt. Also, so viel Zeit wird mir vermutlich nicht mehr bleiben.«

»Haben Sie einen Bezug zur Anthroposophie?«

»Ja, schon! Da muss ich jetzt etwas weiter ausholen. Als ich aufs Priesterseminar ging, lebte Rudolf Steiner noch. Er und seine Lehren waren in wohl allen theologischen Kreisen ein großes Thema. Die Dozenten auf dem Priesterseminar ließen keine Gelegenheit aus, ihn zu diffamieren und seine Lehren als Ketzerei zu verwerfen. Immer wieder wurden wir vor ihm gewarnt. Katholiken, die seine Bücher lasen oder seine Vorträge besuchten, wurde sogar mit der Exkommunikation gedroht. Ein Dozent hat sich immer – ob Sie es glauben oder nicht – bekreuzigt, wenn er Steiners Namen aussprach oder hörte. Meine Kommilitonen und ich hielten Steiner fast für so etwas wie den leibhaftigen Teufel. Freilich glaubten wir damals alles, was die Kirchenvertreter sagten. – Ja, das selbständige Denken ist in der katholischen Priesterausbildung nicht erwünscht!«

»Ich hoffe, Sie haben Ihre Ansicht über Steiner mittlerweile revidiert«, sagte Peter lächelnd.

»Ja durchaus! Kurz nachdem ich vor fünfzehn Jahren in den Ruhestand gegangen bin, ist mir zufällig ein Buch von ihm in die Finger gekommen. Es hat mich sehr beeindruckt, so dass ich später einige weitere gelesen habe. Schauen Sie mal in das Bücherregal! Da stehen sie alle noch. Heute habe ich nicht den geringsten Zweifel daran, dass Steiner ein ganz außergewöhnlich großer Geist war. Ich gebe zu, dass ich mit *einigen* seiner Erkenntnisse noch so meine Probleme habe. Da habe ich zumindest noch gewisse Restzweifel. Möglicherweise stecken die Indoktrinationen der Kirche noch in meinem Ätherleib. Aber insbesondere alles, was Steiner über die Engelwelten und den Christus lehrt, hat mich sehr ergriffen und beschäftigt mich bis zum heutigen Tage. Dagegen ist das, was im Katholizismus gesagt wird, geradezu naiv. Wie wohl die meisten Katholiken war ich früher der Meinung, dass Jesus und Christus ein und dieselbe Individualität, also wesensgleich seien. Erst durch Steiner ist mir klar geworden, dass der Jesus von Nazareth, der ein sehr hochentwickelter Mensch war, das Gefäß des Christus war. Bei der Taufe im Jordan zog der Christusgeist, der Sohnesgott, in die leiblichen Hüllen des Jesus und konnte nun drei Jahre lang als Jesus Christus wirken. – Aber das wird Ihnen ja gewiss bekannt sein. – Heute muss ich bekennen, dass ich jahrzehntelang meinen Gläubigen Halbwahrheiten vermittelt habe. Aber ich wusste es damals nicht besser!«

Dann wollte Peter noch wissen, wie Herrn Liebermanns ehemalige Kollegen reagiert haben, wenn sie seine recht pro-anthroposophische Einstellung mitbekommen haben.

»Ach wissen Sie, Herr Bröske, zum einen habe ich, seitdem ich im Ruhestand bin, nur noch wenig Kontakt zu meinen früheren Amtsbrüdern; zum anderen gehe ich nicht mit meinen Ansichten hausieren. Vor einigen Jahren habe ich einem jüngeren Kollegen etwas davon erzählt. Der hat mich gleich ganz unverblümt als Ketzer und Nestbeschmutzer tituliert.«

»Wie denken Sie über die Reinkarnationslehre?«, fragte Peter.

»Da kann es doch keine zwei Meinungen geben, dass jeder Mensch viele Erdenleben durchzumachen hat. Ohne dieses Gesetz wären doch etliche Erscheinungen gar nicht zu erklären. – Es ist im Übrigen nicht so, dass alle katholischen Kleriker hinter dem Dogma, dass diese Lehre ketzerisch sei, stehen. Ich habe auf einer Diözesansynode in den 1950er Jahren in einem Pausengespräch mitbekommen, dass der Bischof *sinngemäß* sagte: ›Wir können doch den Leuten nicht mit der Wiedergeburt kommen. Das würden sie gar nicht verstehen können und es würde sie verunsichern.‹ Das hat mich damals, als ich noch felsenfest davon überzeugt war, dass

123

jeder Mensch nur einmal auf die Erde kommt, sehr irritiert. – Ich habe übrigens gehört, dass hier hin und wieder Vorträge über christologische Themen gehalten werden. Da bin ich schon sehr gespannt.«

»Ja, diese Vorträge kommen bei den Bewohnern sehr gut an. Es geht dabei um die unterschiedlichsten Themen – insbesondere um christologische und allgemein-anthroposophische. Im Anschluss tauschen wir uns noch über das Gehörte aus.«

Von nun an nahm Herr Liebermann regelmäßig an diesen unterschiedlichen Veranstaltungen teil. Auch schätzte er Ursulas Dienste als Heileurythmistin, die er gern des Öfteren in Anspruch nahm.

Eines Abends sagte er zu Peter, nachdem dieser gerade mit einem Vortrag über das nachtodliche Leben geendet hatte: »Das war wieder einmal ein sehr interessanter Vortrag, Herr Bröske. Vielen Dank dafür! – Ich möchte Ihnen gerne einen Vorschlag unterbreiten, wenn ich darf.«

»Freilich! Nur raus damit!«, sagte Peter.

»Also, das Angebot an Vorträgen und Gesprächskreisen in diesem Heim ist ja wirklich ganz ausgezeichnet und sucht seinesgleichen. Die Erkenntnisse, an denen Sie, Frau Zöllner und Herr Lisco uns teilhaben lassen, sind für mich und die meisten Bewohner wirklich großartig und so etwas wie eine geistige Nahrung. – Allerdings habe ich jetzt bei Gesprächen mit einigen anderen im Aufenthaltsraum oder im Park häufig gehört, dass ihnen diese Themen zu schwierig sind, dass sie dem Referenten nicht folgen können. Es sind vielleicht ein knappes Dutzend Menschen, die keinen Bezug zur Anthroposophie haben. Allenfalls der Gesprächkreis mit Pfarrer Hiltmann bringt ihnen etwas. Dieser findet aber nur selten statt. – Was halten Sie davon, wenn ich einmal pro Woche einen solchen Kreis für genau diese Leute anbiete, in denen ich mit ihnen über elementarere religiöse oder soziale Themen ins Gespräch zu kommen versuche? Ich bin zwar schon ein alter Knochen, aber im Kopf bin ich noch ziemlich fit.«

Peter freute sich sehr über diese Offerte und nahm sie dankend an. Von da an veranstaltete Herr Liebermann jeden Mittwoch einen solchen Gesprächskreis, an dem regelmäßig eine gute Handvoll Interessierter teilnahm.

Peter Bröske kümmerte sich in all den Jahren auch sehr intensiv um die schwerkranken Heimbewohner sowie um die, die bereits sehr nah an der Pforte des Todes standen. Er verbrachte sehr viel Zeit an deren Bett, wo er mit ihnen sprach oder ihnen aus der Bibel oder geisteswissenschaftlichen Büchern vorlas. Auch die beiden Priester der Christengemeinschaft sowie Ursula nahmen sich bisweilen dieser Aufgabe an.

Wenn Peter an das Lager eines Sterbenden trat, welcher der Anthroposophie seit Jahren nahestand, war er immer wieder erstaunt, wie gefasst und angstfrei diese ihre Situation annahmen und wie bewusst sie auf ihren Schwellenübertritt zugingen.

Eines Tages unterbreitete Ursula Peter eine Idee: »Ich finde es immer ein wenig schade, dass ein soeben verstorbener Bewohner nur für sehr kurze Zeit nach seinem Tod im Zimmer aufgebahrt und dann unmittelbar nach der Aussegnung – und bisweilen sogar noch davor – vom Bestatter abgeholt wird. Es wäre doch schön, wenn wir einen separaten Raum hätten, in dem die Verstorbenen zwei oder drei Tage aufgebahrt werden, so dass sich alle, die es wünschen, in Ruhe und Andacht von ihnen verabschieden können. Natürlich müsste der Raum groß genug sein, damit sich mehrere Menschen gleichzeitig am Totenbett aufhalten können.«

Peter musste nicht lange überlegen: »Das ist eine großartige Idee! Wir werden sie umsetzen.« Nach kurzer Überlegung fuhr er fort: »Ich weiß auch schon, welchen Raum wir dafür umgestalten. Es finden ja nie zwei Vorträge gleichzeitig statt, so dass wir einen der beiden Räume im Grunde nicht benötigen. Den werden wir dafür verwenden.«

Gesagt, getan! Umgehend veranlassten die beiden alles Nötige. Der kleinere der beiden Vortragsräume wurde frisch geweißelt. An die Stirnwand wurde ein großes Holzkreuz mit dem Corpus Christi, an die übrigen Wände Bilder mit passenden Motiven gehängt. In der Mitte des Raumes platzierte man eine Totenbahre, die von mehreren großen Kerzenständern umrahmt wurde.

Schon wenige Wochen später wurde der Abschiedsraum erstmals seiner Funktion übergeben. Im März 1995 starb Pfarrer Liebermann ganz plötzlich und ohne Vorwarnung. Er lag eines Morgens tot in seinem Bett. Peter war sehr traurig, dass es den beiden nicht mehr vergönnt war, sich voneinander zu verabschieden.

Peter sprach an seinem Totenbett ein Gebet und dankte ihm still, dass er ein paar gemeinsame Jahre mit ihm verleben durfte. Dann wurde Herrn Liebermanns sterbliche Hülle auf die Bahre im Abschiedsraum gelegt und mit etlichen Blütenblättern geschmückt. In der folgenden Nacht wurde eine Totenwache organisiert. Peter, Ursula und einige Heimmitarbeiter wechselten sich dabei im Zweistundentakt ab. Während sie bei dem Toten saßen, lasen sie aus dem Johannes-Evangelium. Dieser Brauch war früher in vielen christlichen Familien und Heimen üblich. Seit etwa Mitte des Jahrhunderts wurde er allerdings kaum noch gepflogen.

Schon vor Monaten hatte Herr Liebermann den Wunsch geäußert, nicht nach den katholischen Ritualien, sondern nach denen der Christengemeinschaft bestattet zu werden.

Am frühen Abend des nächsten Tages vollzog Konrad Lisco die Aussegnung. Insgesamt waren mehr als zwanzig Personen im Abschiedsraum zugegen. Es waren Mitarbeiter und Bewohner des Hauses sowie einige Verwandte und Freunde des Verstorbenen, die Peter informiert hatte.

Nach der Aussegnung zitierte Peter einen Gebetsspruch, den Rudolf Steiner für Menschen, die vor kurzer Zeit durch die Pforte des Todes geschritten sind, gegeben hat:

*Unsre Liebe folge Dir,*
*Seele, die da lebt im Geist,*
*die ihr Erdenleben schaut;*
*schauend sich als Geist erkennt.*
*Und was Dir im Seelenland*
*denkend als Dein Selbst erscheint,*
*nehme unsre Liebe hin,*
*auf daß wir in Dir uns fühlen,*
*Du in unsrer Seele findest,*
*was mit Dir in Treue lebet.*

(Quelle: Rudolf Steiner, *»Der Tod – die andere Seite des Lebens«*, Sonderausgabe, S. 45)

Um diesen Spruch verstehen zu können, muss man wissen, dass ein Verstorbener in den ersten etwa drei Tagen nach dem Schwellenübergang im Wesentlichen damit befasst ist, den Seelenblick auf sein abgelegtes Erdenleben zu richten. Wie in einem gewaltigen Panorama taucht in diesen Tagen alles auf, was er in seinem irdischen Dasein jemals erlebt hat. Alles, was er gesehen und gehört hat, sieht und hört er jetzt wieder. Von dieser Lebensrückschau berichten auch Menschen, die Nahtod-Erfahrungen hatten.

Anschließend hatte jeder der Anwesenden ausreichend Zeit, sich von Herrn Liebermann zu verabschieden. Auf Peters Vorschlag hin ergriffen jetzt abwechselnd einige das Wort und bedankten sich bei dem Verstorbenen. Manche zitierten einen Spruch oder ein Gebet, manche erzählten über etwas, was sie mit Herrn Liebermann gemeinsam erleben durften.

Am übernächsten Tag fand das Beerdigungsritual in der Kirche der Christengemeinschaft in Havelsdorf statt, das von Frau Zöllner vollzogen wurde.

Im Jahre 1996 starb Peters Vater an den Folgen eines Schlaganfalls. Auch sein Tod kam eher unerwartet, so dass Peter keine Gelegenheit hatte, sich von ihm zu verabschieden.

Was Peter in den Wochen darauf große Sorgen bereitete, war der Gesundheitszustand seiner Mutter. Schon als er noch Kind war, neigte sie zu depressiven Anwandlungen, so dass der kleine Peter sie häufig trösten und aufmuntern musste. Jetzt schien sie mit dem Tod ihres Mannes nicht zurechtzukommen. Zum Glück waren im Heim noch zwei Zimmer frei.

In einem richtete sich Frau Bröske jetzt ein. Sie war sehr glücklich, nun nahezu täglich ihren geliebten Sohn, ihre Schwiegertochter und ihr Enkelkind zu sehen. Sie lebte sich schnell in dem Heim ein und nutzte mit Interesse das vielfältige Angebot. Auch an den Vorträgen ihres Sohnes nahm sie meistens teil, wenngleich sie vieles nicht verstehen konnte. Besonders schätzte sie die Heileurythmie, die ihr sehr gut tat.

Bis zu ihrem Tod im Jahre 2006 lebte Frau Bröske in dem Heim in Brixdorf.


Alle Mitarbeiter des Heims trafen sich an jedem ersten Montag eines Monats zu einem Austausch. Hier ging es unter anderem darum, was man organisatorisch vielleicht anders oder sogar besser machen könnte.

Bei einer dieser Zusammenkünfte im Jahre 2005 sagte eine Mitarbeiterin fast beiläufig: »Es sind doch recht viele Bewohner, denen es wichtig ist, an einem Gottesdienst teilzunehmen. Könnten wir diesen nicht hier in einem geeigneten Raum feiern?«

Bisher wurde das so gehandhabt, dass die Mitglieder der Christengemeinschaft jeden zweiten Sonntag mit einem Bus nach Havelsdorf gefahren wurden, um dort die Menschenweihehandlung zu besuchen. Die Katholiken gingen jeden Sonntag – meistens in Begleitung eines Betreuers – in die katholische Kirche in Brixdorf, die nur einen guten Kilometer vom Heim entfernt war. Die wenigen Protestanten, die in dem Heim wohnten, hatten im Allgemeinen kein Bedürfnis, einen Gottesdienst zu besuchen.

Peter griff die Idee seiner Kollegin gleich auf: »Das ist eine gute Idee, Veronika! Der Transfer nach Havelsdorf ist schon immer recht umständlich und aufwendig. Hat jemand einen Vorschlag, welchen Raum wir als Weiheraum verwenden könnten?« Alle Vorschläge, die gemacht wurden, waren nicht überzeugend. Im Grunde gab es keinen geeigneten Raum, der sich als Kirchenraum anbot.

Nachdem Peter und Ursula in den folgenden Tagen diese Frage immer wieder bewegt hatten, schoss Ursula eine Idee ein: »Wir könnten doch im Park so eine Art Kapelle errichten lassen! Einen Teil der Kosten könnten wir doch von unseren Rücklagen finanzieren.«

Peter fand den Vorschlag sehr gut und wurde gleich beim Träger des Heims vorstellig. Hier fand man die Idee grundsätzlich begrüßenswert, gab aber kein grünes Licht für den Bau einer freistehenden Kapelle. So wurde in diesem Gespräch die Idee geboren, einen kleinen Anbau zu errichten, der für kultische Zwecke genutzt werden könnte.

Im nächsten Monat wurde mit den Bauarbeiten begonnen. Ein knappes Jahr später war der Anbau fertig. Die Kosten für den Bau und die Einrichtung wurden zum Teil von der Trägergesellschaft übernommen und zum Teil durch Spenden abgedeckt. Den Rest finanzierten die Bröskes aus ihrem Privatvermögen.

In dem Anbau gab es neben dem Weiheraum noch einen kleinen Raum, der als Sakristei genutzt wurde. Im Weiheraum wurde ein Altar postiert, der über drei Stufen zu erreichen ist. Die Stühle, die in mehreren Reihen stehen, bieten fast vierzig Menschen Platz.

Von da an wurde hier jede Woche – mal samstags, mal sonntags – eine Weihehandlung zelebriert. Herr Lisco und Frau Zöllner wechselten sich als Priester ab.

Selbstverständlich wurden in dem Weiheraum auch katholische Messen gefeiert. Da die Nachfrage nach katholischen Gottesdiensten nicht so groß war, fanden sie nur alle zwei Wochen statt. Hin und wieder kam auch ein evangelischer Pfarrer, um einen Gottesdienst zu halten.

Lisa Bröske hatte bereits 2001 mit siebzehn Jahren Abitur an der Waldorfschule gemacht. Sie war eine so außerordentlich begabte Schülerin, dass sie eine Klasse überspringen konnte. Anschließend ging sie zum Studium der Mikrobiologie nach Norddeutschland.

Sieben Jahre später schloss sie ihr Studium mit der Promotion ab. Anschließend blieb sie an der Universität, wo sie sich auf die Virologie und Epidemiologie spezialisierte. Nach weiteren sechs Jahren bekam sie mit gerade einmal dreißig Jahren eine Professur.

Schon bald hatte sie sich mit ihren Forschungsergebnissen einen ausgezeichneten Ruf erworben. Ihre Resultate und Veröffentlichungen stießen nicht nur in Deutschland auf große Resonanz, so dass sie in vielen Städten zu Symposien und Vorträgen eingeladen wurde. Peter und Ursula waren mächtig stolz auf sie. Allerdings bedauerten sie, dass sie ihre vielbeschäftigte Tochter nur recht selten zu Gesicht bekamen.

Ja, Peter und Ursula hatten ihre Lebensaufgabe gefunden. Beide hätten sich keine bessere Tätigkeit vorstellen können.

Im Dezember 2013 erreichte Peter Bröske das Rentenalter. Schon im Sommer wurde ein Nachfolger gesucht. Fünf Bewerbungen gingen bei der Trägergesellschaft ein. Peter führte mit allen ausführliche Gespräche. Schließlich fiel aufgrund seiner Meinung die Wahl auf den 40-jährigen Heinz Gertz.

Herr Gertz trat seine neue Aufgabe im Januar 2014 an. Peter blieb noch ein knappes Jahr im Heim, um Herrn Gertz in Ruhe einzuarbeiten, ohne sich dafür entlohnen zu lassen.

Heinz Gertz, der seit Jahren Mitglied der Anthroposophischen Gesellschaft war, war von den Gepflogenheiten, die hier herrschten, ganz begeistert. Insbesondere lobte er das breite Angebot an Vorträgen und Gesprächskreisen. Schon bald hielt er auch Vorträge über anthroposophische Themen. An allem, was Peter hier eingeführt hatte, hielt er aus Überzeugung fest.

Seit Herbst 2014 sind Peter und auch Ursula endgültig in Pension. Da beide nicht zu den Menschen gehören, die das Genießen des Ruhestands als höchstes Ideal ansehen, sind sie bis zum heutigen Tage noch recht aktiv. Peter hält nach wie vor Vorträge – sowohl in dem Seniorenheim, dessen Leiter er so lange war, als auch in

Volkshochschulen und bei anderen Bildungsträgern. Kraft zu diesem Engagement gibt ihm die Einsicht, dass es eine Notwendigkeit unserer Zeit ist, dass möglichst viele Menschen mit der Geisteswissenschaft Rudolf Steiners bekannt gemacht werden.
Ursula wirkt nach wie vor auf dem Gebiet der Eurythmie.

Dann kam das Jahr 2020, das für die Bröskes jedoch noch etwas sehr Bedrückendes bereithielt. Es war das erste Jahr der sogenannten »Corona-Krise«.

Lisa, die längst eine fast weltweit anerkannte Fachfrau für Virologie und Epidemiologie war, befasste sich in ihren Forschungen auch mit dem dieser Pandemie zugrundeliegendem SARS-Cov-2-Virus. Allerdings vertrat sie etwas andere Ansichten als viele ihrer Berufskollegen, die Tag für Tag in den Medien vor der tödlichen Gefahr dieses Virus warnten. Sie war zwar weit davon entfernt, dieses Virus zu verharmlosen, konnte aber die allgemeine Panikmache nicht nachvollziehen. In Fachzeitschriften und Vorträgen machte sie auf mögliche Folgen dieser Panik aufmerksam, durch die das Immunsystem der Menschen, die sich da mitreißen lassen, geschwächt werde. Auch zog sie die Zahlen, die man stündlich zu hören und zu sehen bekam, in Zweifel. Schließlich kritisierte sie heftig die von den meisten Regierungen verabschiedeten Maßnahmen wie Maskentragen, Kontaktverbote usw. Alle ihre Argumente wusste sie stichhaltig zu begründen. Insbesondere warnte sie vor einer flächendeckenden Impfkampagne.

Doch ihre Meinung kam bei einigen nicht gut an! Ihre Artikel wurden nicht mehr gedruckt, ihre Vorträge wurden abgesagt. Innerhalb weniger Wochen wurde Prof. Dr. Lisa Bröske von einer anerkannten und geschätzten Expertin zur Persona non grata. Anfang 2021 entzog ihr die Universität sogar die Professur sowie die Erlaubnis, Vorlesungen zu halten. Lisa war kein Einzelfall. Viele ihrer Kollegen in aller Welt, die nicht auf der Welle des Mainstreams mitschwammen, ereilte ein ähnliches Los. Etliche Karrieren und ganze Existenzen wurden zerstört.

Dann versuchte Lisa ihre Botschaft auf YouTube zu senden. Schon bald wurden einige ihrer Beiträge wie von Zauberhand gelöscht.

In einem Gespräch mit einem gleichgesinnten Kollegen schilderte sie davon. Dieser meinte: »Ja, von Meinungsfreiheit kann man in unserem Land derzeit nicht wirklich reden. Ist es nicht unfassbar, dass solche durchaus seriöse und sachliche Beiträge gelöscht werden, während unzählige gewaltverherrlichende, rassistische, frauenfeindliche und übelste pornografische Seiten das Netz überfluten! – Aber, wenn du nicht möchtest, dass Beiträge von dir gelöscht werden, musst du einen Trick anwenden.«

»Einen Trick? Welchen Trick?«

»Ganz einfach! Du musst zu Beginn eines jeden Beitrages eine bestimmte Formel sprechen oder schreiben. Also, ich sage anfangs immer: ›Das Corona-Virus stellt eine große Gefahr für Ihre Gesundheit dar. Halten Sie sich unbedingt an die von der Regierung verabschiedeten Maßnahmen!‹ Danach kannst du dann sagen oder schreiben, was du willst. Dann wird der Beitrag normalerweise nicht gelöscht.«

»Wie absurd ist das denn? Erst redet man denen, welche die öffentliche Meinung vertreten, nach dem Mund und dann sagt man anschließend fast das blanke Gegenteil?! Aber, wenn es etwas nutzt, werde ich es auch so handhaben. Danke für den Tipp!«

In ihren folgenden Video-Beiträgen, mit denen sie die Bevölkerung mit ihrer Sicht der Lage vertraut machen wollte, verfuhr sie so, wie es ihr Kollege empfohlen hatte.

Keines ihrer Videos wurde seitdem mehr gelöscht.

An der Universität hatte Lisa keine Zukunft mehr. Auch wäre es schwierig, anderweitig eine adäquate Anstellung als Virologin zu bekommen. Sie ließ sich zwar nicht entmutigen, war es aber leid, gegen Windmühlen anzukämpfen. Lisa verließ die Hochschule und arbeitet seitdem in einem eher unbedeutenden mikrobiologischen Labor in der Nähe von Essen. Noch hegt sie die vage Hoffnung, dass man eines Tages anerkennen wird, dass sie mit ihren Thesen recht hatte und somit rehabilitiert wird.

So sehr Peter und Ursula ihr Schicksal bedauern, so sehr freuen sie sich, dass man sich jetzt häufig sieht.

An einem Nachmittag, an dem die Drei beieinander waren, gab es fast nur dieses leidige Thema, das seit Anfang 2020 die Welt beherrscht. Lisa sagte: »Das vielleicht Schlimmste an der ganzen Situation ist meines Erachtens, dass so massiv Ängste geschürt werden. Selbst wenn das Virus so gefährlich *wäre*, wie es von einigen Experten dargestellt wird, wäre es immer noch absolut kontraproduktiv, Tag für Tag über alle Medien Schreckensmeldungen, Horrorszenarien und zum Teil sehr fragwürdige Zahlen und Statistiken zu verbreiten.«

»Ich denke, die Gründe für die Angst und Panik, die viele Menschen haben, ist nachvollziehbar. Sie haben schlicht und ergreifend Angst, an dem Virus zu sterben. Obwohl diese Gefahr wohl gar nicht einmal so groß ist, bleibt die Urangst vor dem Tod. Viele haben panische Angst vor dem Tod, weil sie davon ausgehen, dass er ihre Existenz für alle Zeiten auslöscht. Die meisten von denen, die an ein Leben nach dem Tod glauben, haben sich nie Gedanken über diese Daseinsform gemacht. Sie haben sich nie damit beschäftigt, wie man sich das nachtodliche Leben vorstellen kann, was einen da erwartet. Und vor etwas, was man nicht kennt, hat man Angst«, sagte Peter.

Lisa fuhr fort: »Das ist gewiss richtig! Aber unabhängig von den Gründen, warum oder wovor die Leute Angst haben, muss man einfach wissen, dass Angst das Immunsystem gewaltig schwächt. Ein Mensch, der ein stabiles Immunsystem aufweist, wird mit jedem Virus fertigwerden. – Aber die Bedeutung des Immunsystems scheint in unserer Gesellschaft noch nicht bei allen angekommen zu sein. Dabei könnte jeder so viel zu dessen Stärkung beitragen. Es fängt mit gesunder Ernährung, Verzicht auf Genussgifte, viel Bewegung an der frischen Luft und ausreichend Schlaf an. Schließlich sollte noch jeder etwas für Geist und Seele tun.«

Ursula fügte noch hinzu: »Diese fürchterlichen Kontaktbeschränkungen und Besuchverbote in den Krankenhäusern und Heimen werden katastrophale Folgen für die seelische Gesundheit der Menschen haben. Man muss gewiss kein Prophet sein, um vorauszusagen, dass mittelfristig die Anzahl der Menschen, die an den Folgen der Corona*maßnahmen* schwer erkranken oder gar sterben, erheblich größer sein wird als die derer, die an den Folgen der Virusinfektion sterben.«

»Ja natürlich! Auch sehr schlimm ist, dass dieses Thema die Gesellschaft so spaltet. Man muss ja aufpassen, wem man was sagt. Besonders fürchterlich finde ich dasjenige, was die Maßnahmen und Auflagen mit den Kindern machen. Einige werden von ihren Eltern so infiltriert, dass sie in ihren Freunden einen Gefährder sehen, der sie mit dem Virus infizieren könnte«, meinte Peter.

»Und jetzt ruft man das Impfen als den Heilbringer, dem Virus den Garaus zu machen, aus. Da sind wir wieder beim Thema Immunsystem. Eine Impfung stärkt ja nicht etwa das Immunsystem. Es wird ganz im Gegenteil dadurch geschwächt. Es werden jetzt Jahr für Jahr Mutationen des Virus auftreten. Für jede wird man vermutlich einen neuen Impfstoff aus dem Boden stampfen. Die gutgläubigen Menschen werden sich dann Jahr für Jahr erneut impfen lassen. Irgendwann ist ihr Immunsystem dann so schwach, dass schon ein harmloser Infekt zum Tode führen kann«, sagte Lisa.

Peter ergänzte: »Ich kann es gar nicht fassen, dass so viele Zeitgenossen sich impfen lassen. Normalerweise – korrigiere mich Lisa, wenn es nicht stimmt – dauert es doch mindestens zehn Jahre, bis ein neuer Impfstoff hinreichend getestet ist, so dass man ihn bedenkenlos zulassen kann. Jetzt ging das plötzlich innerhalb weniger Monate! Da kann doch irgendetwas nicht passen! Es kann doch zum jetzigen Zeitpunkt kein Mensch seriös beurteilen, mit welchen Nebenwirkungen bei den unterschiedlichen Impfstoffen gerechnet werden muss. – Man muss ja immer den freien Willen der Menschen respektieren. Also, wer es unbedingt möchte, kann sich ja als ›Laborratte‹ benutzen lassen. Statt *Be*suchsverboten sollte man lieber *Ver*suchsverbote verhängen!«

Ursula und Lisa nickten zustimmend.

Die Corona-Pandemie hatte natürlich auch Auswirkungen auf das Leben in dem Seniorenheim, in dem Peter immer noch recht engagiert war.

Die Bewohner durften zeitweise keinen Besuch empfangen. Gemeinsame Veranstaltungen wie Vorträge, Gesprächskreise, Wassergymnastik waren monatelang verboten. Alle Mitarbeiter mussten den ganzen Tag lang Masken tragen.

In einem Gespräch mit Herrn Gertz sagte Peter: »Das ist alles ganz fürchterlich. Mir tun die Menschen derart leid. Die vereinsamen ja völlig. Kann man die Auflagen nicht irgendwie umgehen?«

»Ich bin vollkommen Ihrer Meinung. Aber wir kommen nicht daran vorbei, diese Auflagen einzuhalten. Wenn wir dagegen verstoßen würden und es publik würde, müssten wir mit erheblichen finanziellen Sanktionen und einer öffentlichen Hetze rechnen.«

Dennoch ließ Peter es sich nicht nehmen, hin und wieder einen Vortrag zu halten – natürlich unmaskiert. Die weitaus meisten Bewohner ließen sich von der öffentlichen Panikmache nicht anstecken, so dass seine Vorträge gut besucht wurden. Obwohl sich nur eine Minderheit von ihnen impfen ließ, ist bis heute kein Fall einer Infektion mit dem Corona-Virus bekannt.

Peter und Ursula nahmen sich jetzt sehr viel Zeit, um die Bewohner des Heims in ihren Zimmern aufzusuchen und mit ihnen zu reden, damit sie nicht völlig vereinsamen. Selbstverständlich begrüßten sie die Leute mit Handschlag. Peter nahm diejenigen, die er noch aus seiner Zeit als Heimleiter gut kannte, sogar in den Arm, was diese sehr genossen.

Erfreulicherweise zelebrierten Frau Zöllner und Herr Piechkamp, der nach Konrad Liscos Emeritierung in die Havelsdorfer Gemeinde der Christengemeinschaft entsandt worden war, die Weihehandlung im Heim, ohne von den Mitfeiernden zu verlangen, eine Maske zu tragen. Obwohl sie dazu eigentlich verpflichtet gewesen wären, hätten sie es mit ihrer Vorstellung von einem würdigen Gottesdienst nicht vereinbaren können. Herr Gertz akzeptierte es stillschweigend.

In der jüngsten Zeit entsetzt es die Bröskes immer mehr, wenn sie gewisse Folgen der Corona-Maßnahmen im öffentlichen Leben wahrnehmen. So erlebten sie oftmals, dass sich die Leute unterwegs regelrecht aus dem Weg gingen und manchmal sogar die Straßenseite wechselten, um ja keinem zu nahe zu kommen. Schließlich könnte dieser ja infiziert sein.

Ursula bestellte für Peter, Lisa und sich je zwei T-Shirts mit der unübersehbaren Aufschrift »Umarmbar« auf der Brust. Diese ziehen sie jetzt meistens an, wenn sie irgendwohin gehen. Diese Aufforderung ist für die Leute, denen sie begegnen, nicht zu übersehen.

Viele schauen sie an, wie wenn sie es mit den größten Spinnern aller Zeiten zu tun hätten, manche zeigen ihnen einen Vogel. Einige wenige jedoch lächeln und nehmen das Angebot tatsächlich an...

Was den Dreien auch sehr sauer aufstößt, ist, wenn sie irgendwo eine aus ihrer Sicht unsinnige Parole, die im Zusammenhang mit der Corona-Pandemie steht, sehen oder hören müssen. Losungen wie »Abstand ist der neue Anstand«, »Auf geht's: Ärmel hochkrempeln und impfen lassen« oder »Schlag' dem Tod ein Schnippchen – Lass dich impfen!« bringen insbesondere Peter auf die Palme. Auch in der Ortschaft fällt sein Blick immer öfter auf Plakate oder Aushänge mit diesen und ähnlichen Parolen.

Hin und wieder nimmt er sich die Freiheit, solche Plakate zu entfernen.

Bei einer seiner Aktionen wurde Peter Bröske von einem etwa 13-jährigen Jungen beobachtet. Dieser kam auf ihn zu und meinte: »Sind Sie nicht schon zu alt für solche Streiche?!« Peter entgegnete: »Merke dir fürs Leben, junger Freund: Man ist nie zu alt, um etwas zu tun, was man für richtig und notwendig hält!«

# Die zweite andere Entscheidung (1968)

Im Jahre 1968 stand Peter Bröske im Alter von neunzehn Jahren vor einer zweiten wichtigen Entscheidung in seinem noch jungen Leben. Kurz nachdem er das Abitur bestanden hatte, stand der 18-monatige Wehrdienst bei der Bundeswehr ins Haus. Sollte er entgegen seiner pazifistischen Einstellung sich zum Kriegsdienst an der Waffe ausbilden lassen oder sollte er einen Antrag auf Wehrdienstverweigerung stellen?

Zum Unwillen seines Vaters stellte er diesen Antrag, der schließlich auch positiv beschieden wurde. Statt des Wehrdienstes leistete Peter Zivildienst in einem Krankenhaus, bevor er sich zur Priesterausbildung anmeldete.

Wie wäre sein weiteres Leben verlaufen, wenn er den Antrag nicht gestellt und stattdessen den Wehrdienst abgeleistet hätte? Wie hätte sich das weitere Schicksal der Menschen aus seinem Lebensumfeld gestaltet?

Peter hatte wenig Hoffnung, dass ein Antrag auf Wehrdienstverweigerung anerkannt werden würde. Wenngleich ihm vor dem Dienst bei der Bundeswehr graute und sein Alptraum ihn noch beschäftigte, entschloss er sich, die 18 Monate über sich ergehen zu lassen und das Beste daraus zu machen.

Ende des Jahres 1968 wurde Peter zum Wehrdienst nach Norddeutschland eingezogen. Die Kaserne lag in der Nähe von Hamburg.

Vom ersten Tag an empfand er die Ausbildung als die Hölle auf Erden. Der Drill sowie der Ton, der auf dem Kasernengelände herrschte, entsetzten ihn. Als besonders fürchterlich und geradezu menschenverachtend empfand er die Ausbildung an der Waffe.

Auch mit den elf Kameraden, mit denen er sich eine Stube teilte, kam er nicht zurecht. Die meisten schütteten sich Abend für Abend voll und hatten nur ein Thema: Weiber. Auch die Art, wie sie miteinander kommunizierten, stieß ihn ab. Nur mit einem Kameraden freundete er sich ein wenig an. Dieser fand das Soldatsein ebenso schrecklich wie Peter. Außerdem litt er sehr darunter, dass er jetzt nur alle paar Wochen bei seiner Frau und seinem einjährigen Sohn sein konnte. Peter setzte alles daran, ihm immer wieder Mut zu machen und ihn zu trösten, obwohl er eigentlich selbst des Trostes bedurft hätte.

In regelmäßiger Korrespondenz mit Vikar Hoffs schrieb er sich seinen Frust von der Seele. Auch mit seiner platonischen Freundin Ursula Jansen pflegte er einen regen Briefverkehr.

Immer wieder tröstete sich Peter selbst damit, dass er sich sagte: »Ein zukünftiger Priester sollte auch einmal die Niederungen der menschlichen Zivilisation erlebt haben.«

Im Frühling des nächsten Jahres musste Peter mit seiner Kompanie zu einem Manöver auf einem Truppenübungsplatz in der Nähe von Aschaffenburg antreten. Zehn Tage lang sollte quasi Krieg gespielt werden.

Am neunten Tag, also einen Tag vor dem geplanten Ende des Manövers, blieb der militärische Lastkraftwagen, mit dem Peter und einige Kameraden die Truppe mit Nachschub versorgen wollten, auf einem steilen Weg im Morast stecken. Mit vereinten Kräften versuchten die Soldaten, den Wagen freizulegen. Dabei kippte das Gefährt um und begrub Peter unter sich.

Mit schwersten Verletzungen wurde er mit einem Hubschrauber ins nächste Krankenhaus geflogen, wo er wenige Stunden später verstarb.

Vier Tage danach wurde seine sterbliche Hülle mit militärischen Ehren auf dem Friedhof in seiner Heimatstadt beigesetzt. Die Zeremonie führte natürlich Vikar Hoffs durch, der Peter in seiner Trauerrede mit den Worten würdigte: »Peter Bröske war ein äußerst liebenswerter und hochanständiger junger Mann sowie ein vorzüglicher Katholik. In seinem Amt als Oberministrant hat er mich auf vielen Ebenen unterstützt und vieles für die Gemeinde und die jüngeren Ministranten geleistet. Es war sein großer Wunsch, Theologie zu studieren und Priester zu werden, um dann sein Leben ganz in den Dienst Gottes zu stellen. Wir alle sind unendlich traurig, dass Peter auf so tragische Art sein Leben verloren hat. Ich bin nicht nur traurig, sondern auch wütend! Wie konnte Gott nur zulassen, dass sein treuer Diener schon in so jungem Alter und auf so grausame Art ums Leben kam! – Herr, unser Gott, gib seiner Seele den ewigen Frieden und lass dein Licht leuchten über ihn – Amen.«

Selbstverständlich war auch Ursula Jansen bei Peters Beerdigung zugegen. Sowohl sie als auch Peters Eltern und Schwester Marlies konnten nicht fassen, was geschehen war. Sie waren immer noch wie paralysiert.

Peters Mutter, die schon seit längerem zu depressiven Stimmungen neigte, fiel anschließend in eine abgrundtiefe Depression. Den Tod ihres geliebten Sohnes hatte sie nicht verkraftet. Als ihr Mann und Marlies erkannten, dass sie dringend ärztlicher Hilfe bedurfte, war es schon zu spät. Sie fanden Frau Bröske eines Morgens tot in der Badewanne liegend. Sie hatte sich in der Nacht beide Pulsadern aufgeschnitten.

Marlies Bröske wurde einige Jahre später krank. Es war eine seltene Krankheit, deren Ursache die Ärzte nicht finden konnten, und durch die ihr Immunsystem mehr und mehr geschwächt wurde. Später wurde sie zu einem Pflegefall. Ihr Vater, Herr Bröske, fühlte sich mit der Pflege seiner Tochter überfordert, so dass er keinen anderen Ausweg sah, als sie schweren Herzens in ein Pflegeheim zu bringen. Dort starb Marlies im Jahre 1980. Ihr Vater starb 1996.

Wie ging es mit Ursula Jansen weiter?

Peters schrecklicher Tod stürzte sie in ein extrem tiefes Loch. Natürlich war ihr klar, dass Peter Priester werden wollte und dass sie daher nie ein gemeinsames Leben mit ihm hätte führen können. Aber zumindest hätten sie sich regelmäßig schreiben können und gewiss hätte sie ihn auch hin und wieder einmal zu Gesicht bekommen, was ihr vielleicht schon gereicht hätte. Aber jetzt war er einfach nicht mehr da! Nur mit Mühe gelang es ihr, ihre Ausbildung zur Arzthelferin, die sie erst kürzlich begonnen hatte, fortzusetzen und zwei Jahre später abzuschließen.

Auch nach Jahren musste sie immer noch an Peter, den sie so sehr liebte, denken. An eine Beziehung mit einem anderen Mann verschwendete sie lange Zeit keinen Gedanken.

Erst zwölf Jahre später schloss sie im Alter von 32 Jahren die Ehe mit einem Grundschullehrer. Diese Verbindung basierte aber eher auf Vernunfts- und Nützlichkeitserwägungen als auf großer Liebe. Sie wollte einfach nicht für den Rest ihres Lebens allein bleiben. Aus dieser Ehe ging zwei Jahre später ein Sohn hervor.

Ursulas Sohn studierte später Meeresbiologie in den USA. Seitdem hat er es sich zur Aufgabe gemacht, seinen Beitrag zur Rettung der Weltmeere zu leisten. Trotz seiner heute gerade einmal 40 Jahre hat er sich auf diesem Gebiet bereits einen großen Ruf erworben. Mit Vorträgen, Dokumentationen, Fernsehinterviews und Büchern versucht er die Menschen für diese wichtige Thematik zu sensibilisieren.

Ursula lebt heute mit ihrem Mann in Düsseldorf. Sie ist sehr stolz auf ihren Sohn, aber wirklich glücklich ist sie nicht. Peter konnte sie nie vergessen. Sie trägt ihn immer noch in ihrem Herzen...

## Die erste andere Entscheidung (1963)

Als Peter knapp fünfzehn Jahre alt war, musste er im Jahre 1963 eine erste wegweisende Entscheidung fällen. Sollte er trotz der kaum erträglichen Situation auf dem Gymnasium bleiben, wo er weiterhin mit der völlig ungerechten und herablassenden Behandlung seines Lehrers, Oberstudienrat Linneborn, rechnen musste, oder sollte er die Schule wechseln und das humanistische Gymnasium besuchen? Sein Vater überließ *ihm* die Entscheidung.

Peter bat seinen Vater, ihn auf dem humanistischen Gymnasium anzumelden.

Wie wäre Peters weiteres Leben verlaufen, wenn er nicht die Schule gewechselt hätte? Auf welchem Wege wäre er dann Ursula Jansen begegnet? Wäre Peter dann auch zur Anthroposophie geführt worden? Welchen Einfluss hätte diese Entscheidung auf das Leben der Menschen aus seinem Schicksalskreis gehabt?

Trotz einiger Bedenken entschied sich Peter, auf der alten Schule zu bleiben und sich mit der Situation zu arrangieren. Auch wenn sein Vater ihm die Entscheidung überlassen hatte, begrüßte Herr Bröske diese.

Die Zeit in der Untertertia neigte sich dem Ende entgegen. Obwohl Peter sehr viel Fleiß an den Tag legte, gelang es ihm nicht, in den von Oberstudienrat Linneborn unterrichteten Fächern ausreichende Noten zu erzielen.

So kam es, wie es kommen musste: Peter erreichte das Klassenziel nicht. Er blieb sitzen und musste die Klasse wiederholen. Er drehte also eine ›Ehrenrunde‹, wie man damals sagte. Das Erfreuliche aber war, dass Peters neue Klasse andere Lehrer hatte. Insbesondere blieb ihm jetzt der fürchterliche Herr Linneborn erspart. Bei dem neuen Mathematik- und Physiklehrer machte ihm das Lernen wieder Spaß, und er kam gut mit. In den folgenden Jahren erzielte er in nahezu allen Fächern gute Noten, so wie er das aus der Zeit, bevor Herr Linneborn auf der Bildfläche erschien, gewohnt war.

An einem Dezembernachmittag im Jahre 1965 saß Peter in seinem Zimmer und arbeitete ein Referat aus, das er am übernächsten Tag im Fach Geschichte halten sollte. Dazu hätte ihm, wie er jetzt feststellte, noch ein Buch nützen können, das es in der Schulbibliothek gab. Dieses wollte er sich am nächsten Tag ausleihen.

Doch dann dachte er: »Da ich *heute* Lust und Zeit habe, an dem Referat zu arbeiten, wäre es gut, wenn ich es schon jetzt zur Verfügung hätte.« So machte er sich auf den Weg zur Schule. Freilich war die Schule schon geschlossen, aber Peter hatte einen sehr guten Draht zum Hausmeister, dessen Tochter mit Peters Schwester Marlies befreundet war. Herr Buchhaupt hatte Peter schon einige Male unter der Hand außerhalb der Schulöffnungszeiten in die Bibliothek gelassen.

Um zur Wohnung des Hausmeisters zu gelangen, musste Peter über den Schulhof gehen. Dort sah er in der Nähe der Schulpforte einen älteren Herrn regungslos am Boden liegen. Da es schon ziemlich dunkel war, brauchte er ein paar Sekunden, um zu erkennen, dass es Oberstudienrat Linneborn war. Dieser hatte noch etwas länger in der Schule zu tun und wollte sich gerade auf den Heimweg begeben, als er aus heiterem Himmel einen Herzinfarkt erlitt.

Peter raste zur Hausmeisterwohnung und schrie: »Herr Buchhaupt, rufen Sie schnellstens den Rettungsdienst! Oberstudienrat Linneborn liegt auf dem Hof! Ich glaube, er lebt noch!«

Innerhalb weniger Minuten war ein Notarzt zur Stelle, der Herrn Linneborn, der schon klinisch tot war, wiederbeleben konnte. Hätte Peter ihn nicht oder erst ein paar Minuten später entdeckt, wäre er gestorben!

Herr Linneborn war dem Tod noch einmal von der Schippe gesprungen. Es spricht für Peters Charakter, dass er seinen ehemaligen ungeliebten Lehrer im Krankenhaus besuchte. Herr Linneborn bedankte sich sogar bei seinem Lebensretter.

Nach seiner Genesung ließ er sich vorzeitig in den Ruhestand versetzen.

Ende des Jahres 1965 kam ein neuer Schüler in Peters Klasse. Er hieß Ulrich Herschberg. Sein Vater war seit Jahren als kaufmännischer Angestellter in einer Niederlassung eines großen Konzerns in Bielefeld beschäftigt. Da ihm von der Essener Filiale ein lukratives Angebot unterbreitet wurde, zog die Famile nach Essen.

Peter und Ulrich freundeten sich schnell an. Peter hatte zu fast allen seiner Mitschüler ein gutes Verhältnis, aber das zu Ulrich sollte ein besonders inniges werden. Die beiden verbrachten von nun an viel Zeit miteinander. Fast in jeder freien Minute waren sie beisammen.

Ulrich war ein äußerst kluger Bursche, der an vielem reges Interesse zeigte, nur nicht an dem, was in der Schule gelehrt wurde. Er empfand den Lehrstoff als langweilig und nicht sonderlich hilfreich für das spätere Leben. Die meisten Unterrichtsstunden verschlief er regelrecht. Er besuchte im Grunde nur deshalb ein Gymnasium, weil seine Eltern darauf bestanden. In den Klassenarbeiten ließ Peter ihn immer abschreiben. Die beiden entwickelten im Laufe der Zeit eine so ausgefeilte Methode, dass die Lehrer ihr Mogeln nie bemerkten. Ohne Peters Hilfe hätte Ulrich niemals das Klassenziel erreichen können.

Ulrichs Interesse galt in erster Linie der Philosophie und der Astronomie. Seit einiger Zeit las er auch etliche esoterische Bücher. Diese Themen faszinierten ihn ungleich mehr als alles, was in der Schule vermittelt wurde und bei ihm links rein und rechts wieder rausging. Oftmals erzählte er Peter von dem, was er durch diese Bücher aufgenommen hatte. Peter konnte sich für diese Thematik aber nur bedingt erwärmen. Etwas mehr konnte er sich allerdings erwärmen, wenn Ulrich ihm immer wieder einmal erzählte, dass er in der Lage sei, unsichtbare Wesen an den Pflanzen wahrzunehmen. Er konnte aber weder sagen, um welche Wesen es sich handelte, noch konnte er verständlich beschreiben, wie sie genau ausschauten. Peter war sich manchmal nicht ganz sicher, ob sein Freund diese Wahrnehmungen wirklich hatte oder ob er ihn auf den Arm nehmen wollte.

Als die beiden wieder einmal zusammenhockten, meinte Ulrich: »Es fällt mir schwer nachzuvollziehen, dass du regelmäßig in die Kirche gehst und sogar manchmal ministrierst! Was bringt dir das?« »So ganz genau kann ich dir das gar nicht beantworten. Ich finde den Kultus in der Heiligen Messe sehr schön, und das Ministrieren hat mir lange Zeit Freude bereitet. Auch jetzt mache ich es hin und wieder noch ganz gerne. Du bist doch auch katholisch. Gehst du nie in die Kirche?«

»Ich kann nicht viel mit der Kirche anfangen. Zum einen fehlt mir in den Gottesdiensten die spirituelle Substanz, zum anderen hat das konfessionelle Christentum keine Antworten auf die Fragen, die mich wirklich bewegen.«

»Welche Fragen meinst du?«, wollte Peter wissen.

»Da gibt es etliche, zum Beispiel alles, was das Leben des Menschen nach dem Tod betrifft. Das, was die Kirchen darüber zu sagen haben, ist doch mehr als dürftig. Das kann doch den Menschen keine Orientierung geben. Oder nimm die Reinkarnation, die für mich eine Selbstverständlichkeit ist! Die katholische Kirche bezeichnet sie als Irrlehre. Dann bin ich der Auffassung, dass die Kirchen ein völlig falsches Menschenbild vermitteln. Sie sehen in dem Menschen zu sehr das armselige Geschöpf, das durch den Sündenfall aus geistigen Höhen vertrieben wurde, um eines fernen Tages durch eigenes Verhalten, aber insbesondere durch göttliche Gnade und womöglich sogar durch die Vermittlung der ›heiligen‹ Kirche wieder in diese Höhen aufgenommen werden zu können. Die Kirchenvertreter rechnen weder mit dem freien Willen des Menschen noch mit seinen Erkenntniskräften. Sie argumentieren, dass man alles, was geistig-seelischer Natur ist, niemals mit menschlichem Erkenntnisvermögen erfassen könne. Somit verweisen sie alles Göttlich-Geistige in den Bereich des Glaubens. Vielleicht wollen sie ihre Schäfchen auf der Kindheitsstufe halten. Über Kinder lässt sich bekanntlich leichter Macht ausüben. Die Evangelen sind übrigens auch nicht viel besser als die Katholen. Man kann meines Erachtens ein sehr guter Christ sein, ohne jemals eine Kirche von innen gesehen zu haben.«

Peter hatte sich diese Fragen noch nie gestellt und insbesondere den Begriff »Reinkarnation« zuvor nie gehört. Auch das, was Ulrich über das von den Kirchen vermittelte Menschenbild äußerte, konnte er nicht ganz nachvollziehen. Allerdings interessierten ihn diese Dinge auch nicht sonderlich, so dass er nicht weiter nachbohrte.

**W**enige Monate, nachdem Ulrich Herschberg und Peter Schulkameraden wurden, kam es zu einer scheinbar eher harmlosen Begebenheit, die sich allerdings später als durchaus schicksalsträchtig herausstellen sollte. Am Ende einer Sportstunde wurde – wie sehr häufig – noch ein wenig Handball gespielt. Auch wenn Peter viel lieber Fußball spielte, ließ er es auch hier nie an Interesse und Einsatz vermissen.

Ulrich gehörte der gegnerischen Mannschaft an. Als Peter gerade zu einem Sprungwurf ansetzte, wurde er von ihm, der ihn daran hindern wollte, ein Tor zu erzielen, leicht gerempelt, so dass Peter aus dem Gleichgewicht kam und unglücklich auf seine linke Schulter stürzte. Er zog sich einen komplizierten Schulterbruch zu.

Erst nach einigen Monaten konnte er seinen Arm wieder halbwegs normal und weitgehend schmerzfrei bewegen. Allerdings ist die Bewegungsfreiheit seines linken Armes dadurch bis heute etwas eingeschränkt.

Das Ganze tat der Freundschaft der beiden natürlich keinen Abbruch, zumal mit so etwas in einem kampfbetonten Mannschaftssport immer zu rechnen ist.

Gut eineinhalb Jahre, nachdem Ulrich in Peters Leben getreten war, nahm dessen Vater eine leitende Stelle in der Hamburger Zentrale seines Unternehmens an. Die beiden Freunde mussten sich verabschieden.

Da die Bröskes noch kein Telefon hatten, schrieben sie sich anfangs regelmäßig Briefe. Wie das meistens so ist, nahm diese Korrespondenz im Laufe der Jahre mehr und mehr ab, bis sie schließlich ganz versiegte. Die beiden verloren sich aus den Augen. Dennoch musste Peter noch häufig an seinen Freund denken – nicht nur, wenn ihn seine Schulter wieder einmal schmerzte...

Als Peter im Jahre 1967 in die Oberprima, die letzte Klasse des Gymnasiums, versetzt wurde, meinte sein Vater eines Tages: »Jetzt ist es nur noch ein knappes Jahr, bis du mit der Schule fertig bist. Hast du dir schon Gedanken darüber gemacht, was du studieren möchtest?«

»Ja, natürlich! Ich habe viele Ideen. Es gibt vieles, was mich interessiert. Daher ist es nicht leicht, mich für ein Gebiet zu entscheiden. Also, einen ausgereiften Plan habe ich noch nicht.«

»Wenn ich dir einen Rat geben darf, mein Junge, studiere etwas Technisches, das ist groß im Kommen. Ich nehme an, du weißt, was ein Computer ist. Diese Dinger sind heute noch behäbige, monströse Apparate. Aber wie mir ein Skatbruder, der in der Entwicklungsabteilung eines großen Computerherstellers arbeitet, kürzlich erzählte, wird die Technologie rasant fortschreiten. Die Computer werden immer kleiner, schneller und leistungsfähiger werden. In spätestens zehn Jahren wird kein Unternehmen mehr ohne sie auskommen. Möglicherweise werden sie im nächsten Jahrhundert sogar Einzug in die Wohnstuben vieler Menschen halten. Dann werden sie dort ebenso selbstverständlich sein, wie es heute Fernseher, Radios und Telefone sind. Auch wenn man sich das heute noch nicht vorzustellen vermag, wird das die Zukunft sein. Dann werden Tausende von Fachleuten gesucht, die die Dinger bauen und programmieren. Es gibt heute schon einige Universitäten, an denen man Elektronische Datenverarbeitung bzw. Computer-Technologie studieren kann. Also, wenn ich an deiner Stelle wäre, würde ich auf den Zug aufspringen.« Das, was Herr Bröske prognostizierte, war für die damalige Zeit geradezu prophetisch.

Peter entgegnete: »Nein Vater, das ist nichts für mich! Ich will nicht mit toten Maschinen, sondern mit lebenden *Menschen* zu tun haben. Für mich kommt nur ein Beruf in Frage, in dem ich etwas leisten kann, was anderen Menschen hilft. Noch weiß ich allerdings nicht genau, welcher Beruf das sein wird. Somit kann ich heute auch noch nicht sagen, ob bzw. was ich studieren möchte.«

Im Jahre 1968 legte Peter Bröske seine Abiturprüfungen mit Bravour ab. Da seine Schulter ihm auch nach zwei Jahren immer noch Probleme bereitete und keine völlig uneingeschränkte Bewegungsfreiheit seines linken Armes zuließ, wurde er bei der Musterung als wehruntauglich eingestuft und nicht zum Wehrdienst eingezogen. Er war darüber heilfroh, weil er sich als friedliebender und pazifistisch gesinnter Mann nicht hätte vorstellen können, an einer Waffe ausgebildet zu werden und womöglich sogar einmal in den Krieg ziehen zu müssen. Innerlich dankte er seinem Freund Ulrich, der seinerzeit für die Verletzung verantwortlich war.

Jetzt konnte Peter also umgehend mit einem Studium oder einer Berufsausbildung starten. Allerdings wusste er immer noch nicht so recht, was er machen sollte. Das Einzige, was für ihn feststand, war, dass er später einmal einen Beruf ergreifen wollte, in dem er mit Menschen zu tun hat, für die er etwas Nützliches leisten kann. Aber er konnte sich sehr zum Unwillen seines Vaters einfach nicht entscheiden.

In den letzten Monaten hatte Peter des Öfteren einen Gottesdienst in der evangelischen Kirche besucht. Auch wenn ihm dort das Kultische, was er in der katholischen Messe so sehr schätzte, völlig fehlte, fand er die Gottesdienste und insbesondere die langen und ausführlichen Predigten sehr ansprechend. Ihm gefiel, dass man sich hier nicht dauernd hinknien musste, sondern fast die ganze Zeit über bequem sitzen durfte.

So kam ihm schließlich ein halbes Jahr nach dem Gespräch mit seinem Vater die Idee, eventuell evangelischer Seelsorger oder Religionslehrer zu werden. »In beiden Berufen geht es vorwiegend um Menschen, für die ich etwas Sinnvolles tun kann«, dachte er.

Er immatrikulierte sich an der Universität Bochum und studierte die Fächer evangelische Theologie und Pädagogik. Zusätzlich besuchte er noch Vorlesungen in Geschichte. Als seine Mutter ihn einmal etwas verwundert fragte, warum er eigentlich als Katholik *evangelische* Theologie studiere, sagte er: »Nun, zum einen wird das, was über die Heilige Schrift gelehrt wird, nicht sehr viel anders sein, wenn es aus protestantischer Sicht beleuchtet wird. Außerdem möchte ich, falls ich später wirklich einmal Seelsorger werden sollte, auf keinen Fall katholischer Priester werden.«

Noch bevor er dazu kam, es zu begründen, fiel sein Vater ihm ins Wort: »Das ist eine gute Entscheidung! Wenn du schon unbedingt Pfaffe werden willst, so ist es in der Tat besser, wenn du zu den Protestanten gehst. Da bleibt dir wenigstens dieses unsinnige Zölibat erspart.«

Auch Peter, der bis dahin schon ein paar amouröse Erfahrungen mit Mädchen hatte, hätte sich nicht vorstellen können, niemals eine Frau lieben zu dürfen. Ein Leben in Ehelosigkeit, wie es die katholische Kirche von ihren Priestern verlangt, wäre für ihn keine Option gewesen.

»Nach ein paar Semestern werde ich sehen, ob ein Seelsorger-Beruf für mich das Richtige ist. Dann werde ich zum evangelischen Glauben konvertieren und Pfarrer werden. Ansonsten werde ich mich wohl als Religions- und Geschichtslehrer nützlich machen«, nahm sich Peter vor.

Doch das Studium bereitete ihm keine Freude. Insbesondere dasjenige, was er in den Theologie-Vorlesungen und -Seminaren hörte, langweilte ihn. Alles, was die Professoren aufgrund ihrer einseitigen und uninspirierten Auslegung der Bibel lehrten, empfand er als äußerst trocken und dürftig. Er ahnte, dass in den Evangelien viel mehr stecken müsse als eine Erzählung rein historischer Tatsachen. Er vermisste die *geistige* Interpretation der Heiligen Schrift. Manchmal erinnerte er sich jetzt an die Worte seines Schulfreundes Ulrich, der die Meinung vertrat, dass die Kirchen und Theologen keine Antworten auf die wirklich wichtigen Fragen haben. Oft dachte er: »Wenn ich später das, was ich hier lerne, meiner Gemeinde oder meinen Schülern vermittele, wird mir gewiss keiner zuhören. So kann man keinen Menschen für Religion begeistern.« Peter quälte sich durch die ersten Semester. Einmal kam ihm ein Ausspruch Martin Luthers in den Sinn: *»Die Medizin macht die Menschen krank, die Mathematik macht sie traurig, die Theologie macht sie sündhaft.«* »Ich finde eher, dass es die *Theologie* ist, welche die Menschen traurig macht«, dachte er.

Da sein Vater ihn finanziell nur wenig unterstützen konnte, suchte er sich in den Semesterferien einen Job, um Geld zu verdienen. Von einem Kommilitonen hörte er, dass bei der Post häufig Leute als Aushilfspostboten gesucht und dass diese Jobs recht gut bezahlt werden. In der Tat bekamen die Aushilfsbriefträger etwa 1.100 DM im Monat. Das war mehr, als beispielsweise viele junge kaufmännische Angestellte in dieser Zeit verdienten.

Peter fragte bei einigen Postämtern an, ob eine Stelle frei sei. Schließlich bekam er eine beim Hauptpostamt in Gelsenkirchen.

Nachdem er eine Woche lang einen erfahrenen Briefträger Tag für Tag begleitet hatte und auf diese Weise von ihm angelernt wurde, bekam er ein eigenes Revier, das heißt ein paar Straßen, in denen er von nun an die Post austeilen musste.

Die Arbeit machte ihm durchaus Spaß, zumal er jetzt viel mit Menschen zusammenkam. Dereinst war es noch der Normalfall, dass Renten, Arbeitslosengeld und Sozialhilfebezüge am Monatsende vom Postboten in bar ausgezahlt wurden. Oftmals hatte Peter an den letzten zwei, drei Tagen eines Monats, wenn die Zahlungen fällig waren, mehr als 50.000 DM in seiner Geldtasche. Viele Empfänger, denen er das Geld aushändigte, bedachten ihn mit einem – zum Teil großzügigen – Trinkgeld. Sein monatliches Trinkgeld war meistens fast genau so hoch wie sein Gehalt. Den größten Teil des Lohnes legte er auf die hohe Kante.

Peter war bei den Menschen, denen er die Post und das Geld brachte, sehr beliebt. Oftmals hielt er mit ihnen ein Schwätzchen oder erwies ihnen kleinere Gefälligkeiten. So trug er etwa einigen älteren Menschen die Kohleneimer aus dem Keller bis in ihre Wohnung. Er machte das stets sehr gerne, wenngleich er dadurch häufig erst recht spät Feierabend hatte.

Manchmal dachte er:»Postbote ist doch ein sehr schöner Beruf. Man ist viel an der frischen Luft und kommt mit Menschen zusammen. Wieso sollte ich eigentlich studieren?«

So brach er dann auch nach vier Semestern sein Studium, das ihn ohnehin recht frustriert hatte, ab und arbeitete ein ganzes Jahr lang als Briefträger, was sein Vater gar nicht verstehen konnte.

Mittlerweile hatte Peter so viel Geld angespart, dass er sich einen fast neuwertigen VW-Käfer kaufen konnte. Jetzt konnte er mit seiner Mutter regelmäßig zum Einkaufen fahren, so dass sie nicht mehr die Einkaufstaschen schleppen musste. Auch fuhr er an den Wochenenden oftmals mit seinen Eltern oder mit seiner Schwester – manchmal auch mit Freunden – ins Grüne.

Peter war durchaus bewusst, dass ihn der Job als Postbote auf Dauer nicht befriedigen würde, zumal er unbedingt auch etwas für seine grauen Zellen tun wollte.

So entschied er sich schließlich, Arzt zu werden und schrieb sich an der medizinischen Fakultät der Ruhr-Universität Bochum ein. Für Medizin gab es schon damals einen sogenannten ›Numerus clausus‹, also eine Zulassungsbeschränkung. Da er aber ein so glänzendes Abiturzeugnis vorweisen konnte, bekam er umgehend einen Studienplatz.

Mit großem Eifer besuchte er die Vorlesungen, Seminare und Praktika.

Doch schon nach einigen Semestern hatte er einiges an der Art und Weise, wie die Studenten auf ihre spätere Tätigkeit als Mediziner vorbereitet wurden, auszusetzen. Ihn störte mehr und mehr, dass es hier gar nicht um den Menschen bzw. Patienten geht. In den Vorlesungen und Praktika zur Anatomie wurde ein sehr materialistisches Menschenbild vermittelt. Im Grunde wurde der Mensch wie eine lebendige Maschine betrachtet, die entweder funktioniert oder defekt ist. Als Peter erstmals im Rahmen einer Übungsstunde in der Pathologie beim Sezieren einer Leiche mitmachen musste, dachte er: »Der Mensch, dessen Leichnam hier auf dem Seziertisch liegt, war einmal eine lebendige Maschine; jetzt ist er eine tote Maschine – wie ein Computer.« Natürlich war das nicht etwa seine Meinung. Vielmehr persiflierte er damit das Menschenbild, das hier gelehrt wurde. Peters Interesse an seinem Medizinstudium schwand mehr und mehr. Mit Hängen und Würgen bestand er das Physikum.

Dann folgte der klinische Teil des Studiums. Jetzt musste er einige Praktika in der Universitätsklinik absolvieren. Die Art, wie die meisten Ärzte mit den Patienten umgingen, entsetzte ihn. Im Grunde ging es immer nur darum, sich kurz nach deren Befinden zu erkundigen und dann gegebenenfalls die Medikation zu verändern. Für ein persönliches Wort war selten Zeit. Darüber hinaus empfand er es als höchst befremdlich, dass etliche Ärzte sehr arrogant waren und sich für Halbgötter in Weiß zu halten schienen.

Jetzt reichte es ihm. Er brach sein Studium ab und arbeitete wieder als Postbote, bis ihm eine Idee für eine andere Ausbildung oder für ein anderes Studium kommen würde. Sein Vater war ob der Wankelmütigkeit seines Sohnes etwas ungehalten und empfahl ihm erneut, ein technisches Studium zu ergreifen. Doch das kam für Peter nach wie vor nicht in Betracht.


Peter war schon in jungen Jahren sehr tierlieb und recht interessiert an diesen Geschöpfen. Er liebte es, Zoologische Gärten zu besuchen und die Tiere zu beobachten. Er kannte fast alle Zoos in Nordrhein-Westfalen. Mittlerweile vertrat er aber die Meinung, dass es nicht artgerecht sei, Tiere einzusperren und in Zoos zu halten, so dass er schon lange keinen mehr aufgesucht hatte.

An einem schönen Frühlingssonntag im Jahre 1977 meinte seine Schwester Marlies beim Frühstück ganz beiläufig: »Meine Freundin war kürzlich im Allwetter-Zoo in Münster. Sie war ganz begeistert von diesem Tierpark. Nächste Woche will sie mit mir dorthin fahren. Ich freue mich schon sehr darauf.«

»Das ist einer der wenigen Zoos in der Umgebung von etwa 100 Kilometern, in dem ich noch nie war. Aber ich interessiere mich nicht mehr für Zoologische Gärten. Mir tun die eingesperrten Tiere immer so leid«, erwiderte Peter.

Im weiteren Verlauf des Vormittags überlegte er, wie er seinen freien Tag gestalten könnte. Er hatte keine rechte Idee. Dann stieg in seinem Inneren ganz unvermittelt der Gedanke auf: »Fahre doch nach Münster. Schau dir den Zoo mal an!«

Obwohl er es sich nicht recht erklären konnte, setzte er sich in sein Auto und machte sich auf den Weg.

Während er eine gute Stunde mehr lustlos durch die Anlagen schlenderte, bereute er seinen Entschluss, hierher gefahren zu sein. Bevor er sich wieder auf die Heimfahrt begeben wollte, ging er noch in das Zoo-Restaurant, um einen Kaffee zu trinken.

Dort fiel ihm gleich eine sehr attraktive junge Dame ins Auge, die etwa in seinem Alter war. Diese Dame mit ihren kastanienbraunen, gelockten Haaren und ihren rehbraunen Augen, die etwas traurig schauten, zog ihn ganz in ihren Bann. Da sie offensichtlich nicht in Begleitung war, nahm er seinen ganzen Mut zusammen und fragte sie, ob er sich zu ihr gesellen dürfe. Sie bot ihm einen Stuhl ihr gegenüber an.

Die beiden machten eine halbe Stunde lang Smalltalk. Schnell wurde deutlich, dass die Dame, die sich als Ursula Olschewski vorstellte, ganz in Peters Nähe aufgewachsen war. Obwohl beide sicher waren, sich noch nie über den Weg gelaufen zu sein, versuchten sie herauszufinden, ob man sich nicht doch irgendwo schon einmal begegnet sein könnte. »Sie kennen vielleicht das Büchergeschäft Jansen. Das gehörte meinem Vater. Er hat es vor zwei Jahren kurz vor seinem Tod verkauft«, sagte Frau Olschewski. Peter kannte diesen Buchladen sehr wohl. Oftmals hatte er dort ein Buch oder Schreibmaterial gekauft. Ursula hatte er in dem Laden aber nie wahrgenommen. Frau Olschewski, die auch sogleich eine tiefe

Sympathie zu Peter empfand, und Peter erzählten noch einiges aus ihrer Jugendzeit, die sie ja in unmittelbarer räumlicher Nähe verbracht hatten. So stellte sich heraus, dass auch Frau Olschewski in ihrer Jugend gern in die katholische Kirche gegangen ist und lange Zeit in Peters Nachbarpfarrei als Ministrantin und später als Oberministrantin gedient hatte. Auch schwärmte sie von einem tollen Vikar namens Bernhard Hoffs, der so viel mit den Ministranten unternommen habe. »Ja, das war eine tolle Zeit, die niemals wiederkommt«, sagte sie, um dieses Thema abzuschließen.

Schon nach einer knappen Stunde waren die beiden per Du.

Als Peter der hübschen Dame schon Avancen machen wollte, bemerkte er ein goldenes ›Fangeisen‹ – wie man Eheringe im Ruhrpott-Jargon nannte – an ihrem rechten Ringfinger. »Es ist immer das Gleiche! Die besten Frauen sind schon vergeben«, dachte er. »Du bist verheiratet?« »Ja, aber trotzdem habe ich die Lizenz, mit anderen Männern zu reden«, sagte Ursula lächelnd.

Vor dem Verabschieden tauschten die beiden ihre Adressen und Telefonnummern aus. »Mach's gut! Wir sehen oder hören uns«, sagte sie.

Peter konnte an diesem Abend nicht einschlafen. Ursula wollte ihm einfach nicht aus dem Kopf gehen. »Ich kann doch keine Beziehung zu einer verheirateten Frau eingehen! Das kann doch nicht gut gehen! Das hat doch keine Zukunft!«, sagte er sich immer wieder.

In den nächsten Tagen versuchte er, sich Ursula aus dem Kopf zu schlagen. Aber das war nicht so leicht, da er – wie er sich selbst eingestehen musste – bereits in sie verliebt war.

Am folgenden Samstag läutete Peters Telefon. Es war Ursula Olschewski: »Hallo Peter, hier ist Ursula. Ich hoffe, du erinnerst dich noch an mich. Ich würde dich gern wiedersehen. Wie wäre es morgen um 15 Uhr im Zoo-Restaurant?« Auch wenn Peter befürchtete, dass die Beziehung zu ihr kein gutes Ende nehmen würde, war er höchst erfreut und sagte zu.

Am nächsten Tag saß Peter schon in dem Restaurant am Tisch, als Ursula den Raum betrat. Sie schaute dieses Mal nicht ganz so traurig, ging zielstrebig auf ihn zu, umarmte ihn und gab ihm einen Kuss. Peter war ob der unerwartet herzlichen Begrüßung ebenso verdattert wie verzückt.

Schon nach wenigen Minuten packte Ursula aus: »Es ist natürlich richtig, dass ich verheiratet bin. Aber es ist alles andere als eine glückliche Ehe. Sie hat keine Zukunft. Ich habe bereits die Scheidung eingereicht.«

»Das tut mir sehr leid für dich. Was ist denn schiefgegangen?«, wollte Peter wissen.

»Ich will es kurz machen: Nach der Schule habe ich eine Ausbildung zur Arzthelferin in einer internistischen Praxis in Essen gemacht. Anschließend habe ich bei einem Internisten hier ganz in der Nähe angefangen. Der Arzt ist Dr. Wolfgang Olschewski, wenn du verstehst, was ich meine. Was dann folgte, bedient alle Klischees. Er fand mich sehr attraktiv, und ich junges Ding war stolz darauf, dass sich mein Chef für mich interessierte und dass ich Arztfrau werden könnte. Damals glaubte ich sogar, dass ich ihn liebte. Dann begannen wir ein Verhältnis. Im Jahr darauf haben wir geheiratet.«

»Wann und wodurch begann die Beziehung zu kippen?«
»Das fing schon recht schnell an. Wolfgang hat mich in gewissem Sinne als seinen Besitz betrachtet. Er hat mich behandelt, wie wenn ich ein wertvolles Spielzeug wäre. Er hat mir sogar verboten, weiterhin beruflich tätig zu sein. Ständig hält er mir vor, dass ich ihm auch nach fast drei Jahren noch kein Kind geschenkt habe. Außerdem nimmt er das mit der ehelichen Treue nicht so genau. Wie auch immer – mir hat es jetzt gereicht. Wir werden uns scheiden lassen. Erst war Wolfgang gegen eine Scheidung, weil er um seinen guten Ruf besorgt war. Mittlerweile ist er einverstanden. Wir werden uns wohl einvernehmlich trennen. Uns ist bewusst, dass unsere Ehe ein großes Missverständnis war. Wir schlafen schon seit Monaten getrennt. – Hätte ich dich nur früher kennengelernt!«

»Ja, das stimmt! Und es wäre gar nicht so unwahrscheinlich gewesen. In der Zeit, als du Ministrant warst, war ich es auch; allerdings leider in der Nachbarpfarrei. Die beiden Kirchen sind kaum drei Kilometer voneinander entfernt...«

Auf der einen Seite tat Ursula Peter leid, auf der anderen war er froh, dass sie dann bald für ihn frei sein könnte.

Recht schnell kam es zwischen den beiden zu einer innigen Liebesbeziehung. Allerdings vermied Ursula – von Umarmungen und Küssen abgesehen – Intimitäten. Als Peter sie einmal fragte, warum sie nicht mit ihm schlafen wolle, sagte sie: »Vielleicht bin ich ja ein bisschen altmodisch. Aber solange ich noch – wenn auch nur auf dem Papier – verheiratet bin, möchte ich keine sexuelle Beziehung zu einem anderen Mann eingehen. Sobald ich geschieden bin, werden wir das alles nachholen.«

Ein halbes Jahr später wurde Ursula Olschewski geschieden. Sie nahm wieder ihren Mädchennamen Jansen an und zog zusammen mit Peter in das Haus ihrer Eltern in Essen, das seit deren Tod leer stand. Nun machte Peter seine Freundin auch mit seiner Familie bekannt. Insbesondere seine Mutter freute sich sehr, dass ihr Sohn eine so reizende Partnerin gefunden hatte.

Ursula wollte jetzt unbedingt wieder arbeiten. Sie nahm eine Halbtagsstellung bei einem Internisten in Gelsenkirchen an. Peter trug weiterhin die Post aus.

Ein paar Wochen nach der Scheidung fragte Peter: »Liebste Ursula, ich wünsche mir nichts sehnlicher, als mit dir die Ehe zu schließen. Willst du meine Frau werden?«

Ursula überlegte ein Weilchen, um die richtigen Worte zu finden: »Du weißt, ich liebe dich mehr als alles andere auf der Welt. Aber nach meiner krachend gescheiterten Ehe ist Heiraten für mich kein Thema mehr. Vielleicht ist es eine Form von Aberglauben. Das mag schon sein, aber ich will nicht noch einmal heiraten. Sei mir bitte nicht böse. – Außerdem würde kein katholischer Priester eine geschiedene Frau trauen. Wir können gewiss auch ohne Trauschein glücklich werden.«

Peter war ihr nicht böse, nur ein bisschen enttäuscht. »Du weißt aber schon, dass die meisten Leute ein Problem damit haben, wenn ein Paar in wilder Ehe lebt! Einige werden sogar mit Fingern auf uns zeigen.«

»Da magst du recht haben! Aber es sollte nicht unser Problem sein, wenn große Teile der Gesellschaft noch so antiquiert denken.«

Auch Peters Vater, der Ursula eigentlich sehr mochte, hatte daran zu knabbern, dass sein Sohn mit einer geschiedenen Frau in wilder Ehe lebte. Seine Mutter und seine Schwester waren da viel toleranter. Insbesondere fiel es Herrn Bröske schwer zu akzeptieren, dass sein begabter Sohn sein Geld mit Briefeaustragen verdiente.

So verging das erste gemeinsame Jahr des glücklichen Paares. Peter hätte gern ein Kind von Ursula bekommen. Dazu sagte sie einmal: »Kinder sind etwas Wunderbares! Auch ich könnte mir sehr gut vorstellen, Mutter zu werden. Aber so etwas sollte man nicht akribisch planen. Entweder es passiert – oder es passiert nicht! «

Und – es passierte nicht, was dem Glück der beiden aber keinen Abbruch tat.

Eines Morgens meinte Ursula: »Ich war schon ewig nicht mehr in dem Buchladen, der früher meinem Vater gehörte und in dem ich als Kind so oft herumgestöbert habe. Nur zu gerne würde ich da mal wieder hin. Was hältst du davon, mit mir dahin zu gehen?«

Peter war einverstanden.

Als die beiden den Laden betraten, war Ursula total enttäuscht: »Das schaut ja heute alles ganz anders aus als vor ein paar Jahren. Das Geschäft ist nicht mehr wiederzuerkennen. Da erinnert fast nichts mehr an früher. Den Besuch hätten wir uns schenken können.«

»Wenn wir schon einmal hier sind, lass uns wenigstens schauen, ob wir nicht vielleicht ein Buch finden, das uns interessiert«, schlug Peter vor.

In der Nähe des Eingangs stand ein Wühltisch, auf dem jede Menge Bücher und Hefte, die zum Teil schon etwas angestaubt waren, lagen. Peters Blick fiel sofort auf eine kleine, eher unscheinbare Broschüre mit dem Titel: »Rudolf Steiner – Anthroposophie«. Er konnte es sich selbst gar nicht richtig erklären, warum er diese Broschüre in die Hand nahm. Irgendetwas in ihm schien ihn geradezu aufzufordern, sie zu kaufen. »Weißt du, was Anthroposophie ist? Und sagt dir Rudolf Steiner etwas?«, fragte er Ursula.

»Den Begriff ›Anthroposophie‹ kenne ich nicht. Aber den Namen Rudolf Steiner habe ich irgendwo schon einmal gehört. Ach ja, genau! Steiner ist doch der Begründer der Waldorfschulen.«

»Wenn dieser Steiner nichts weiter gemacht hat, als eine neue Schulform zu schaffen, dann ist dieses Heftchen für mich nicht von Interesse«, meinte Peter.

Als Peter es wieder auf den Wühltisch legte, meinte Ursula: »Lass uns die Broschüre mitnehmen.«

Am Abend schmökerten die beiden in dem Büchlein. Peter musste schnell sein Vorurteil, Rudolf Steiner sei nichts weiter als ein Schulreformer gewesen, revidieren.

In den folgenden Monaten kauften sie ein paar Bücher Rudolf Steiners, die sie mit Feuereifer studierten.

Als Peter jetzt auf diesem Wege sehr viel über Reinkarnation, Karma und das, was ein Mensch nach seinem Tod in den geistigen Welten erlebt, erfuhr, erinnerte er sich wieder an seinen Schulfreund Ulrich, von dem er schon damals diese Begriffe gehört hatte. Seinerzeit sagte ihm das alles nichts und stieß auch nicht auf sein besonderes Interesse.

Jetzt aber öffnete sich für Ursula und ihn eine ganz neue Welt. Alles, was sie studierten, erweiterte ihren Horizont mehr und mehr.

Peters ganz besonderes Interesse weckten Steiners Darstellungen über das anthroposophische Menschenbild. Wie fundamental unterscheidet sich dieses von dem schauderhaften, das im Medizinstudium gelehrt wurde. Dass der Mensch viel mehr als eine lebendige emotionsbegabte Maschine ist, als welchen ihn die Professoren im Grunde darstellten, war ihm schon immer klar. Jetzt lernte er, dass jeder Mensch ein göttlich-geistiges Wesen ist, das aus Körper, Seele und Geist besteht, dem es geradezu vorbestimmt ist, durch einen unerdenklich langen Entwicklungsprozess, der sich über viele Erdenleben erstreckt, selbst ein schöpferisches, selbstbewusstes, freies Wesen werden zu können.

Beide stellten sich die berechtigte Frage, warum man in der Schule oder sonst wo nie etwas von diesem großen Geisteslehrer gehört habe.

Seit längerer Zeit besuchte Peter mal wieder einen Gottesdienst. Mit Ursula ging er in seine Heimatpfarrei, um die Heilige Messe mitzufeiern.

Anschließend sagte er zu ihr: »Also, ich weiß nicht, wie du es empfunden hast. Mir hat die Art, wie der neue Pfarrer die Messe zelebriert hat, ziemlich missfallen. Ich hatte den Eindruck, dass es für ihn nur eine Amtshandlung war. Wenn ich Priester wäre, würde ich vieles ganz anders machen und auch die eine oder andere Änderung am Vollzug des Messopfers vornehmen.« Ursula pflichtete ihm bei.

Von diesem Tag an gingen sie höchstens noch zu besonderen Anlässen in eine Kirche.

Im Jahre 1978 fuhren die beiden nach Münster und flanierten durch die Innenstadt. Plötzlich sah Peter einen Mann, der in einem Straßencafé saß. »Irgendwoher kenne ich den«, sagte er zu Ursula, »aber ich weiß nicht woher!« Doch dann fiel es ihm siedend heiß ein: Es war sein alter Schulfreund Ulrich Herrschberg, von dem er seit etwa zehn Jahren nichts mehr gehört und gesehen hatte.

Freudig ging er auf ihn zu und sagte: »Hallo Ulrich! Bist du es wirklich, du alter Knochenbrecher?!«

Ulrich erkannte Peter sofort und freute sich genauso über das unverhoffte Wiedersehen. Peter machte die beiden miteinander bekannt und stellte Ursula im Spaß als seine ›wilde Ehefrau‹ vor. Zu Ursula sagte er: »Ulrich ist ein alter Schulfreund von mir. Wir waren fast zwei Jahre dick befreundet, bis er weggezogen ist. Ihm verdanke ich übrigens, dass mir mein Schultergelenk immer noch hin und wieder Probleme bereitet.«

An Ulrich gerichtet sagte er: »Das mit dem ›verdanken‹ ist übrigens gar nicht einmal ironisch gemeint. Dadurch ist mir der Wehrdienst erspart geblieben.«

Die beiden setzten sich zu Ulrich an den Tisch. Als dieser erfuhr, dass Peter als Postbote arbeitet, meinte er: »Was? Ein Mann mit deinem intellektuellen Potential macht so einen Job!«

Zunächst erzählte Peter, wie es ihm in den letzten Jahren so ergangen ist, dass er immer noch keine berufliche Orientierung habe und wie das Schicksal ihn mit Ursula zusammengeführt hatte.

Dann berichtete Ulrich ausführlich, was das Leben ihm in den letzten zehn Jahren gebracht hatte: »Wie du weißt, war ich ein lausiger Schüler und konnte für den Lehrstoff kein Interesse aufbringen. Ohne deine Hilfe wäre ich damals niemals in die nächste Klasse versetzt worden. Als wir dann in Hamburg wohnten, habe ich dem Spuk schon bald ein Ende bereitet. Trotz aller Versuche meines Vaters, mich umzustimmen, habe ich das Gymnasium verlassen. Danach habe ich eine Ausbildung zum Krankenpfleger absolviert. Die Tätigkeit hat mir schon gefallen, aber die äußeren Umstände und Randbedingungen haben mich abgeschreckt. Insbesondere hat mir missfallen, dass weder die Ärzte noch die Pfleger und Schwestern genügend Zeit haben, um sich der Patienten anzunehmen, um ihnen ihre Fragen zu beantworten und ihre Ängste und Sorgen zu nehmen. Dann diese permanente Verabreichung der verschiedensten Pharmazeutika, deren Nebenwirkungen kaum zu überblicken sind. Nach der Ausbildung hat es mir gereicht.«

»Was hast du dann gemacht?«

»Dann habe ich die bis dahin beste Entscheidung meines Lebens getroffen!«

»Du hast eine Frau kennengelernt und sie geheiratet, oder?«

»Nein, nicht ganz! Ich habe eine dreijährige Ausbildung zum Heilpraktiker gemacht.«

Dann dozierte Ulrich noch eine ganze Zeit über die Philosophie des Heilpraktikerberufes und die vielen Vorteile gegenüber der Schulmedizin, über Homöopathie und etliche alternative Heilverfahren. Schließlich fügte er noch hinzu: »Selbst wenn ich Abitur gemacht hätte, wäre ein Medizinstudium für mich nie in Frage gekommen, da mich das Bild, das die Schulmedizin vom Menschen hat, schon in jüngeren Jahren abgestoßen hat. Man identifiziert den Menschen ganz mit seinem physischen Leib und betrachtet diesen als ein geist- und seelenloses Konglomerat chemischer Stoffe. Alle seelischen Eigenschaften eines Menschen, die ja nicht zu übersehen sind, führen sie auf *körperliche* Funktionen zurück.« Durch ihre Beschäftigung mit der Anthroposophie verstanden Peter und Ursula bestens, was er meinte.

Bevor man sich wieder verabschiedete, sagte Ulrich noch: »Ich habe übrigens seit fast drei Jahren eine eigene Praxis in Horstfeld. Ihr kennt den Ort vielleicht. Er liegt in der Nähe von Dülmen. In dem Haus, in dem die Praxis ist, wohne ich auch. Ich würde mich sehr freuen, wenn ihr mich einmal besuchen würdet. Ruft aber bitte vorher an, da mein Terminkalender randvoll ist.«

Drei Wochen später war es dann so weit. Nach vorheriger Anmeldung kamen Peter und Ursula an einem Sonntagmorgen bei Ulrich an.

Er führte sie gleich durch die Praxisräume. Neben der Anmeldung und dem Wartezimmer gab es drei große Behandlungsräume. Einer diente vorwiegend als Besprechungsraum, die beiden übrigen waren für die verschiedenen Therapieverfahren gedacht. Das erste, was den beiden auffiel, war die anheimelnde Atmosphäre, welche diese Räume ausstrahlten. Nirgends fand sich auch nur eine Spur von der Sterilität und Kälte, die in den meisten Arztpraxen herrscht.

»Das ist ja eine erstaunlich große Praxis. Hast du noch Mitarbeiter?«, fragte Peter.

»Nein, ich mache alles allein. Da ich die Termine entsprechend takte, benötige ich nicht einmal jemanden für die Anmeldung. Das Wartezimmer ist eigentlich überflüssig. Aber die Nachfrage nach meinen Diensten ist recht groß, so dass ich manchmal sogar neue Patienten abweisen muss, was mir immer äußerst schwer fällt. Also, früher oder später werde ich wohl noch einen Kollegen beschäftigen. Die Praxis ist ja groß genug.«

Das zweite, was Peter und Ursula ins Auge fiel, war ein großes Bild in dem Besprechungsraum, das Rudolf Steiner zeigte. »Befasst du dich etwa auch mit der Anthroposophie?«, wollte Peter wissen.

»Ja, schon lange! Ich hatte ja bereits in jungen Jahren die Fähigkeit, mehr zu sehen als das, was die üblichen Sinne offenbaren. Vielleicht erinnerst du dich noch daran, dass ich dir seinerzeit erzählt habe, dass ich an den Pflanzen Wesen wahrnehmen könne, die ich aber nicht zu erklären und benennen vermochte. Dank Rudolf Steiner weiß ich heute, dass es sich dabei um Elementarwesen bzw. Naturgeister handelt, die in der gesamten uns umgebenden Natur verzaubert sind und die wichtige Aufgaben zu erfüllen haben.«

»Bist du richtig hellsichtig?«, fragte Ursula.

»Na ja, zumindest bis zu einem gewissen Grad. Das, was ich hellsichtig wahrnehmen kann, sind lediglich die Naturgeister und die feinstofflichen Hüllen des Menschen. Die Fähigkeit, in die geistige Welt zu schauen, habe ich nicht.«

»Meinst du mit den feinstofflichen Hüllen den Ätherleib und den Astralleib?«, wollte Peter wissen.

»Ja genau! Als ich erstmals bei Steiner davon las, wusste ich, was das ist, was ich an anderen Menschen wahrnehmen konnte. Vorher dachte ich manchmal, dass mir mein Verstand oder meine Sinne etwas vorgaukeln würden.«

Dann bat Ulrich die beiden in seine Wohnung. Er brühte einen Tee auf und kredenzte ihn in seinem Wohnzimmer.

»Lebst du hier alleine?«, fragte Ursula.

»Ja, die Frau fürs Leben habe ich noch nicht gefunden. Allerdings würde mir mein Beruf auch kaum Zeit für eine Ehe lassen.« Dann fuhr er fort: »Habt ihr schon einmal etwas von der anthroposophisch orientierten Medizin gehört?«

Als beide den Kopf schüttelten, sagte er: »Rudolf Steiner hat insbesondere in den letzten Jahren vor seinem Tod unzählige Vorträge für Ärzte und Medizinstudenten gehalten. Das, was er da gegeben hat, führt zu einem radikal anderen Verständnis der Medizin. Auch hier muss man von dem anthroposophischen Menschenbild ausgehen. Ich beschäftige mich seit Jahren mit der anthroposophischen Medizin. Dadurch wurde sowohl mein diagnostisches als auch mein therapeutisches Wirken sehr bereichert.«

Zum Abschluss ihres Besuches ereiferten sich die Drei noch über die vielen Unzulänglichkeiten und Missstände in der Schulmedizin sowie im gesamten staatlichen Gesundheitswesen.

Der Besuch in Ulrichs Praxis und das Gespräch mit ihm hatte Peter sehr beeindruckt. »Ich könnte mir vorstellen, dass der Heilpraktiker-Beruf etwas für mich ist«, sagte Peter wenige Tage später.

»Ja, das hörte sich alles sehr interessant an. Besonders gut finde ich, dass ein Heilpraktiker nicht nur an den Symptomen der Patienten herumdoktert, sondern einen ganzheitlichen Ansatz verfolgt. Mach doch eine Ausbildung zum Heilpraktiker!«, meinte Ursula.

Nachdem Peter alles noch einmal überschlafen hatte, war ihm klar, dass das der Beruf sein könnte, der ihn wirklich erfüllt. Am gleichen Abend rief er seinen Freund an, teilte ihm seinen Entschluss mit und ließ sich ein paar Empfehlungen geben.

Ulrich freute sich über Peters Entscheidung und riet ihm die Ausbildung an der gleichen Heilpraktikerschule in Dortmund zu absolvieren, an der er vor Jahren auch war. Dann empfahl er ihm noch, sich gleichzeitig mit anthroposophischer Medizin zu befassen. Dazu gab er einige Literaturtipps.

Ein Vierteljahr später begann Peter Bröske mit seiner Ausbildung zum Heilpraktiker an der Schule in Dortmund. Das, was er hier lernte war so erfrischend anders und lebendiger als vieles, was er in seinem Medizinstudium gehört hatte. Insbesondere begeisterte er sich für die zahlreichen alternativen Heilverfahren, die hier gelehrt wurden, wie etwa Schröpfen, Blutegeltherapie, Bachblütentherapie, Aromatherapie und viele mehr. Von den meisten hatte er zuvor nie etwas gehört. Parallel dazu studierte er auf Empfehlung seines Freundes auch einige Bücher über anthroposophische Medizin, die in der Ausbildung nur gestreift wurde.

Peters Schwester Marlies ging es schon seit Monaten gesundheitlich nicht sehr gut. Immer öfters klagte sie über Müdigkeit, Appetitlosigkeit und zum Teil sehr sonderbare Symptome. Ihrer beruflichen Tätigkeit als Floristin konnte sie schon seit Wochen nicht mehr nachgehen.

Die Ärzte, die sie konsultierte, fanden keinen wirklichen Grund für ihre Krankheit. Die Medikamente, die sie ihr verordneten, brachten keinerlei Erfolg. Ein Arzt vertrat die Meinung, mit der er nicht hinter dem Berg hielt, dass es sich bei Marlies um eine seltene Form einer Autoimmunerkrankung handele, die nicht heilbar sei und sogar zum Tode führen könne.

Als Peter wieder einmal seine Eltern, bei denen Marlies immer noch wohnte, besuchte, sprach er mit seiner Schwester ausführlich über ihre Beschwerden. Dann sagte er: »Ich habe dir doch schon einmal erzählt, dass mein Freund Ulrich, der mich auf die Idee gebracht hat, eine Ausbildung zum Heilpraktiker zu machen, selbst ein sehr guter Heilpraktiker ist. Also, wenn die Ärzte nichts für dich tun können, kann ich dir nur empfehlen, ihn aufzusuchen. Auch wenn ich es nicht begründen kann, habe ich das Gefühl, dass *er* dir helfen kann.«

»Ach weißt du, ich bin es mittlerweile leid, einen Therapeuten zu konsultieren. Das war bisher alles nur frustrierend und hat absolut nichts gebracht. Wenn diese Krankheit mein Schicksal ist, so kann ich ohnehin nichts daran ändern«, entgegnete Marlies.

Peter ließ nicht locker: »Gewiss liegt diese Krankheit in deinem Schicksal. Aber Schicksal ist kein unabänderliches Fatum! Durch richtige Entscheidungen und angemessenes Verhalten kann man ihm eine andere Richtung geben.«

Damit ihr Bruder endlich Ruhe gab, willigte sie schließlich ein, Ulrich zu Rate zu ziehen.

Peter rief seinen Freund an und berichtete von Marlies' Situation. Ulrich gab ihr einen Termin in drei Wochen.

An diesem Tag fuhr Peter mit Marlies nach Horstfeld. Sie hatte nicht die geringste Hoffnung, dass ihr geholfen werden konnte und nahm den Termin nur widerwillig wahr.

Doch das sollte sich bereits wenige Augenblicke, nachdem Peter sie mit Ulrich bekannt gemacht hatte, ändern. Schon bei der Begrüßung fühlte sie eine große Sympathie zu ihm. Ulrich ging es nicht anders. Beide erinnerten sich daran, dass sie sich vor rund fünfzehn Jahren hin und wieder einmal kurz gesehen hatten, wenn Ulrich bei den Bröskes zu Gast war. Schon damals hatte Marlies ein wenig für ihn geschwärmt, was sie ihm aber nie gezeigt hatte.

Bei der ausführlichen Anamnese und den unterschiedlichsten Untersuchungen durfte Peter auf Wunsch seiner Schwester dabei sein.

Nach geraumer Zeit meinte Ulrich: »Ich denke, der Arzt, der bei dir eine Autoimmunerkrankung diagnostiziert hat, lag richtig. Diese ist möglicherweise in der Tat nicht heilbar, aber sie muss keineswegs zum Tode führen. Ich sehe durchaus Möglichkeiten, deine Symptome deutlich zu lindern. Es gibt da etliche Ansatzpunkte für eine Therapie.«

Peter fragte: »Hat diese Krankheit etwas mit Karma zu tun?«

»Freilich! Die meisten Krankheiten haben karmische Ursachen. Und es ist auch eine Frage des Karmas, ob es zu einer Heilung kommen kann.«

»Wie ist das zu verstehen?«, fragte Marlies, die nicht wirklich wusste, was mit dem Begriff ›Karma‹ gemeint war.

»Nun, das geistige Gesetz vom Karma ist so etwas wie ein großer Erzieher. Es hat nichts mit Strafe zu tun, und es ist auch nichts, was wir fürchten müssten. Vielmehr sollten wir der geistigen Welt dankbar sein, dass sie dieses Gesetz in die Welt gebracht hat.«

»Ja, aber was heißt das jetzt konkret für meinen Fall? Wovon hängt es genau ab, ob es zu einer Heilung kommen kann?«, unterbrach Marlies ihn.

»Die größte therapeutische Kunst hilft nichts, wenn der Patient durch eine Heilung in seiner seelisch-geistigen Entwicklung nicht vorwärtsschreiten kann. Denn dann hätte eine Heilung für ihn im höheren Sinne keinen Wert. Eine Krankheit ist ja – wie bereits gesagt – keine Strafe. Sie ereilt einen Menschen, um ihn zu fördern und ihn in seiner geistig-seelischen Entwicklung vollkommener zu machen. Zu einer Heilung wird es nur kommen, wenn sie ›Sinn‹ macht. Sinn macht sie nur, wenn der Geheilte durch die neuen Kräfte, die er sich durch die Krankheit und deren Überwindung errungen hat, in diesem Leben noch weiterkommen und zum eigenen Nutzen und dem anderer Menschen wirken kann.«

Peter verstand, was sein Freund sagte, Marlies hatte nur Fragezeichen auf der Stirn, was für Ulrich nicht zu übersehen war.

Er fuhr fort: »Liebe Marlies, ich habe schon eine Idee, welche Therapieform dir helfen wird. Wenn wir diese etwa zehn Mal durchführen und wenn du die homöopathischen Präparate, die ich dir verordnen werde, regelmäßig einnimmst, werden deine Beschwerden nach etwa einem halben Jahr deutlich geringer werden. Ob es dann aber wirklich zu einer *Heilung* kommt, hängt ganz wesentlich von *dir* ab.«

Marlies fasste schon nach diesen knapp zwei Stunden großes Vertrauen zu Ulrich. Allerdings verstand sie immer noch nicht, was genau sie selbst dazu beitragen musste, damit es zu einer Heilung führen könnte. So fragte sie nach: »Mir ist immer noch nicht klar, inwieweit das von mir abhängig ist. Was genau muss ich tun?«

»Nun, wie bereits angedeutet, musst du deinem Leben eine andere Richtung geben. Du musst in diesem etwas tun, was dich selbst im geistig-seelischen Sinne weiterbringt und was andere Menschen fördert. Was du da konkret tun kannst, musst du selbst wissen. Das unterliegt deinem freien Willen, in den kein Mensch eingreifen darf.«

Marlies, die sich bereits beim ersten Termin etwas in Ulrich, den sie früher schon mochte, verliebt hatte, fasste wieder Zuversicht.

In den folgenden Wochen und Monaten suchte sie ihn regelmäßig auf, um die von ihm vorgeschlagene Therapie in Anspruch zu nehmen. Auch die homöopathischen Mittel nahm sie regelmäßig ein. Ihre Beschwerden wurden immer geringer. Die meisten Symptome verschwanden. Nur noch selten verspürte sie Müdigkeit oder Appetitlosigkeit.

Marlies und Ulrich waren längst Freunde geworden, wollten sich aber noch nicht so recht eingestehen, dass sie sich liebten. An den Wochenenden verbrachten die beiden viel Zeit miteinander. Was Peter nie gelungen war, gelang Ulrich recht schnell: Er konnte Marlies' Interesse für die Anthroposophie entfachen. Immer häufiger studierte sie jetzt geisteswissenschaftliche Bücher und bewegte diese Themen mit Ulrich gemeinsam.

Im Jahre 1981 schloss Peter seine Heilpraktiker-Ausbildung mit Erfolg ab. Nun plante er, eine eigene Praxis zu eröffnen. Da ihm der Rat seines Freundes wichtig war, suchten Ursula und er ihn an einem Sonntagnachmittag auf.

Beide waren ganz überrascht, dass auch Marlies, die sie schon seit geraumer Zeit nicht mehr gesehen hatten, zugegen war und den Eindruck erweckte, hier zu Hause zu sein. Als sie Peters fragenden Blick wahrnahm, sagte sie lächelnd: »Ich bin vor zwei Wochen bei

Ulrich eingezogen. Wir wollen unser Leben gemeinsam verbringen.«

Ursula und Peter freuten sich für die beiden. »Gibt es sonst noch etwas Neues bei euch?«, wollte Peter wissen.

»Ja durchaus! Ich habe vor drei Monaten mit einer Ausbildung zur Erzieherin begonnen. Anschließend möchte ich in einem Waldorfkindergarten arbeiten«, sagte Marlies.

Ulrich ergänzte: »Peter, du erinnerst dich sicher, was ich Marlies damals bei der Erstuntersuchung geraten habe. Natürlich war ihr Beruf als Floristin auch sinnvoll. Auch als Floristin kann man anderen Menschen Freude bereiten. Aber ich denke, dass es ungleich sinnvoller und wertvoller ist, junge und jüngste Erdenbürger im geisteswissenschaftlichen Sinne zu erziehen. Ich habe ihr das nicht etwa geraten, es war vielmehr ihr eigener Entschluss. Ich bin ziemlich optimistisch, dass sie dadurch ihr Leben in eine Richtung gelenkt hat, die zu einer wirklichen Heilung ihrer Krankheit, an der sie übrigens schon länger nicht mehr zu leiden hat, führen kann.«

»Das freut mich ungemein«, sagte Peter, »nun möchte ich aber auf den eigentlichen Grund unseres Besuches zu sprechen kommen. Also, wie ihr wisst, habe ich meine Ausbildung abgeschlossen. Jetzt möchte ich natürlich als Heilpraktiker tätig werden. Vermutlich werde ich eine kleine Praxis eröffnen. Hast du, Ulrich, ein paar Tipps für mich, auf was ich achten und wie ich konkret vorgehen sollte?«

Ulrich musste nicht lange überlegen: »Wie du weißt, ist in weiten Teilen der Bevölkerung immer noch nicht angekommen, was ein Heilpraktiker ist und was er leisten kann. Hinzu kommt, dass uns viele für Quacksalber halten, weil uns die meisten Ärzte als solche diffamieren. Es ist heute nicht so einfach, mit einer eigenen Praxis Fuß zu fassen. Es wird vermutlich Jahre dauern, bis du hinreichend viele Patienten hast, um davon leben zu können. – Was hältst du davon, wenn du in meiner Praxis einsteigst? Wie ihr wisst, ist die Praxis groß genug, so dass wir parallel behandeln können. Außerdem ist die Nachfrage nach meinen Diensten schon seit Jahren derart groß, dass ich kaum noch neue Patienten annehmen kann.

Auch die Wartezeiten, die ich meinen Stammpatienten zumuten muss, sind recht lang. Ich würde es sehr begrüßen, wenn du als mein Kollege einsteigen würdest.«

Peter war sehr überrascht. Zwar hatte ihm Ulrich schon des Öfteren gesagt, dass er überlastet sei, aber auf die Idee, bei ihm einzusteigen, wäre er gar nicht gekommen. Er musste nicht lange überlegen. »Das ist ja ein toller Vorschlag! Ich nehme ihn dankend an.«

Peter und Ursula fanden sehr schnell ein Haus in der Nähe von Horstfeld. Sie verkauften ihr Haus in Essen und zogen in das neue Domizil.

Vom ersten Tage an ging der frisch gebackene Heilpraktiker seinen Aufgaben mit großem Engagement nach. Doch aller Anfang ist schwer! Die weitaus meisten Patienten kamen schon seit Jahren zu Herrn Herschberg, dem sie voll und ganz vertrauten. Diese waren nicht oder nur etwas widerwillig bereit, sich in die Hände eines anderen Therapeuten zu begeben.

So machte Peter in der Anfangszeit vorwiegend Hausbesuche, für die Ulrich nur selten Zeit fand. Ansonsten waren es fast ausschließlich neue Patienten, die Peter behandelte. Im Laufe der Jahre konnte er allerdings einen recht großen Patientenstamm gewinnen, der mit ihm und seinen Therapien sehr zufrieden war.

Ursula half an einigen Tagen in der Praxis aus. Da sie ja Arzthelferin war, durfte sie einige einfache therapeutische Maßnahmen durchführen. Insbesondere war sie für die Anmeldung zuständig.

Mitte der 1980er-Jahre wurde sie erstmals auf die Eurythmie, eine von Rudolf Steiner und seiner späteren Gattin Marie von Sivers entwickelte spezielle künstlerische Bewegungsform aufmerksam. Nachdem sie sich einige Zeit damit befasst hatte, machte sie eine mehrjährige Ausbildung zur Eurythmistin mit dem Schwerpunkt Heileurythmie.

Nach Abschluss der Ausbildung arbeitete sie als selbständige Heileurythmistin. Als solche behandelte sie auch viele Patienten von Peter und Ulrich mit.

In der Zwischenzeit hatten Ulrich und Marlies geheiratet. Ein halbes Jahr nach der Eheschließung wurde im Jahre 1985 ihr Sohn Thomas geboren. Marlies, die nach ihrer Ausbildung zur Erzieherin bereits zwei Jahre in einem Waldorfkindergarten arbeitete, musste ihre Tätigkeit nun für einige Jahre unterbrechen. Erst als Thomas selbst in den Kindergarten ging, nahm sie ihre Tätigkeit wieder auf.

Peter, der Thomas' Patenonkel wurde, war ganz stolz darauf, einen Neffen zu haben. Er und Ursula befassten sich in den folgenden Jahren sehr viel mit dem reizenden Knirps.

Eines Tages sah Peter, wie Ulrich ein sonderbares Gerät aus einem Karton auspackte. Peter, der immer noch kein Interesse für technische Dinge aufbringen konnte, fragte: »Was ist das denn? Ist das ein kleines Fernsehgerät?«

Ulrich lachte: »Nein, du Ahnungsloser! Das ist einer der ersten kommerziellen Personalcomputer. Der wird uns zukünftig viele Arbeiten erleichtern. Insbesondere können wir mit ihm den ganzen Schriftverkehr abwickeln, Rechnungen schreiben und vieles mehr. Unsere Schreibmaschine können wir jetzt ins Museum geben.«

Nun kam Peter wieder in den Sinn, dass sein Vater ihm schon vor Jahren prophezeite, dass die Computer immer kleiner und schon bald in alle Betriebe Einzug halten werden. Im Gegensatz zu Ulrich und Ursula konnte er sich aber mit dieser neuen Technik lange Zeit nicht anfreunden.

In den frühen 1990er-Jahren befasste Peter sich sehr intensiv mit der Blutegel-Therapie, die bisher in der Praxis nicht angeboten wurde. Das, was er in einigen Kursen darüber lernte, faszinierte ihn sehr. Insbesondere war er ganz überrascht, bei welch unterschiedlichen Krankheitsbildern die kleinen Tierchen helfen können.

Schon bald bot er diese Therapie in der Praxis an. Es dauerte nicht lange, bis die ersten Patienten bereit waren, sich die Egel ansetzen zu lassen. Auch wenn viele anfangs eine gewisse Abscheu davor hatten, sich von ihnen beißen zu lassen, wurde dieses Angebot mehr und mehr angenommen. Insbesondere konnte Peter dadurch arthrosebedingte Gelenkschmerzen seiner Patienten erheblich lindern. Aber auch bei etlichen anderen Symptomen setzte er sie mit Erfolg ein.

Als Peter wieder einmal seine Eltern besuchte und sich nach ihrem Befinden erkundigte, sagte sein Vater: »Ich war neulich zu einer Routineuntersuchung bei einem Kardiologen. Es schaut nicht gut aus. Er meinte, dass meine Durchblutung extrem schlecht sei. Bei der Ultraschalluntersuchung stellte er fest, das meine beiden Hals-schlagadern sehr verkalkt seien. Es habe sich schon eine dicke Plaque gebildet. Er meinte, dass die Gefahr, einen Schlaganfall zu bekommen, sehr hoch sei.«

»Was hat er dir geraten?«

»Er meinte, man könnte die Ablagerungen operativ entfernen, was aber mit einem großen Risiko verbunden sei. Dann hat er mir noch Tabletten aufgeschrieben.«

»Hast du dich schon zu einer Operation entschlossen?«

»Nein, operieren lasse ich mich auf keinen Fall! Die Tabletten habe ich mir aus der Apotheke geholt. Bisher habe ich aber noch keine genommen. Ich traue diesem chemischen Zeug nicht so ganz.«

Dann machte Peter seinem Vater einen Vorschlag: »Ich weiß nicht, ob du schon einmal etwas von der Blutegel-Therapie gehört hast. Ich setze diese schon seit Jahren mit großem Erfolg ein. Dadurch können sich solche Ablagerungen durchaus auflösen. Nach meinen Erfahrungen stehen die Chancen bei mindestens 80 Prozent. Also, wenn du es willst, komm einfach in unsere Praxis und lass dir die Tierchen ansetzen.«

Peter war ein wenig überrascht, dass sein Vater keine Einwände anmeldete und ihm vertraute. Dann ließ Herr Bröske sich von seinem Sohn noch erklären, wie das genau vor sich geht, was nach der Behandlung zu beachten ist usw.

In der Woche darauf war der Termin. Etwas nervös betrat Herr Bröske in Begleitung seiner Frau die Praxis, in der er bisher noch nie gewesen war. Sein Blick fiel gleich auf den PC in der Anmeldung. Als Peter seinen Vater in Empfang nahm, sagte dieser: »Habe ich dir nicht schon vor Jahren gesagt, dass die Computer immer kleiner und leistungsfähiger werden und eines Tages nicht mehr wegzudenken sind!«

Peter machte zunächst noch ein wenig Smalltalk, um seinem Vater die Anspannung zu nehmen. Dann setzte er ihm im Nacken- und Schulterbereich insgesamt elf Egel an. Diese bissen gleich an, was aber nicht schmerzhafter als ein kleiner Nadelpieks ist, und begannen, Blut zu saugen. Nach einer halben Stunde hatten sie sich vollgesaugt und fielen ab. Ursula versorgte die Bissstellen, die stark nachbluteten, mit Verbandszeug.

»Das war ja gar nicht schlimm!«, sagte Herr Bröske beim Abschied.

Gut acht Wochen später konsultierte er erneut den Kardiologen und ließ seine Halsschlagadern mit dem Ultraschallgerät untersuchen. Der Arzt traute seinen Augen nicht: Die Ablagerungen an der einen Ader waren deutlich geringer geworden, die an der anderen nahezu verschwunden. »Das ist ja nicht zu fassen! Das grenzt an ein medizinisches Wunder! Also, dass die Tabletten, die ich Ihnen verschrieben habe, so gut und vor allem so schnell wirken, hätte ich niemals für möglich gehalten.«

»Welche Tabletten? Ich habe mir von meinem Sohn, der Heilpraktiker ist, Blutegel ansetzen lassen. *Die* haben das, was Sie Wunder nennen, bewirkt.«

Der Kardiologe sagte nichts mehr. Es gibt für einen Arzt wohl nichts Schlimmeres, als einsehen zu müssen, dass die Therapie eines Heilpraktikers wirksamer ist als die von ihm vorgeschlagene.

Ende des Jahrhunderts spezialisierte sich Peter noch auf einem anderen Gebiet. In der anthroposophischen Medizin spielt die Mistel-Therapie eine große Rolle bei der Behandlung von Krebspatienten. Rudolf Steiner hatte hierzu klare Angaben gemacht.

Freilich sind Misteln kein Zaubermittel, die Krebs heilen können, zumal es vom Karma des Patienten abhängt, ob es überhaupt zu einer Heilung kommen kann. Allerdings sind Mistelpräparate bestens zur Mit- und Nachbehandlung geeignet, um die Beschwerden deutlich zu lindern. Auch können sie bei Patienten, die sich zu einer Chemotherapie entschlossen haben, die damit einhergehenden Nebenwirkungen und Folgeerscheinungen erheblich abmildern, wodurch die Lebensqualität des Patienten deutlich erhöht wird. Eine Mistel-Therapie ist aber auch bei etlichen anderen gesundheitlichen Problemen indiziert.

Peter sammelte in den folgenden Jahren sehr gute Erfahrungen mit dieser Therapie. Viele Patienten berichteten ihm, dass diese ihnen sehr geholfen habe. In einigen Fällen wurden sogar Patienten von ihrer Krebserkrankung geheilt.

Nachdem sich Ulrich schon seit vielen Jahren einen sehr guten Ruf als Heilpraktiker erworben hatte, sprachen sich auch Peters Erfolge sowie Ursulas Heileurythmie mehr und mehr rum. Die Dienste der drei Therapeuten waren so gefragt, dass Ulrich noch eine junge Kollegin zur Unterstützung einstellte.

Da Ulrich und Peter die Überzeugung vertraten, dass es von immenser Wichtigkeit sei, die Geisteswissenschaft Rudolf Steiners zu verbreiten, nahmen sie sich trotz ihrer beruflichen Auslastung des Öfteren die Zeit, um öffentliche Vorträge über anthroposophische Themen zu halten.

Im Jahre 2002 kam eine Dame mittleren Alters in einen der von Ursula durchgeführten Eurythmiekurse. Nach Abschluss des Kurses kamen die beiden ins Gespräch.

Eher beiläufig fragte Ursula: »Waren Sie dieses Jahr schon in Urlaub, Frau Kammann?«

»Ja, wir sind vor zwei Wochen wieder zurückgekommen.«

»Wo haben Sie Ihren Urlaub verlebt?«

»In Schweden! Da fahren mein Mann und ich schon seit zwanzig Jahren jedes Jahr hin. Es ist ein so unglaublich wunderschönes Land mit unfassbar freundlichen Menschen. Waren Sie schon einmal da?«

»Nein, leider nicht. Ich habe im Grunde, seitdem ich erwachsen bin, noch nie richtig Urlaub gemacht. Irgendwie hat es immer an der Zeit gefehlt.«

»Also, wenn Sie doch einmal Urlaub machen sollten, kann ich ihnen Schweden nur empfehlen.«

Am Abend erzählte Ursula Peter von diesem Gespräch. »Erst jetzt wird mir so richtig bewusst, dass wir beide noch nie gemeinsam in Urlaub waren. Vielleicht sollten wir im nächsten Sommer wirklich einmal für ein paar Wochen verreisen. Wir haben ja noch nichts von der Welt gesehen. Wir sind ja bisher nicht einmal über die Landesgrenze hinausgekommen«, meinte Peter.

»Diese Frau Kammann hat mich derart für Schweden begeistert, dass ich gern dahin reisen würde«, sagte Ursula.

Peter war einverstanden.

In der Tat ging es dann im nächsten Jahr für die beiden dorthin. Vom ersten Tag an waren sie völlig fasziniert von der Landschaft und von den Leuten, dass sie am liebsten gar nicht mehr heimgefahren wären.

Am Tag der Rückreise sagte Peter: »Nächstes Jahr werden wir 65. Sollten wir uns dann nicht zur Ruhe setzen? Ich glaube, Ulrich und Marlies spielen auch mit dem Gedanken.«

»Das ist eine gute Idee! Dann könnten wir jedes Jahr ein oder sogar zweimal nach Schweden reisen«, entgegnete Ursula ganz euphorisch.

»Ich habe noch eine bessere Idee! Wir könnten doch unseren Lebensabend in Schweden verbringen!«

Ursula war hellauf begeistert.

Wieder daheim angekommen berichteten sie Ulrich und Marlies von ihrem Plan. Ulrich sagte an Peter gewandt: »Wie ich dir schon einmal angedeutet habe, ist es auch unser Plan, nächstes Jahr kürzerzutreten. Ich wollte ohnehin mit dir darüber sprechen. Also, wenn ihr nach Schweden emigriert, werde ich unserer jungen Kollegin den Vorschlag unterbreiten, die Praxis federführend zu übernehmen. Ich werde nur noch stundenweise einspringen.«

Im nächsten Jahr war es dann tatsächlich so weit. Peter und Ursula verkauften ihr Haus in Horstfeld und kauften sich ein kleines Holzhaus in einem schwedischen Dorf in der Nähe von Stockholm.
Vom ersten Tag an fühlten sie sich dort pudelwohl. Ursula meinte einmal:»Unsere Liebe zu diesem Land ist so erstaunlich groß, dass man es sich gar nicht erklären kann. Vielleicht haben wir in einem unserer früheren Leben schon einmal hier gewohnt...«
»Ja, das ist durchaus möglich!«

Im Jahre 2006 starb Peters Mutter. Selbstverständlich kamen Peter und Ursula zu ihrer Beerdigung. Es war das erste Mal seit zwei Jahren, dass sie wieder deutschen Boden betraten.
Sein Vater zog anschließend zu seiner Tochter, wo er seinen Lebensabend verbrachte. Dort starb er fünf Jahre später im hohen Alter von 91 Jahren an Altersschwäche.

Bis zum heutigen Tage fühlen sich Peter und Ursula in ihrer Wahlheimat äußerst wohl. Kein einziges Mal haben sie ihre Entscheidung, hierher gezogen zu sein, bereut.
Natürlich waren sie in diesen mittlerweile siebzehn Jahren nicht untätig. Gleich nach ihrer Übersiedlung begannen sie mit großem Fleiß, die schwedische Sprache zu erlernen, die sie schon nach etwa fünf Jahren fast fließend beherrschten.

In den ersten Jahren bot Peter Kurse und Vorträge über Anthroposophie und alternative Heilmethoden an, mit denen er sich in erster Linie an die deutschstämmigen Bewohner Stockholms sowie die Einheimischen, die ein wenig Deutsch konnten, wandte. Ursula hatte es mit ihrem heileurythmischen Angebot etwas leichter, da es hierbei nicht so sehr auf Sprache ankommt.
Seit über zehn Jahren hält Peter seine Vorträge auch in der Landessprache.

Jährlich kommen Ulrich und Marlies zu ihnen für einige Wochen auf Besuch. In der Zeit, in der ihr Sohn Thomas noch zur Universität ging, wo er Heilpädagogik studierte, verbrachte er den größten Teil seiner Semesterferien bei Peter und Ursula in ihrem idyllischen Domizil in Schweden. Heute arbeitet Thomas Herschberg schon seit über zehn Jahren in einer anthroposophisch orientierten heilpädagogischen Einrichtung in Ostwestfalen.

Die Corona-Pandemie machte natürlich auch vor Schweden nicht halt. Allerdings ließen sich viele – insbesondere diejenigen, mit denen Peter und Ursula bei ihrer Arbeit zusammenkamen – nicht so sehr von der weltweiten Hysterie anstecken, wie das im Rest Europas der Fall war. Auch wurden hier nicht so strenge und zum Teil sinnbefreite Maßnahmen verhängt. Insgesamt gehen die Menschen hier lockerer mit der Situation um.

Die beiden bedauern Ulrich, Marlies und Thomas sehr, dass sie in Deutschland mit so drastischen Einschränkungen leben müssen...

Wenn Ihnen diese Erzählung gefallen hat, so werden Ihnen die folgenden *desselben Autors* gewiss auch zusagen:

## Eine Seele erzählt aus dem Jenseits

*eine spirituelle Biografie*

© 2019 Justen, Josef F.

BoD – Books on Demand, Norderstedt

ISBN: 978-3-7347-6045-7

## Zeitreise durch meine früheren Erdenleben

### Wie ich mein jetziges Leben verstehen lernte

© 2021 Justen, Josef F.

BoD – Books on Demand, Norderstedt

ISBN: 978-3-7534-9031-1

## Umfassende Informationen mit ausführlichen Leseproben finden Sie auf der offiziellen Autoren-Website:

### www.Justen-Buecher.com